口絵❖山本タカト「岩井紫妻の恋」
デザイン❖ミルキィ・イソベ

中公文庫

怪　　獣

岡本綺堂読物集七

岡本綺堂

中央公論新社

目次

怪獣

附　録

怪獣

岡本綺堂読物集七

口絵　山本タカト

怪獣

怪　獣

一

「やあ、あなたも……。」と、藤木博士。

「やあ、あなたも……。」と、私。

これを脚本風に書くと、時は明治の末年、秋の宵《よい》。場所は広島停車場前《ていしゃじょうまえ》のK旅館。登場人物は藤木理学博士、四十七八歳。私、新聞記者、三十二歳。

私は社用で九州へ出張する途中、この広島の支局に打合はせをする事があつて下車したのである。支局では大手町のK旅館へ案内してくれたが、その本店には多数の軍人が泊り合はせてゐたので、更《さら》に停車場前の支店へ送り込まれた。どこの土地へ行つても、停車場前の旅館は兎角《とかく》にざは〳〵して落付きの無いものであるが、こゝは旧大手前の姿をそのまゝに、昔ながらの大きい松並木が長く続いて、その松の青い影を前に見ながら、旅館や商家が軒《のき》を連《つら》ねてゐるので、他の停車場前に見られないやうな暢《のび》やかな気分を感じさせるのが嬉しかつた。

風呂に這入《はい》つて、ゆふ飯《めし》を済ませて、これから川端《かわばた》でも散歩してみようかなどと思ひながら、二階の廊下へ出て往来をながめてゐる時、不意にわたしの肩を叩いて「やあ。」と声をかけた人がある。振返ると、それは東京の藤木博士であつた。

私は社用で博士の自宅を三四回訪問したことがある。博士の講演も屢々《しばしば》聴いてゐる。そんなわけで、博士とはお馴染《なじみ》であるが、思ひも寄らないところで顔を見あはせて鳥渡《ちよつと》おどろかされた。

「これからどちらへ……。」と、私は訊《き》いた。博士は某官庁の嘱託《しよくたく》になつてゐるから、何かの用件で地方へ出張するのであらうと想像したのであつた。

「いや、真直《まつすぐ》に東京へ帰るのです。」と、博士は答へた。

博士の郷里は九州の福岡で、その実家にゐる弟の結婚式に立会ふために、先日から帰郷してゐたのであるが、式もめでたく終《おわ》つて東京へ帰るといふ。九州から東京へ帰る博士と、東京から九州へゆく私と、恰《あたか》も摺れ違ひに、この宿《やど》の二階で落合つたのである。機会がなければ、同じ旅館に泊り合せても、たがひに知《し》らず識らずに別れて仕舞ふこともある。一《いち》夜《や》の宿で知人《しりびと》に出逢ふのは、ほかの場所で出逢つた時よりも、特別に懐《なつか》しく感じられるのが人情であらう。博士は不断《ふだん》よりも打解《うちと》けて云つた。

「どうです。用がなければ、私の座敷へ遊びに来ませんか。」

「はあ。お邪魔に出ます。」

川ばたの散歩は止《や》めにして、私は直《す》ぐに博士のあとに附いてゆくと、廊下を二度ほど曲《まが》つた所にある八畳《じよう》の奥座敷で、障子《しようじ》の前の縁《えん》さきには中庭の松の大樹《たいじゆ》が眼隠しのやうに高く聳《そび》えてゐた。女中を呼んで茶を入れ換へさせ、こゝの名物柿羊羹《かきようかん》の菓子皿をチヤブ台に載せて、博士は私と差向ひになつた。今晩は急に冷えてまゐりましたと、女中も云つてゐたが、日が暮れてから俄《にわか》に薄《うす》ら寒くなつた。その頃わたしは些《ち》つとばかり俳句を拈《ひね》くつてゐたので、夜寒《よさむ》の一句あるべき所などとも思つた。

「九州はどつちの方《ほう》へ行くのですか。」

「九州は博多……久留米……熊本……鹿児島……。」と、私は答へた。「まだ其他《そのほか》にも四五ケ所ばかり途中下車の予定です。」

「はゝあ。では、鹿児島本線視察といふやうな訳《わけ》ですな。」

「まあ、〳〵、そんなわけです。」

「九州は始めてゞすか。」

「博多までは知つてゐますが、それから先は初旅《はつたび》です。」

「それでは面白いでせう。」と、博士は微笑した。「私は九州の生《うま》れではあり、殊《こと》に旅行は好きの方《ほう》であるから、学生時代にも随分あるき廻りました。その後も郷里へ帰省するたびに、時間の許すかぎりは方々《ほうぼう》を旅行したので、九州の主《おも》なる土地には靴の跡《あと》を留《とど》めてゐるといふわけです。あなたは今度の旅行は本線だけで、佐賀や長崎の方へはお廻りになりませんか。」

「時間があれば、そつちへも廻りたいと思つてゐます。それに、Mの町には私の友人が旅館を営《いとな》んでゐるので、つひでに尋《たず》ねて見たいとも考へてゐるのですが……。」

「Mの町の旅館……。なんといふ旅館ですか。」と、博士は何気《なにげ》ないやうに訊いたが、その眼は少《すこ》しく光つてゐるやうにも見られた。

「Sといふ旅館です。停車場からは少し遠い町はづれにあるが、土地では旧家だと云ふことで。……その次男は東京に出てゐて、私と同じ学校にゐたのです。」

「その次男といふ人は国へ帰つてゐるのですか。」

「私と同時に卒業して、東京の雑誌社などに勤めてゐたのですが、家庭の事情で帰郷することになつて、今では家《うち》の商売の手伝ひをしてゐます。」

「いつ頃帰郷したのですか。」

それからそれへと追窮《ついきゅう》するやうな博士の態度を、わたしは少しく怪《あやし》みながら答へた。

「五年ほど前です。」

「五年ほど前……。」と、博士は過去を追想するやうに云つた。「私が泊つたのは七年前だから、その頃にはまだ帰つてゐなかつたのですね。」

「ぢやあ、あなたもその旅館にお泊りになつた事《こと》があるんですか。」

「あります。」と、博士は首肯《うなず》いた。「その土地に流行する一種の害虫を調査するために、一ケ月ほどもMの町に滞在してゐました。そのあひだに近所の町村《ちようそん》へ出張したこともありましたが、大抵はSの旅館を本陣《ほんじん》にしてゐました。あなたのいふ通り、土地では屈指の旧家であるだけに、旅館とはいひながら大きい屋敷にでも住んでゐるやうな感じで、まことに落付いた、居心《いごころ》のい丶家《うち》でした。老主人夫婦も若主人夫婦も正直な好人物《こうじんぶつ》で、親切に出這入《ではい》りの世話をして呉《く》れましたが……。」

云ひかけて、博士は表《おもて》に耳を傾《かたむ》けた。

「雨の音ですね。」

「降《ふ》つて来たやうです。」と、私も耳を傾けながら云つた。「さつきまで晴れてゐたんですが……。」

「秋の癖《くせ》ですね。」

二人は暫《しばら》く黙《だま》つて雨の音を聴いてゐたが、やがて博士は又《また》しづかに云ひ出した。

「あなたはS旅館の次男といふ人から何か聴いたことがありますか、あの旅館に絡《から》んだ不思議な話を……。」

「聴きません。S旅館の次男――名は芳雄《よしお》と云つて、私とは非常に親しくしてゐましたが、自分の家《いえ》について不思議な話なぞを曾《かつ》て聴かせたことはありませんでした。一体それはどういふ話です。」

「私も科学者の一人《いちにん》でありながら、真面目でこんなことを話すのも聊《いささ》かお恥かしい次第であるが、兎《と》に角《かく》これは嘘偽《うそいつわ》りでない、私が眼《ま》のあたりに見た不思議の話です。S旅館も客商売であるから、こんなことが世間に伝はつては定《さだ》めて迷惑するだらうと思つて、これまで誰にも話したことは無かつたのですが、あなたがその次男の親友とあれば、お話をしても差支《さしつか》へは無からうかと思ひます。今もいふ通り、それは不思議の話——まあ、一種の怪談と云つてもいゝでせう。お聴きになりますか。」

「どうぞ聴かせて下さい。」と、私は好奇の眼をかゞやかしながら、問ひ迫るやうに相手の顔をみつめた。

話の邪魔をしまいとするのか、表《おもて》の雨の音は止《や》んだらしい。唯《ただ》ときぐ〳〵に軒《のき》を落ちる雨滴《あまだれ》が、何かを数《かぞ》へるやうに寂《さび》しく聞《きこ》えた。博士は座敷の天井《てんじよう》をみあげて少しく考へてゐ《い》るらしかつたが、下座敷《したざしき》の方で若い女が何か大きな声で笑ひ出したのを合図のやうに、居住《ずまい》を直して語り出した。——

二

わたしがMの町へ入込《いりこ》んで、S旅館——仮に曾田屋《そだや》と云つて置かう。——の客となつたのは七年前《ぜん》の八月、残暑のまだ強い頃であつた。大抵《たいてい》の地方はさうであるが、こゝらも町は新暦、近在は旧暦を用ゐてゐるので、その頃は恰度《ちようど》旧盆に相当して、近在は盆踊で毎晩賑《にぎ》はつてゐた。私はその土地特有の害虫を調査研究するために、町役場や警察署などを訪問して、最初の一週間ほどは毎日忙《いそ》がしく暮らしてゐたが、それも先《ま》づ一通りは片附いて、二三日休養することになつた。そのあひだに旅館の人達とも懇意《こんい》になつて、だん〳〵に家内《かない》の様子をみると、老主人は六十前後、長男の若主人は三十前後、どちらも夫婦揃つて健康らしい体格の所有者で、正直な親切な好人物、番頭や店の者や女中達もみな行儀《ぎようぎ》の好《い》い、客扱ひの行《ゆ》き届いた者ばかりで、まことに好《い》い宿を取り当てたと、わたしも内心満足してゐたが、唯《ただ》ひとつ私の眉を顰《ひそ》めさせたのは、こゝの家《うち》の娘達の淫《みだら》な姿であつた。

姉はお政《まさ》といつて二十二、妹はお時《とき》と云つて十九、容貌《きりよう》は可も無く、不可も無く、先《ま》づ普通といふ程度であるが、髪の結《ゆ》ひ方、着物の好みが余りに派手やかで、紅白粉《べにおしろい》を毒々しいほどに塗り立てた化粧の仕方が、どうしても唯《ただ》の女とは見えない。勿論、旅館も客商売であるから、その娘たちが相当に作り飾つてゐるのは当然でもあらうが、この姉妹《きようだい》の派手作りは余りに度《ど》を越えてゐる。旧家を誇り、手堅《てがた》いのを自慢にしてゐる此《こ》の旅館の娘達とはどうしても受取れない。そこらの曖昧茶屋《あいまいぢやや》に巣くつてゐる酌婦《しやくふ》のたぐひよりも醜《みにく》い。天草《あまくさ》あたりから外国へ出稼ぎする醜業婦よりも更《さら》に醜い。くどくも云ふ通り、主人も奉公人もみな正直で行儀の好《い》い此《こ》の一家内《かない》に、どうしてこんなだらしの無い、見るから淫蕩《いんとう》らしい娘たちが住んでゐるのかと、私は不思議に思つた位《くらい》であつた。

残暑の強い時節《じせつ》といひ、旧盆に相当してゐるせゐか、こゝらの旅館に泊り客は少く、最初の二三日は私ひとりであつたが、その後《ご》に又ひとりの客が来た。それは大阪辺《へん》のある保険会社の外交員で、時々にこゝらへ出張して来るらしく、旅館の人達とも心安さうに話してゐた。年のころは二十七八で、色の白い、身なりの小綺麗《こぎれい》な、いかにも外交員タイプの如才《じょさい》のない男で、恐らく宿帳《やどちょう》でも繰《く》つて私の姓名や身分を知つたのであらう、朝晩に廊下などで顔をみあはせると、「先生、先生。」と、馴々《なれなれ》しく話し掛けたりした。彼は氷垣明《ひがきめい》吉《きち》といふ名刺をくれた。

ある日の宵に、私は町へ散歩に出た。うす暗《ぐら》い地方の町にこれぞといふ見る物もないので、わたしは中途から引返《ひつかえ》して、町はづれから近在の方へ出ようとすると、二人の男に挨《あい》拶《さつ》された。月あかりで透《すか》して視《み》ると、彼等《かれら》はこのごろ顔馴染《かおなじみ》になつた町役場の書記と小《こ》使《づかい》で、これから近所の川へ夜釣《よづり》に行《ゆ》くといふのであつた。

「こゝらの川では何が釣れます。」

そんな話をしながら、私も二人と列《なら》んで歩いた。一町《ちょう》余りも町《まち》を離れて、小さい土橋《どばし》にさしかゝると、向うから男と女の二人連れが来て、私たちと摺《す》れ違つて通《とお》つた。男はわたしを見て俄《にわか》に顔を背《そむ》けたが、女は平気で何か笑ひながら行《ゆ》き過ぎた。

「曾田屋の気ちがひめ、又あの保険屋と巫山戯《ふざけ》散らしてゐるな。」と、若い書記は二人のうしろ姿を見送つて、幾分の嫉妬《しつと》もまじつてゐるやうに罵《ののし》つた。

男は保険会社員の氷垣で、女は曾田屋の妹娘のお時であることを、私も知つてゐた。而《しか》も「気ちがひ」といふ言葉が私の注意をひいた。

「気違ひですか、あの娘は……。」

「まあ、気違ひといふのでせうな。」と、老いたる小使は苦笑ひをしながら答へた。「東京の先生は御存じありますまいが、曾田屋のむすめ姉妹《きようだい》といへば、こゝらでは評判の色気狂ひで……。今夜もあの通り保険屋の若い男と狂ひ廻つてゐる始末《しまつ》……。親達や兄《あに》さんはまつたく気の毒ですよ。」

私もまつたく気の毒だと思つた。揃《そろ》ひも揃つて娘二人があの体《てい》たらくでは、親や兄《あに》は定《さだ》めて困つてゐるに相違ない。普通の人は単に色気狂ひとして嘲《あざけ》り笑つてゐるに過ぎないらしいが、私から観ると、彼《か》の娘等は一種の精神病者か、或《あるい》はヒステリー患者のたぐひであつた。妄《みだ》りに嘲り笑ふよりも、寧《むし》ろ気の毒な痛ましい人々ではあるまいかと思はれた。私は更《さら》に小使にむかつて訊いた。

「あの姉妹はいつ頃《ごろ》からあんな風《ふう》になつたのですか。」

「二三年前……。一昨年頃《おととしごろ》からかな。」と、小使は書記をみかへつた。

「さうだ。一昨年の夏頃からだ。」と、書記は冷《ひやや》かに云つた。「あの家《うち》の普請《ふしん》が出来あがつた頃からだらう。」

「あの家《うち》で普請をした事があるのですか。」

「表の方は元のまゝですが……。」と、小使は説明した。「なにしろ古い家《うち》で、奥の方は大分傷《いた》んでゐるところへ、一昨々年《さきおととし》の秋の大風雨《おおあらし》に出逢つたので、どうしても大手入《おおてい》れをしなければならない。それならば寧《いつ》そ取毀《とりこわ》して建て換へろといふので、その翌年の春、職人を入れてすつかり取毀させて、新しく建て直したのですよ。」

今度初めて投宿した私は、広い旅館の全部を知らないのであるが、小使等《ら》の説明によると、曾田屋の家族の住居《すまい》は、長い廊下つゞきで店の方に繋がつてゐるが、その建物は別棟《べつむね》になつてゐて、大小五間《いつま》ほどある。一昨年改築したといふのは其の一棟《ひとむね》で、さすがは大家《たいけ》だけに、なか／＼念入りに出来てゐるといふ。それだけの話ならば別に仔細《しさい》もないが、その住居の別棟《べつむね》が落成した頃から、娘ふたりが今までとは生まれ変つたやうな人間になつて、眼に余る淫蕩の醜態を世間に暴露するに至つたのは、少しく不思議である。

「親達はそれを打《う》つちやつて置くのですか。」

「いえ、親達も兄《あに》さん夫婦もひどく心配して、初めのうちは叱《しか》つたり諭《さと》したりしてゐたのですが、姉も妹も肯《き》かないのです。なにしろ人間がまるで変《かわ》つて仕舞つたのですから……。」と、小使は嘆息《たんそく》するやうに云つた。「あれだけの大きい店でもあり、旧家でもあり、お父さんは町長を勤めたこともある位《くらい》ですから、その家の娘達が色気狂ひのやうになつて仕舞つては、世間へ対しても顔向けが出来ません。曾田屋でも困り抜いた挙句《あげく》に、姉は小《こ》倉《くら》にゐる親類に預け、妹は久留米《くるめ》の親類にあづける事にしたのですが、それが又いけない。行《ゆ》く先々で男をこしらへて……。それも決まつた相手があるなら未《ま》だしもですけれど、学生だらうが、職人だらうが、出前持だらうが、新聞売子だらうが、誰でも構《かま》はない。手あたり次第に関係を附けて、人の見る眼も憚《はばか》らずに巫山戯《ふざけ》散《ち》らすといふのですから、とてもお話になりません。預けられた家《うち》でも呆《あき》れてしまつて、どこでも断《ことわ》つて返して来る。さうかと云つて、ほかには変つたことも無いので、気狂ひ扱ひにして病院へ入れるわけにも行かず、座敷牢へ押籠《おしこ》めて置くわけにも行かず、困りながらも其儘《そのまま》にして置くと、いつの間にか泊《とま》り客と関係する。旅藝人と駈落《かけおち》をして又戻つて来る。親泣《おやなか》せといふのは全くあの娘達のことで、どうしてあんな人間になつたのか判《わか》りませんよ。」

「普請の出来あがる前までは、些《ち》つとも可怪《おかし》なことは無かつたのですな。」

「御承知の通り、あすこの兄《あに》さんは手堅い一方《いつぽう》の好《い》い人です。娘達もそれと同じやうに、子供の時からおとなしい、行儀のいゝ、生まれ付きであつたのですから、本来ならば姉妹《きようだい》ともに今頃は相当のところへ縁附いて、立派なお嫁さんでゐられる筈《はず》なのですが……。貧乏人の娘なら、いつそ酌婦にでも出して仕舞うでせうが、あれだけの家では世間の手前、まさかにそんな事も出来ず、もちろん嫁に貰《もら》ふ人も無し、あんなことをしてゐて今にどうなるのか。考へれば考へるほど気の毒です。昔から魔がさすと云ふのは、あの娘達のやうなのを云ふのでせうよ。」

現《げん》にこの盂蘭盆《うらぼん》にも、姉妹揃つて踊《おどり》の群《むれ》に這入つて、夜の更《ふ》けるまで踊つてゐたばかりか、村の誰彼《だれかれ》と連れ立つて、そこらの森の中へ忍び込んだとか、堤《どて》の下に転《ころ》げてゐたとかいふ噂もある。その噂のまだ消えないうちに、妹娘は又もや保険会社の若い男と浮かれ歩いてゐる。あの氷垣といふ男は毎年一度づつはこゝらへ廻つて来て、曾田屋を定宿《じようやど》としてゐるので、姉とも妹とも関係してゐるらしいといふ噂を立てられてゐる。なんにしても困つたものだ、親達は気の毒だと、老いたる小使は繰返して云つた。

今夜の釣場は町からよほど距《はな》れてゐると見えて、これだけの話を聴き終るまでに其処らしい場所へは行《ゆ》き着かなかつた。人家《じんか》の疎《まばら》な田舎道のところ〴〵に、大きい櫨《はじ》の木が月のひかりを浴《あ》びて白く立つてゐるばかりで、川らしい水明《みずあか》りは見当らなかつた。

何処《どこ》までも此の人達と連れ立つて行《ゆ》くことは出来ない。私はもうこゝらで引返《ひきかえ》さうと思ひながら、やはり一種の好奇心に引摺られて歩きつゞけた。

「その普請の前後に、なにか変つたことは無かつたのですか。」と、私はまた訊いた。今までおとなしかつた娘達の性行《せいこう》が、普請以後俄《にわか》に一変したといふのは、何かの仔細《しさい》ありげにも思はれたからであつた。

「普請の前後に……。」と、小使はすこし考へてゐたが、別に思ひ出すやうなことも無かつたらしい。

「普請中にも変つたことは無かつたやうだ。まあ、あの一件ぐらゐだな。」と、書記は笑ひながら云つた。

「なんだ。あんなこと……。あはゝゝゝ。」と、小使も笑ひ出した。

「あの一件とは……。どんな事です。」と、わたしは重ねて訊いた。

「なに、詰まらない事ですよ。」と、若い書記はまた笑つた。「曾田屋の別棟は五間《いつま》ぐらゐですが、ほかにも手入れをする所が相当にあるので、七八人の大工が絶えず入込《いりこ》んで、材木の切組《きりくみ》から出来《しゆつたい》までには三月《みつき》以上、やがて四月位《よつきぐらい》はかゝりましたらう。それは一昨年の三月頃から五六月頃にかけての事でその仕事に来た大工はみな泊り込みで働いてゐたんです。そのなかに西山――名は何といふのか知りませんが、兎にかく西山といふ若い大工がまじつてゐました。年はまだ十九とか二十歳《はたち》とかいふんですが、小僧あがりに似合はず、仕事の腕は大変に優《すぐ》れてゐて、一人前の職人もかなはない位《ぐらい》であつたさうです。それが西山といふ姓を名乗つてはゐますが、実は朝鮮人だとも云ひ、又は琉球人《りゆうきゆうじん》の子で鹿児島で育つたのだとも云ふ噂があつて、当人に訊いてもはつきりした返事をしないので、まあどつちかだらうと云ふことになつてゐました。見たところは内地人に些《ち》つとも変らず、言葉は純粋の鹿児島弁でした。色の蒼白い、痩形《やせがた》の、神経質らしい男でしたが、なにしろ素直でよく働き、おまけに腕が優《すぐ》れてゐるといふんですから、親方にも仲間にも可愛がられてゐました。曾田屋の人達も可愛がつてゐたさうです。

　すると、あしかけ三月目《みつきめ》の五月頃のことでした。さつきから問題になつてゐる曾田屋の娘、お政とお時の姉妹《きようだい》が寺参りに行くとかいふので、髪を結ひ、着物を着かへて、よそ行きの姿で普請場へ行つたんです。母の身支度《みじたく》の出来るのを待つてゐる間に、何心《なにごころ》なく普請場を覗《のぞ》きに行つたんでせう。その時は恰度午休《ちようどひるやす》みで大工《だいく》も左官《さかん》もどこかへ行つてゐて、彼《か》の西山が唯《た》つた一人、何か削り物をしてゐたんです。姉妹もふだんから西山を可愛がつてゐるので、傍《そば》へ寄つて何か話してゐるうちに、どういふ切つ掛けで何を云ひ出したのか知りませんが、要するに西山が二人の娘にむかつて、突然に淫《みだら》なことを云ひ出したんです。いや、云ひ出したばかりでなく、何か怪《け》しからん行動に出《い》でたらしいんです。そこへ親方と他の大工が帰つて来て、親方はすぐに西山をなぐり付けました。他の職人にも殴《なぐ》られたさうです。

勿論、親方は大へんに怒つて、出入場《でいりば》のお嬢さん達に不埒《ふらち》を働くとは何事だ。貴様のやうな奴は何処へでも行つてしまへと怒鳴る。娘たちは泣顔《なきがお》になつて奥へ逃げ込む。それが老主人夫婦の耳にも這入つたんですが、夫婦ともに好《い》い人ですから、怒つてゐる親方を宥《なだ》めて無事に済ませたんです。怒る筈の主人が却《かえ》つて仲裁役になつたんですから、親方も勘弁するのほかはありません。親方は西山を老主人夫婦、若主人夫婦、娘ふたりの前へ引摺《ひきず》つて行つて、散々《さんざん》あやまらせたんです。親方といふのは暴《あら》つぽい男で、まかり間違へば打《ぶ》ち殺し兼ねないので、西山も真蒼《まつさお》になつて仕舞つたさうですよ。は丶丶丶丶。」

「あの親方に取つ捉まつちやあ、どんな人間だつて堪るまいよ。あは丶丶丶丶。」

小使も声を揃へて笑つた。

三

若い職人が出入場の娘を口説《くど》いて失敗した。単にそれだけの事ならば、世間《せけん》にありふれた一場《いちじよう》の笑ひ話に過ぎないかも知れない。而《しか》も私は深入りして訊いた。

「その後、その西山といふ大工は相変らず働いてゐたのですか。」

「働いてゐました。」と、書記は答へた。「なんでも其晩はどこへか出て行つて、二時間も三時間も帰つて来ないので、あいつ極《きま》りが悪いので夜逃げでもしたのぢやあないかと云つてゐると、夜が更《ふ》けてこつそり帰つて来たさうです。そんなことが三晩《みばん》ばかり続いて、その後は一度も外出せず、いよ〳〵落成の日までおとなしく熱心に働いてゐたと云ひます。」

「西山といふのは此《こ》の土地の職人ですか。」

「鹿児島から出て来て、一年ほど前から親方の厄介《やつかい》になつてゐたんですが、曾田屋の普請が済むと、親方にも無断でふらりと立去つて仕舞つて、それきり音沙汰《さた》も無いさうです。多分鹿児島へでも帰つたんでせう。」

「朝鮮だとか琉球だとか云ふには、何か確《たしか》な證拠《しようこ》でもあるのですか。」

「さあ。證拠があるか無いか知りませんが、職人仲間では皆んなさう云つてゐたさうですから、何か訳《わけ》があるんだらうと思ひます。」

釣場はいよ〳〵眼の前にあらはれて、そこには可なりに広い川が流れてゐた。書記と小使はわたしに会釈《えしやく》して、芒《すすき》の多い堤《どて》を降りて行つた。わたしは月を踏んで町の方角へ引返《ひきかえ》した。

どう考へても、曾田屋の一家は気の毒である。殊《こと》に本人の娘たちは可愛さうである。前にもいふ通り彼《あ》の姉妹《きようだい》は色情狂といふよりも、恐らく一種のヒステリー患者であらう。書記や小使は格別の注意を払つてゐないらしいが、姉妹に対する若い大工の恋愛事件、それが何かの強い衝撃《ショック》を彼女等に与へたのではあるまいか。大工は姉妹にむかつて何事を云つたのか、何事を仕掛けたのか、その現場《げんじよう》は立会つてゐた者でない限りは、大方こんな事であつたらうと想像するに留《とど》まつて、その真相を明《あきら》かに知り得ないのである。大工は親方に殴《なぐ》られて、曾田屋の人々に謝罪して、その後はおとなしく熱心に働いてゐたといふが、果《はた》して其通りであつたか。その後にも親方等の眼を偸《ぬす》んで、若い女達をおびやかすやうな言動を示さなかつたか。それ等の事情が判明しない以上、この問題を明かに解決することは不可能である。

而《しか》も彼《あ》の姉妹《きようだい》が果《はた》してヒステリー患者であるとすれば、それを救ふ方法が無いではない。曾田屋の父兄等《ふけいら》に注意をあたへて、適当の治療法を講ずればよい。だが困るのは、その問題が問題であるだけに、父兄の方から云ひ出せば格別、わたしの方から父兄にむかつて、こゝの家の普請中にこんな出来事があつたか、又その後に娘達がどうして淫蕩の女になつたか、それ等の秘密を露骨に質問するわけには行《ゆ》かない。殊《こと》に今度初めて投宿した家で、双方の馴染《なじみ》が浅いだけに猶《なお》さら工合《ぐあい》が悪い。さりとてこの儘《まま》に見過すのも気が咎《とが》める。せめては番頭《ばんとう》にでも内々《ないない》で注意して置かうかなどと考へながら、元来た道をぶらぶらと歩いて来ると、月の明るい宵であるにも拘《かかわ》らず、どこから何《ど》うして出て来たのか判らなかつたが、恐らく路《みち》ばたの櫨《はじ》の木の蔭《かげ》からでも飛び出して来たのであらう、一人の男の姿が突然にわたしの行《ゆ》く手にあらはれた。と思ふ間もなく、つゞいて又ひとりの女があらはれた。

その男と女が氷垣とお時であることを私はすぐに覚《さと》つた。お時は何か小さい刃物を持つてゐるらしく、それを月のひかりに閃《ひらめ》かしながら、男に追ひ迫つて来るやうに見られるので、私もおどろいて遮《さえぎ》つた。私といふ加勢を得たので、氷垣も気が強くなつたらしく、引《ひき》返《かえ》して女を取鎮《とりしず》めようとした。お時は見掛けによらない強い力で暴れ狂つたが、なんと云つても相手は男二人であるから、遂《つい》にその場に押竦《おしずく》められてしまつた。彼女はなんにも云はずに喘《あえ》いでゐた。

「君。早く刃物を取りあげ給《たま》へ。」と、わたしは氷垣に注意して、お時の手から剃刀《かみそり》を奪はせた。

半狂乱のやうな女を押《おさ》へは押へたもの丶、扨《さて》どうしてい丶か、二人はその始末に困つてゐると、好い塩梅《あんばい》に二人の男が通りか丶つた。それは氷垣も私も識《し》らない人達であつたが、曾田屋へ出入りの商人《あきんど》であるらしく、彼等はお時をよく知つてゐるので、私たちと一緒に彼女を護衛しながら、無事に町まで送つて来てくれた。

暮れても暑い上に、突然こんな事件に出逢つたので　涼《すず》みながらの散歩が却《かえ》つて汗を沸《わか》せる種《たね》となつた。わたしは曾田屋へ帰つて、二階の座敷の欄干《てすり》に倚《よ》りかゝつて、暫《しばら》く息を休めてゐると、彼《か》の氷垣が挨拶に来た。

「先生。とんだ御迷惑をかけまして、何とも申訳がありません。」

彼はひどく恐縮してゐた。さうして、何か頻《しき》りに云ひ訳らしいことを繰返してゐたが、私は別に彼を咎《とが》めもしなかつた。氷垣の説明によると、今夜はあまり暑いので、自分ひとりで散歩に出ると、あとからお時が追つて来て一緒に行《ゆ》かうといふ。それから連れ立つて村の方へ出ると、お時は更《さら》に自分にむかつて何処へか連れて逃げてくれといふ。そんなことは出来ないと断つても、お時は肯《き》かない。無理になだめて引返して来ると、お時は帯のあひだから剃刀《かみそり》を取出して、わたしを連れて逃げるのが忌《いや》ならば一緒に死んでくれといふ。いよ〳〵持余《もてあま》して、仕舞《しまい》には怖くなつて逃げ出すところへ、あなたが恰度《ちようど》に来合《きあわ》せたので、先《ま》づは無事に済んだのである。さもなければ何《ど》ういふことになつたか判らないと、彼は汗を拭きながら語つた。

併《しか》し彼はお時と自分との関係に就《つい》ては、なんだか曖昧なことを云つてゐた。私は強《しい》て他人の秘密を探り出す必要もなかつたが、此際《このさい》なにかの参考にしたいといふ考へから、冗談まじりに色々穿索《せんさく》すると、氷垣も結局降参して、実は姉娘のお政とは秘密の関係が無いでもないが、妹のお時とは何の関係もないと白状した。この白状も果して嘘か本当か判らなかつたが、私はそれ以上に追窮《ついきゆう》することを敢《あえ》てしなかつた。

氷垣が立去ると、入れ代つて旅館の番頭が来た。これは氷垣とは違つて、見るからに老《ろう》実《じつ》さうな五十余歳《よさい》の男であつたが、その来意は氷垣と同様で、家《うち》の娘が途中で種々《しゆじゆ》の御迷惑をかけて相済まないといふ挨拶であつた。彼もひどく恐縮してゐた。氷垣の恐縮はそれに一種の愛敬《あいきよう》も含まれてゐたが、この老番頭の恐縮は痛々しいほどに真面目《まじめ》なものであつた。私はいよ〳〵気の毒に思ふと同時に、番頭がこゝへ来てくれたのは好都合であるとも思つた。

「こゝの家《うち》の娘さん達は何か病気でもしてゐるのかね。」と、私は何げなく訊いた。

「まことにお恥かしい次第でございます。」と、番頭は泣くやうに云つた。「別に病気といふわけでもございませんが……。」

「わたしは医者でないから確《たしか》なことは云へないが、素人《しろうと》が見て病気で無いと思ふやうな人間でも、専門の医者が見ると立派な病人であるといふ例《ためし》も屢々《しばしば》あるから、主人とも相談して念のために医者によく診察して貰つたらいゝだらうと思ふが……。」

「はい。」

とは云つたが、番頭は難渋らしい顔色をみせた。差当り娘達の体に異状があるわけでも無いのであるから、医者に診て貰へと云つても、恐らく当人達が承知しまい。もう一つには主人等は非常に外聞を恥ぢ恐れてゐるのであるから、この問題について娘たちを医者に診察させるなどと云ふことには、恐らく同意しないであらうと、彼は云つた。

外聞を恐れるといふのも一応無理ではないが、これはもう世間《せけん》に知れ渡つてゐる事実であるから、今さら秘密を守るよりも、進んで医師の診察を求めた方が優《ま》しであると思はれたが、何分《なにぶん》にも馴染の浅い私として、あまりに立入つて彼是《かれこ》れ云ふわけにも行かないので、そのまゝに黙《だま》つてしまつた。

四

藤木博士がこゝまで話して来た時に、夜の雨がまた音《おと》づれて来た。博士は一息《ひといき》ついて、わたしの顔を暫《しばら》く眺めてゐた。

「どうです。これだけの話では格別面白くもないでせう。S旅館の娘ふたりが淫蕩の事実を詳しくお話しすると、確《たしか》に一編の小説になると思ふのですが……。いや、私が聴いたゞけのことでも、それを正直に書いたら発売禁止は請合《うけあ》ひです。いづれにしても、今までの話だけでは、単にその娘たちが放縦《ほうじゆう》淫蕩の女であつたと云ふに留まつて、奇談とか怪談とかいふほどの価値は無いのですが、肝腎《かんじん》の話はこれからですよ。あなたは新聞記者で第六感が働くでせうが、彼《か》の娘たちが俄《にわか》に淫蕩な女に生れ変つた原因はどこにあると思ひます。」

　こんな問題について第六感を働かせろと云ふのは無理である。私はだまつて微笑してゐると、博士はまた語りつゞけた。

「判りませんか。私にも判らなかつた。実は今でもはつきりとは判らないのですが……。私はその後も旅館に三週間ほど滞在してゐました。そのあひだにも色々の事件がありますが、それを一々話してゐると、どうしても発売禁止の問題に触れますから、一足飛《いつそく》びに最後の事件に到着させませう。私は自分の仕事を終つて、いよ〳〵四、五日中《にちうち》には東京へ引揚げよう。その途中、郷里へも鳥渡《ちよつと》立寄らうなどと思つて、そろ〳〵帰り支度《じたく》をしてゐると、九月のはじめ、例《れい》の二百二十日《はつか》の少し前でした。二日二晩もつゞいた大風雨《おおあらし》……。一昨々年《おとゝとし》の風雨《あらし》もひどかつたが、今度のは更《さら》にひどい。こんな大暴《おおあ》れは三十年振りだとか云ふくらゐで、町も近村もおびたゞしい被害でした。S旅館もかなりの損害で、庭木はみんな根こぎにされる。塀を吹き倒される、家根《やね》を吹き剝《めく》られるといふ始末。それでも表《おもて》の店《さき》の方は、建物が古いだけに破損が少い。かう云ふときには昔の建物が堅牢《けんろう》であると云ふことを、今更のやうに感じました。それと反対に奥の別棟、即ち家族の住居《すまい》の方は、一昨年《おとゝし》の新築といふにも拘《かかわ》らず、実に惨憺《さんたん》たるありさまで、家根瓦《やねがわら》は殆《ほとん》ど完全に吹き飛ばされ天井板も吹き剝《めく》られてしまひました。

風雨《あらし》が鎮《しず》まると、南国の空は高く晴れて、俄《にわか》に秋らしい日和《ひより》になりました。S旅館では早速に職人をあつめて、被害の修繕に取りかゝつたのですが、新築の別棟は半分ほども取《とり》毀《こわ》して、更《さら》に改築しなければならないと云ふことでした。あしかけ四年のあひだに二度の風雨を食《く》つたのだから、どこの家《うち》も気の毒です。そこで、先《ま》づ別棟の取毀しに着手して、天井板を外《はず》してゐると、六畳の間《ま》の天井裏から不思議な物が発見されたのです。

博士はなか〳〵話上手《はなしじょうず》である。こゝで聴手《ききて》を焦《じ》らすやうにまた一息ついた。その手に乗せられるとは知りながら、私もあとを追はずにはゐられなかつた。

「その天井裏から何が出たんです。」

「一対《いっつい》の人形……木彫《きぼ》りの小さい人形ですよ。」と、博士は云つた。「小さいと云つても六七寸《すん》ぐらゐで、頗《すこぶ》る精巧に出来てゐるのです。私も見せて貰ひましたが、まつたく好《よ》く出来てゐるやうに思はれました。職人たちも感心してゐました。木地は桂《かつら》だらうといふことでした。」

「二つの人形は何を彫つたのですか。」

「それがまた怪奇なものでどちらも若い女と怪獣の姿です。」

「怪獣……。」

「怪獣……。昔の神話にも見当らないやうな怪獣……。寧《むし》ろ妖怪と云つた方が、いゝかも知れません。その怪獣と若い女……。こんな彫刻を写真に撮つて、あなたの新聞にでも掲載して御覧なさい。急《たちま》ち叱《しか》られます……。それで大抵《たいてい》はお察しくださいと云ふの外《ほか》はありません。実に奇怪を極めたものです。そこで当然の問題は、一体誰がこんな怪《け》しからん物をこしらへて、この天井裏に隠して置いたかと云ふことですが……。あなたは誰の仕業《しわざ》だと鑑定します。」

「朝鮮だとか琉球だとかいふ若い大工でせう。」と、私はすぐに答へた。

「誰の考へも同じことですね。」と、博士はうなづいた。「あなたの鑑定通り、それは西山といふ若い大工の仕業《しわざ》に相違ないと、諸人《しよにん》の意見が一致しました。娘たちを挑《いど》んで、親方に殴《なぐ》られて、それから三晩ほどは外出して、いつも夜が更《ふ》けて帰つて来たといふ。恐らく何処《どこ》かへ行つて、秘密に彼《か》の人形を彫刻してゐたのであらうと察せられます。さうして、誰にも覚《さと》られないやうに、その二つの人形を天井裏に忍ばせて置いたのでせう。六畳の部屋は娘たちの居間です。彼は予《かね》てそれを知つてゐて、その天井裏に不可解な人形を秘めて置いたのは、娘達に対する一種の呪《のろ》ひと認められます。職人たちの話を聴きますと、自分等の大工のあひだには、そんな奇怪な伝説は無いと云ひます。してみると、彼が他国人であるとか云ふのも、まんざら嘘でもないやうに思はれます。彼は親方の家《うち》を立去つた後《のち》、鹿児島へ帰つた様子もなく、その消息は不明ださうです。或《あるい》は自分の呪ひを成就《じようじゆ》させるために、どこかで自殺したのではないかと云ふ説もありますが、確《たしか》なことは判りません。」

「さうすると、その人形があつた為に、S旅館の娘ふたりは俄《にわか》に淫蕩な女に変じたと云ふ訳《わけ》ですね。」と、私はまだ幾分《いくぶん》の疑ひを抱きながら云つた。「そこで、その娘たちはどうしました。」

「娘達には隠して置かうとしたのですが、何分《なにぶん》にも大勢が不思議がつて騒ぎ立てるので、たうとう娘たちにも知れました。併《しか》しその話を聴いたゞけで、別にその人形を見せてくれとも云はず、急に気分が悪いと云ひ出して、寝込んで仕舞ひました。ふだんならば格別、風雨《あらし》の被害で大手入れの最中、ふたりの病人が枕をならべて寝てゐては困るので、一先《ひとま》づ町の病院へ入れることにしましたが、姉妹《きようだい》ともに素直に送られて行《ゆ》きました。番頭や女中達の話によると、半分眠つてゐるやうであつたと云ひます。」

「その人形はどう処分しました。」

「家《うち》でも人形の処分に困つて、色々相談の結果、町はづれの菩提寺《ぼだいじ》へ持つて行つて、僧侶にお経《きよう》を読んで貰《もら》つた上で、寺の庭先で焼いて仕舞うことにしたのです。それは娘たちが入院してから三日目のことで、この日も初秋らしい風が吹いて空は青々と晴れてゐました。読経が型《かた》の如《ごと》くに済んで、一対《いつつい》の人形がやうやく灰になつた時に、病院から使《つかい》があわたゞしく駈けて来て、姉妹は眠るやうに息を引取つたと云ひました。」

「先生……。」

「いや、まだお話がある。」と、博士は畳《たた》みかけて云つた。「姉に関係があり、妹にも関係があつたらしい氷垣といふ外交員……。彼は先夜《せんや》の一件以来、S旅館にも居にくいやうになつたと見えて、早々にここを立去つて、三里あまりも離れた隣の町へ引移《ひきうつ》つて、相変らず外交の仕事に歩き廻つてゐたのですが、例の大風雨《おおあらし》の後《のち》、近所の川の渡し船が増水のために転覆《てんぷく》して、船頭《せんどう》だけは幸ひに助かつたが、七人の乗客は全部溺死《できし》を遂《と》げた。土地の新聞はそれを大々的に報道してゐましたが、その溺死者の一人に氷垣明吉の名を発見した時、わたしは何だかぞつとしました。但《ただ》しそれは人形を焼いた当日でなく、その翌日の午前中の出来事でした。」

　わたしは息を嚥《の》んで聴いてゐた。私の友人に二人の妹があつてそれが流行病で同時に仆《たお》れたといふ話は曾《かつ》て聴かされたが、その死に就《つい》てこんな秘密が潜《ひそ》んでゐることを、今夜初めて知つたのである。それは流行病以上の怖ろしい最期《さいご》であつた。

「その当時、わたしはコダツクを携帯してゐたので、その怪獣を撮影して置きたいと思つたのですが、遺族の手前、まさかに、そんな事も出来ないので、そのまゝにして仕舞《しま》ひました。」と、博士は云つた。

恨《うらみ》の蠑螺《さざえ》

一

文政《ぶんせい》四年の四月は相州《そうしゆう》江《え》の島弁財天《しまべんざいてん》の開帳で、島は勿論、藤沢から片瀬《かたせ》に通《かよ》ふ路々《みちみち》もおびたゞしい繁昌《はんじよう》を見せてゐた。

その藤沢の宿《しゆく》の南側、こゝから街道を切れて、石亀川《いしがめがわ》の渡《わたし》を越えて、片瀬へ出るのが其当時の江の島参詣《さんけい》の路順であるので、その途中には開帳を当込《あてこ》みの休み茶屋が幾軒も店をならべてゐた。もとより臨時の掛茶屋《かけぢやや》であるから、葭簀囲《よしずがこ》ひの粗末な店ばかりで、ほんの一時の足休めに過ぎないのであるが、若い女たちが白い手拭を姐《あね》さん被《かぶ》りにして、名物の蠑螺《さざえ》を店さきで焼いてゐる姿は、いかにもこゝらの開帳に相応《ふさ》はしいやうな風情《ふぜい》を写し出してゐた。その一軒の茶屋の前に二挺《ちよう》の駕籠《かご》をおろして、上下三人の客が休んでゐた。三人はみな江戸者で、江の島参詣と一目で知れるやうな旅拵《たびごしら》へをしてゐた。こゝで判《わか》り易《やす》いやうに彼等の人別帳《にんべつちよう》を記《しる》せば、主人の男は京橋木挽町《こびきちよう》五丁目の小泉といふ菓子屋の当主で、名は四郎兵衛《しろべえ》、二十六歳。女はその母のお杉《すぎ》、四十四歳。供《とも》の男は店の奉公人の義助《ぎすけ》、二十三歳である。この一行は四月二十三日の朝に江戸を発《た》つて、その夜《よ》は神奈川で一泊、あくる二十四日は程《ほど》ケ谷《や》、戸塚《とづか》を越して、四《よ》つ（午前十時）を過ぎる頃にこの藤沢へ行き着いて、この掛茶屋に一休みしてゐるのであつた。

「なんだか空合《そらあい》が可怪《おか》しくなつて来たな。」と、四郎兵衛は空を仰ぎながら云つた。

「さうねえ。」と、お杉も覚束《おぼつか》なさゝうに空をみあげた。「渡《わたし》へかゝつた頃に降出《ふりだ》されると困るねえ。」

「このごろの天気癖《ぐせ》で、とき〲に曇りますが、降《ふ》るほどの事もございますまい。」と、茶屋の女房は云つた。

「きのふ江戸を出るときは好《い》い天気で、道中はもう暑からうなどと云つてゐたのだが、今朝《けさ》は曇つて薄ら寒い。」と、義助は草鞋《わらじ》の緒《お》をむすび直しながら云つた。

こんな問答をぬすみ聴くやうに、先刻《せんこく》からこの店を覗《のぞ》いてゐる一人の女があつた。女は隣の休み茶屋の前に立つて、往来《おうらい》の客を呼んでゐたのであるが、四郎兵衛等が駕籠をおろして隣の店へ這入《はい》るのを見ると、俄《にわか》に顔の色を変へた。彼女は年のころ二十二三の、眼鼻立《めはなだち》の涼《すず》しい女で、土地の者ではないらしい風俗であつた。

四郎兵衛の一行《いつこう》は茶代《ちやだい》を置いて店を出た。供《とも》の義助は徒歩《かち》で、四郎兵衛とお杉が駕籠に乗らうとする時、となりの店の女はつか〳〵と寄つて来て、今や駕籠に半身を入れかゝつた四郎兵衛の胸ぐらを捉《と》つた。

「畜生《ちくしよう》、人で無し……。」

彼女は激しく罵《ののし》りながら力まかせに小突《こづ》きまはすと、四郎兵衛は体を支《ささ》へかねて、乗りかけた駕籠から転《ころ》げ落ちた。それを見て駕籠屋もおどろいた。

「おい、姐《ねえ》さん。どうしたのだ。」

「どうするものかね。」と、女は鮮《あざや》かな江戸弁で答へた。「こん畜生のおかげで、あたしは一生《いつしよう》を棒に振つてしまつたのだ。こいつ、唯《ただ》は置くものかおぼえてゐろ。」

云ふかと思ふと、彼女は相手を一旦《いつたん》突き放して自分の店へかけ込んだ。店の入口には蠑螺《さざえ》の殻《から》が沢山《たくさん》に積んである。彼女はその貝殻を両手に摑《つか》んで来て、四郎兵衛を目がけて続け撃《う》ちに叩《たた》きつけた。その行動があまりに素捷《すばや》いのと、事があまりに意外であるのとで、周囲の人々も呆気《あつけ》に取《と》られて眺めてゐるばかりであつた。供の義助がやう〳〵気が附いて彼女を抱き留めた時、四郎兵衛はもう二つ三つの貝殻に顔を撲《う》たれて、眉のはづれや下《した》唇《くちびる》から生血《なまち》が流れ出してゐた。

この騒ぎに、この一行《いつこう》が今まで休んでゐた店を始め、近所の店から大勢が駈け出して来た。往来の人も立ちどまつた。

「まあ、どうぞこちらへ……。」と、人々に扶《たす》けられて四郎兵衛は元の店へ這入つた。

「え丶、お放しよ。放さないか。」

彼女は義助を突き退《の》けて、四郎兵衛のあとを追はうとするのを、駕籠屋四人も遮《さえぎ》つた。大勢に邪魔されて、焦《じ》れに焦《じ》れた彼女は、我手《わがて》に残つてゐる貝殻を四郎兵衛のうしろから投げ付けると、狙ひは狂つて其傍《そのそば》にうろ〳〵してゐるお杉の右の頬に中《あた》つた。あつと云つて顔を押さへると、母の眼の下からも血が滲《にじ》み出した。

「お安《やす》さん。気でも違つたのぢやないか。」と、そこらの女たちは騒いだ。仔細《しさい》の知れないこの乱暴狼藉《ろうぜき》については、お安といふ女が突然発狂したとでも思ふのほかは無かつた。

その噂が耳に這入つたとみえて、お安は店の奥を睨《にら》みながら怒鳴《どな》つた。

「あたしは気違ひでも何でもない。あいつに、恨《うら》みがあるから仇討《かたきうち》をしたゞけの事だ。さあ、あたしの顔を覚えてゐるだらう。表《おもて》へ出て来い。」

云ひながら奥へ跳《おど》り込まうとするのを、義助はまた押さへた。

「まあ、静《しずか》にしても判るだらう。」

「え丶、判らないから斯《こ》うするのだ。え丶、うるさい。お放しといふのに……。」

彼女の手にはまだ一つの貝殻が残つてゐる。それを摑んだまゝで強く払ひ退けるとその貝殻が顔にあたつて、眼を撲《う》たれたか、鼻を撲たれたか義助も顔をおさへて立竦《たちすく》んでしまつた。かうなつては容赦は出来ない。駕籠屋四人は腕づくでお安を取押さへて、無理に隣の店へ引摺《ひきず》つて行つた。

義助も右の頰を傷《きずつ》けられたのである。気ちがひのやうな女に襲はれて、四郎兵衛は二ケ所、お杉と義助は一ケ所、いづれも其顔を蝶螺の殼に撃たれて、たとひ深手で無いにしても、流れる生血を鼻紙《はながみ》に染めることになつたので、茶屋の女房は近所の薬屋へ血止めの薬を買ひに行つた。人違ひか、気違ひか、なにしろ飛んだ災難に逢つたと、お杉は嘆いた。年の若い義助は激昂《げきこう》して、あの女をこゝへ引摺つて来て謝まらせなければ料簡《りようけん》が出来ないと敦圉《いきま》いた。

「おつかさんの云ふ通り、これも災難だ。神まゐりの途中で、事を荒立《あらだ》てるのは好くない。あの女は気ちがひだ。あやまらせたとて仕方がない。」と、四郎兵衛は人々をなだめるやうに云つた。彼は最初に目指されたゞけに、傷は二ケ所で、又その撲《う》ち所《どころ》も悪かつたので、眼瞼《まぶた》も脣《くちびる》も腫《は》れあがつてゐた。

主人が災難とあきらめてゐるので、義助もよんどころなく我慢したが、主従三人が揃ひも揃つてこんな目に逢ふのは、あまりに忌々《いまいま》しいと彼は思つた。店の女たちに訊《き》いてみると、彼《あ》のお安といふ気違ひじみた女は、藤沢の在《ざい》に住んでゐる傳八《でんぱち》といふ百姓の家《うち》に寄留《りゆう》して、近所の子供や若い衆に浄瑠璃《じようるり》などを教へてゐる、傳八の女房の姪《めい》だといふことで、以前は江戸に住んでゐたが、去年の春頃からこゝへ引込《ひつこ》んで来たのである。今年のお開帳を当込みに、自分が心棒《しんぼう》になつて休み茶屋をはじめ、近所の娘を手伝ひに頼んでゐるが、主人が江戸者で客あつかひに馴れてゐるので、なか〳〵繁昌するといふ。お安が雇ひ人であれば、その主人に掛合ふといふ術《すべ》もあるが、本人が主人では苦情を持込む相手がない。義助もまつたく諦《あきら》めるのほかは無かつた。

こゝまで来た以上、もちろん引返すわけにも行《ゆ》かないので、茶屋の女房が買つて来てくれた血どめの薬で手当をして、四郎兵衛とお杉は再び駕籠に乗つて、石亀川の渡まで急がせた。お安も流石《さすが》に追つて来なかつた。

江の島の宿屋へ行《ゆ》き着いて、こゝで昼飯《ひるめし》をすませて弁天の社《やしろ》に参詣した。今度の開帳は下《しも》の宮《みや》である。各地の講中《こうちゆう》や土地の参詣人で、狭《せま》い島のなかは押合ふほどに混雑してゐた。四郎兵衛の一行三人はいづれも顔を傷けてゐるので、その混雑の人々に見返られるのが恥かしかつた。

若葉時《どき》の習《ならい》で、けふは朝から曇つて薄寒いやうに思はれたが、島へ着く頃から空の色はいよ〳〵怪《あや》しくなつて、細かい雨がさら〳〵と降り出して来た。三人はその雨にぬれながら宿へ帰つた。

「今夜は泊るとして、あしたは何《ど》うしようかねえ。」と、お杉は云つた。

今夜は江の島に泊つて、あしたは足ついでに鎌倉見物の予定であつたが、出先の災難に気を腐らせたお杉は、早く江戸へ帰りたいやうな気にもなつた。自分と義助は差したることも無いが、四郎兵衛の顔の腫れてゐるのも何だか不安であつた。一日も早く江戸へ帰つて療治《りようじ》をしなければなるまいかとも思つた。

「又来ると云つても、めつたに出られるものぢやあない。折角《せつかく》来たのだから、やつぱり鎌倉へ廻りませうよ。」と、四郎兵衛は云つた。

「でも、おまへの怪我《けが》はどうだえ。痛むだらう。」

「なに、大したこともありません。多寡《たか》が撲傷《うちきず》ですから……。」

「ぢやあ、まあ、明日になつての様子にしよう。なにしろお前は少し横になつてゐたら好《い》いだらう。」

宿の女中に枕を借りて、四郎兵衛を暫《しばら》く寝かして置くことにした。平生《へいぜい》は軽口《かるぐち》で冗談などをいふ義助も、唯《ただ》ぼんやりと黙つてゐた。雨はだん〳〵に強くなつて、二階の縁側から見晴らす海も潮煙《しおけむり》に暗《くら》かつた。

「あいにく降り出しまして、御退屈《ごたいくつ》でございませう。」と、宿の女中が縁側《えんがわ》から顔を出した。「お江戸の松澤さんと仰《おつ》しやる方が尋《たず》ねてお出《い》でになりましたが、お通し申しても宜《よろ》しうございませうか。」

二

やがてこの座敷へ通されて来た三十前後の町人風の男は、京橋の中橋広小路《なかばしひろこうじ》に同商売の菓子屋を営《いとな》んでゐる松澤といふ店の主人庄五郎《しようごろう》であつた。

「おや、お珍しいところで……。お前さんも御参詣でしたか。」と、お杉は笑つて迎へた。「わたしは講中《こうちゆう》の人たちと一緒に昨日来ました。」と、庄五郎も笑ひながら云つた。「さつきこの宿《やど》へ這入る後ろ姿が、どうもお前さん方《がた》らしいので、尋ねて来てみたら矢《や》つぱりさうでした。」

「わたし達は神奈川を今朝《けさ》発つて、お午《ひる》ごろに参りました。」

「それぢやあ誘ひ合せて来ればよかつた。」と、云ひながら庄五郎は少しく眉を皺《しわ》めた。「おかみさんと云ひ、義助さんといひ、みんな揃つて怪我《けが》をしてゐなさるやうだが、途中でどうかしなすつたか。」

藤沢の宿《しゆく》で飛んだ災難に出逢つたことを、お杉と義助から、代《かわ》る〴〵に聞かされて、庄五郎はいよいよ顔色を暗《くら》くした。彼は低い溜息を洩《も》らしながら、座敷の片隅に寝転《ねころ》んでゐる四郎兵衛の顔を覗いた。四郎兵衛は熱でも出たやうにうと〳〵と眠つてゐた。

あしたは鎌倉へ廻らうか、それとも真直《まつすぐ》に江戸へ帰らうかといふお杉の相談に対して、庄五郎は思案しながら云つた。

「真直に江戸へ帰るとすれば、もう一度その茶屋の前を通らなければならない。また何かあると面倒だから、鎌倉をまはつて帰る方が好《い》いでせうよ。」

「それもさうですねえ。」と、お杉はうなづいた。

庄五郎の宿《やど》は近所の恵比須屋《えびすや》であるといふので、帰るときに義助は傘をさして送つて出た。今までの混雑に引きかへて、雨の降りしきる往来に人通りは少かつた。義助はあるきながら窃《そつ》と訊いた。

「藤沢の女はまつたく気違ひでせうか。それとも何か仔細《しさい》があるのでせうか。」

　さつきから庄五郎の顔色と口吻《くちぶり》とを窺《うかが》つて、義助は彼が何かの仔細を知つてゐるのでは無いかと疑つたからである。果《はた》して庄五郎は小声で云つた。

「おまへは知らないか。その女は三十間堀《さんじつけんぼり》の喜多屋といふ船宿に奉公してゐた女に相違《そうい》ない。眼と鼻のあひだに住んでゐながら、おまへは一度も見たことは無いのか。」

　さう云はれて、義助も気が注《つ》いた。お安に似たやうな女が近所の河岸《かし》の船宿の前に立つてゐたり、表《おもて》を掃《は》いてゐたりしたのを見たやうな記憶もある。但《ただ》しそれは四五年も前のことで、近来はそんな女のすがたを見かけなかつた。それが突然に藤沢の宿《しゆく》にあらはれて、自分の主人に乱暴狼藉を働いたのは、一体どういふ仔細があるのか。義助はそれを知りたかつた。

「あの女はおまへの主人をかたきだと云つたさうだが……。」と、庄五郎は意味ありげに云つた。「四郎兵衛さんにも何か怨《うら》まれる訳《わけ》があるのだらう。兎もかくも再び藤沢を通らない方《ほう》が無事だ。」

「お前さんはいつお帰りです。」と、義助は訊いた。

「わたし達はあした帰る。おまへ達も一緒に連れて行つて遣《や》りたいが、藤沢の一件があるから道連《みちづ》れは困る。又ぞろ何かの間違ひがあると、私ばかりでなく、講中一同が迷惑する。おまへ達は鎌倉をまはつて帰りなさい。」

繰返して云ひ聞かせて、庄五郎は恵比須屋の門口《かどぐち》で義助に別れた。その意味ありげな言葉によつて想像すると、お安といふ女が四郎兵衛を悩ましたのは、気違ひでなく、人違ひでなく、何か相当《そうとう》の仔細があるに相違ないと義助は思つた。

小泉の店は旧家で、大名屋敷や旗本屋敷へも出入りをしてゐる。菓子屋商売のほかに地《じ》所《しょ》や家作《かさく》を持つてゐて、身上《しんじょう》も好《い》い。主人はまだ年も若い。四年以前に嫁を貰《もら》つて無事に暮らしてゐるが、独身の頃には多少の道楽もしたやうに聞いてゐる。世間によくある例《ためし》で、主人は船宿の女と夫婦約束でもして置きながら、それを反古《ほご》にして他《た》から嫁を貰つた。お安といふ女はそれを怨《うら》んでゐて、こゝで測《はか》らずも出逢つたのを幸《さいわ》ひに、蠑螺《さざえ》の礫《つぶて》のかたき討《うち》となつたのかも知れない。果《はた》してさうであれば、傍杖《そばづえ》を喰つたおかみさんと自分は兎もあれ、主人が痛い目を見るのは是非《ぜひ》ない事かとも思はれた。いづれにしても元来た路《みち》を引返《ひっかえ》すのは危険である。庄五郎の忠告にしたがつて、鎌倉をまはつて帰るのが無事であらうと、義助は宿へ帰ると直《す》ぐにお杉を別座敷へ呼んだ。

義助の話を聞いて、お杉も眉を皺《しわ》めた。誰の考へも同じことで、彼《か》のお安がさういふ素《す》性《じょう》の女であれば、恐らく何かの約束を破つて自分を振捨《ふりす》てたといふやうな恨みであらうと、お杉も想像した。而《しか》も今更《いまさら》そんな詮議《せんぎ》をしても仕方がない。差当《さしあた》りは危険を避けて鎌倉へまはるに如《し》くはないと、彼女も義助の意見に同意することになつた。

　雨は降りつゞけてゐる。この頃の長い日も早く暮れて、宿《やど》の女中が燭台《しよくだい》を運んで来た。海の音もだんだんに高くなつた。

「お江戸の小泉さんの旦那《だんな》にお目にかゝりたいと申して、女の人が見えました。」

　女中の取次《とりつぎ》を聞いて、お杉と義助は顔をみあはせた。殊《こと》にそれが女であるといふので、二人は何だかぎよつとした。

「どんな女です。」と、お杉は念のために訊いた。

「二十二三の人で、藤沢から来たといへば判《わか》ると云ふことでございました。この雨のなかをびしよ濡《ぬ》れになつて……。」

　二人はいよ〳〵薄気味悪くなつた。この雨のなかをびしよ濡れになつて藤沢から追つて来た以上、なにかの覚悟があるに相違ない。今度は蠑螺《さざえ》の殻《から》ぐらゐで無く、短刀か匕首《あいくち》でも忍ばせて来たかも知れない。それを思ふと、二人は魔物に魅《みこ》まれたやうに怖ろしくなつて来た。

「どうしたものだらう。」と、お杉は途方に暮れたやうに囁《ささや》いた。

「さうですねえ。」

　義助も返事に困つたが、この場合、家来《けらい》の身として主人の矢面《やおもて》に立つのほかは無いと決心した。

「よろしうございます。わたくしが下へ行つて、どんな用か訊いてみませう。」

「お前、気をおつけよ。」と、お杉は、不安らしく云つた。

思ひ切つて立ち上らうとする義助を、四郎兵衛は呼びとめた。彼はいつの間にか眼を醒《さ》ましてゐたのである。

「義助、お待ち……。藤沢から来た女には私が逢はう。」

「いゝかえ。お前が逢つても……。」と、お杉はいよ〳〵不安らしく云つた。

「義助はなんにも知らないのですから、逢つた所でどうにもなりません。私が逢ひます。」

四郎兵衛はすぐに起きあがつて、女中と共《とも》に梯子《はしご》を降りて行つた。お杉と義助は又もや顔をみあはせた。どう考へても不安である。そこへ又、女中が引返《ひつかえ》して来た。

「あの、旦那様が仰《おつ》しやいましたが、どなたも決して下へお出《い》でにならないやうに……。」

「承知しました。」

と云つて、女中を去らせたあとで、お杉は義助に又さゝやいた。

「して見ると、やつぱり覚えがあるのだね。出先で多分の用意もないが、金で済むことなら何とでも話を附けるが……。」

「旦那も大《おお》かた其積《そのつも》りでせう。」

「さうだらうねえ。」

四郎兵衛は容易に戻つて来なかつた。それが円満に解決した為《ため》か、それとも談判《だんぱん》がむづかしい為かと、二人は息をつめて其成行《そのなりゆき》を案じてゐると、やがて遠い下座敷《したざしき》で立騒《たちさわ》ぐやうな物音がきこえた。女の叫ぶやうな声も洩《も》れた。

「お前、行つて御覧よ。」と、お杉はあわて丶云つた。

もう堪《たま》らなくなつて、義助は梯子をかけ降りて行くと、一人の女が宿屋の若い者等に押《おし》竦《すく》められて、表へ突き出されてゐるのであつた。距離が遠いので確《たしか》には判《わか》らなかつたが、その女のうしろ姿は藤沢のお安であるらしかつた。彼女は表へ突き出されて、降りしきる雨のなかに姿を消した。

四郎兵衛は腫《は》れあがつた顔を蒼《あお》くして、二階座敷へ戻つて来た。夕飯《ゆうめし》の膳《ぜん》が運び出されたが、彼は碌々《ろくろく》に箸《はし》を執《と》らなかつた。何を訊いても確《たしか》な返事をしなかつた。

「仔細はあとで話します。」

開帳の賑《にぎ》はひで、どこの宿屋も混雑してゐる。この一行《いっこう》の座敷は海に向つた角にあるが、それでも一方の隣座敷には三四人の客が泊り合せてゐて、昼から騒々しく話したり笑つたりしてゐる。それ等の聴く耳を憚《はばか》つて、四郎兵衛は迂闊《うかつ》にその秘密を明かさないらしかつたが、隣の人達は喋《しゃべ》り疲れて、宵《よい》から早く床《とこ》に就《つ》いたので、その寝鎮《ねしず》まるのを待つて、彼は小声で話し出した。

「今までおつかさんにも黙《だま》つてゐました。義助はもちろん知るまい。どうも困つた事があるのです。」

「お前はあの女に係《かか》り合《あ》ひでもあつたのかえ。」と、お杉は待ち兼《か》ねたやうに訊いた。

「いえ、さういふ事なら又何とかなりますが……。」

四郎兵衛の低い溜息《ためいき》の声を打消《うちけ》すやうに、夜の海の音はごう〳〵と高く聞《きこ》えた。

三

前にもいふ通り、小泉は暖簾《のれん》の旧《ふる》い菓子屋で、大名屋敷や旗本屋敷に幾軒もの出入先を持つてゐた。殊《こと》に大名屋敷に出入りしてゐるのは、店の名誉でもあり、利益でもあるから、大切に御用を勤めること勿論《もちろん》である。中国筋《すじ》の某藩の江戸屋敷に香川甚五郎《かがわじんごろう》といふ留守居《るすい》役《やく》があつて、平素《へいそ》から四郎兵衛を贔負《ひいき》にしてゐた。

その甚五郎があるとき四郎兵衛に囁《ささや》いた。

「四郎兵衛、気の毒だが、おまへに一つ働いて貰《もら》ひたいことがある。肯《き》いてくれるか。」

「代々《だいだい》のお出入り、殊《こと》にあなた様のお頼みでござりますなら、何《なん》なりとも御用を勤めませう。」と、四郎兵衛は即座に請合《うけあ》つた。それは、今から四年前のことで、彼が二十二歳の春であつた。

「おまへは些《ち》つとは道楽をするさうだが、近所の三十間堀の喜多屋といふ船宿を知つてゐるだらう。」

「存《ぞん》じて居《お》ります。」

「おれも知つてゐる。あすこにお安といふ小綺麗《こぎれい》な女がゐる……。いや、早合点《はやがてん》するな。おれは取持つてくれと云ふのではない。あの女の体《からだ》を借りたいのだ。」

甚五郎の説明によると、そのお安といふ女を写生《しやせい》したいと云ふのである。顔は勿論、全身を赤裸《あかはだか》にして、手足から乳《ちち》のたぐひに至るまで一切《いつさい》を写生する——今日《こんにち》のモデルとは意味が違つて、云《い》はゞ一種《いつしゆ》の春画《しゆんが》である。それは幕府の役人に贈る秘密の賄賂《わいろ》で、金銭は珍しくない、普通の書画骨董類《こつとうるい》ももう古い。なにか新奇の工夫をと案じた末に、思ひ附いたのが裸体美人の写生画で、それを立派に表装《ひようそう》して箱入りの贈物にする。箱をあけて見て、これは妙案と感心させるといふ趣向である。而《しか》もその女が藝者や遊女では面白くない。さりとて堅気《かたぎ》の娘がそんな註文《ちゆうもん》に応《おう》ずる筈《はず》がない。結局、商売人と素人《しろうと》との中《なか》を取つて、茶屋女のやうな種類に眼を着けたのであるが、それとても選択がむづかしい。器量が好《い》いだけでも不可《いけ》ない。器量も好《よ》し、姿も整《ととの》つて、年も若く、なるべくは男を知らない女などといふ種々《しゆじゆ》の註文をならべ立てると、その候補者はなか〳〵見出《みいだ》せない、たとひ見出されたとしても、本人が不承知《ふしようち》であれば何《ど》うにもならない。

その選択に行《ゆ》き悩んで、最後に白羽《しらは》の矢を立てたのが喜多屋のお安であつた。お安はそのころ十九の若い女で、すぐれた美人といふのではないが、眼鼻立ちの整《ととの》つた清《きよ》らかな顔の持主で、脊恰好《せいかつこう》も肉附も先《ま》づ普通であつた。船宿などに奉公《ほうこう》する女であるから、どこか小粋《こいき》でありながら下卑《げび》てゐない。身持《みもち》も好《よ》くて、これまでに浮いた噂《うわさ》もないといふ。それらの条件に合格したのがお安の幸か不幸か判《わか》らなかつたが、兎も角も甚五郎は彼女に眼を附けた。

併《しか》しその問題が問題であるだけに、甚五郎はお安に向つて直接談判《だんぱん》を開くことを躊躇《ちゆうちよ》した。彼は四郎兵衛をたのんで、その口からお安を口説《くど》き落《おと》させようと考へたのである。「喜多屋の女房に頼んでもいゝが、あいつは少し質《たち》のよくない奴だ。そんなことを根《ね》にして後強請《あとねだり》などをされると煩《うる》さい。又その噂が世間《せけん》へ洩《も》れても困る。これはお安ひとりを相手の相談にしなければならない。他人には一切秘密だ。」

難儀《なんぎ》の役目を云ひつけられて、四郎兵衛も困つた。而《しか》も代々の出入り屋敷といひ、平素《へいそ》から世話になつてゐる留守居役が折入《おりい》つて頼むのを、情《すげ》なく断《ことわ》るわけにも行《ゆ》かないので、彼はたうとう此《こ》の難役《なんやく》を引受けた。さうして、どうにか斯《こ》うにか本人のお安を説《と》き伏《ふ》せて、二十両《りよう》の裸代《はだかだい》を支払ふことに取決めた。甚五郎も満足して万事の手筈《てはず》を定《さだ》め、お安は藤沢の叔母が病気だといふ口実で、主人の喜多屋から幾日《いくにち》かの暇《ひま》を貰《もら》つて、浅草辺のある浮《うき》世絵師《よえし》の家に泊り込むことになつた。その絵師のことは四郎兵衛もよく知らないが、恐《おそ》らく甚五郎から高い画料を受取つたのであらう。絵はとゞこほりなく描《か》きあがつて、その出来栄《できばえ》の好《い》いのに甚五郎はいよ〳〵満足した。約束の二十両は四郎兵衛の手を経《へ》てお安に渡された。

これでこの一件は無事に済んだ筈であるが、それから半年ほどの後《のち》に、お安はなんと思つたか四郎兵衛にむかつて、二十両の金を返すから彼《か》の裸体画を取戻してくれと云ひ出した。その絵はどこへ行つたか知らないが、甚五郎の手もとに残つてゐないことは判《わか》つてゐるので、四郎兵衛はそのわけを云つて聞かせたが、お安はどうしても承知しない。自分のあられもない姿が世に残つてゐるかと思ふと、恥《はず》かしいと情《なさけ》ないとで、居ても立つてもゐられないやうな気がする。是非とも彼《か》の裸体画を取戻して焼き捨ててしまはなければ、自分の気が済まないと云ふのである。勿論お安が最初から素直に承知したのではない、忌《いや》がるものを無理に納得《なつとく》させたのではあるが、兎もかくも承知して万事を済ませた後《のち》、今更《いまさら》そんなことを云ひ出されては困る。それを甚五郎に取次いだところで、どうにもならない事は判り切つてゐる。或《あるい》は後《あと》ねだりをするのかと思つて、四郎兵衛は更に十両か十五両の金を遣《や》ると云つたが、お安は肯《き》かない。自分の方から二十両の金を突きつけて、どうしても返してくれと迫るのであつた。

それは無理だと色々に賺《すか》して宥《なだ》めても、お安は肯かない。彼女は顔色を変へてさながら駄々《だだ》ッ子か気違ひのやうに迫るのである。四郎兵衛も年が若いので、仕舞《しま》ひには我慢が出来なくなつた。

「これほど云つて聞かせても判らなければ、勝手にしろ。」

「勝手にします。あたしは死にます。」

二人は睨《にら》み合つて別れた。それから幾日かの後に、お安は喜多屋から突然に姿を消した。まさかに死んだのではあるまいと思ひながらも、四郎兵衛はあまり好《い》い心持《こころもち》がしなかつた。その後に甚五郎に逢つた時、彼はお安に手古擦《てこず》つた話をすると、甚五郎は笑つた。

「それは困つたらう。あの絵は偉《えら》い人のところに納《おさ》まつてゐるのだから、取返せるものでは無い。併《しか》し不思議なことがある。あれを描《か》いた絵師はこのあひだ頓死《とんし》したよ。お安に執《と》り殺《ころ》されたのかな。」

絵師の死はお安が喜多屋を立去つた後《あと》の出来事であるのを知つて、四郎兵衛は又もや忌《いや》な心持になつた。

「今度はお互ひの番だ。気を注《つ》けなければなるまいよ。」と、甚五郎は又笑つた。四郎兵衛は笑つてもゐられなかつた。

而《しか》もその後に何事も起らず、四郎兵衛はお夏といふ嫁《よめ》を貰つて無事に暮らしてゐた。お安の消息は知れなかつた。それが足掛《あしか》け五年目の今日《こんにち》、思ひも寄らない所でめぐり逢つて、四郎兵衛は幽霊に出逢つたやうに驚かされたのである。お安のかたき討《うち》は蠑螺《さざえ》の礫《つぶて》で済んだのでは無かつた。彼女はこの江の島の宿《やど》まで執念ぶかく追つて来たのである。その話によると、自分の恥かしい姿絵が江戸の中《うち》の何処《どこ》にか残つてゐると思ふと、どうしても江戸には居堪《いたた》まれないので、喜多屋から無理に暇を取つて京大阪を流れあるいて、去年から藤沢の叔母の許《もと》へ帰つて来たといふのである。

それは兎も角も、お安は相変らず四郎兵衛にむかつて、彼《か》の裸体画を返せと迫るのであつた。その当時でさへも返せなかつたものを、今となつて返せるわけが無いと、四郎兵衛は繰返して説明したが、お安は肯《き》かない。こゝで逢つたのを幸ひに、江戸へ一緒に連れて行つて、彼《あ》の絵を戻せと云ひ張るので、四郎兵衛もほと〳〵持余した。旅先で十分の用意も無いから、せめてこれを小遣《こづか》ひにしろと云つて、彼は五両の金を差出したが、お安は金を貰ひに来たのではないと云つて、その金を投げ返した。

どうにも斯《こ》うにも手が着けられないので、結局は又もや喧嘩《けんか》となつた。それを聞き付けた宿《やど》の者共《ものども》が寄つて来て、哮《たけ》り狂ふお安を取押へて、無理に表《おもて》へ突き出してしまつた。

「考へてみれば可哀想《かわいそう》なやうでもありますが、なにを云ふにも半気違ひのやうになつてゐて、人の云ふことが判《わか》らないので困ります。」と、四郎兵衛は話し終《おわ》つて又もや溜息《ためいき》をついた。

「それぢゃあ明日も又来やあしないかね。」と、お杉も溜息まじりで云つた。

「来るかも知れません。」

「かうと知つたら、江の島なんぞへ来るのぢやあなかつたねえ。」

「お安の叔母が藤沢にあると云ふことは聞いてもゐましたが、今ぢやあすつかり忘れてしまつて、うつかり来たのが間違ひでした。」

「あしたは早朝にこゝを発つて、鎌倉をまはつて帰らうよ。」

「それに限ります。」と、義助も云つた。

「早く夜《よ》が明ければいゝねえ。」と、お杉は云つた。

雨天《うてん》ならば明日《あした》も逗留《とうりゅう》といふ予定を変更して、雨が降らうが、風が吹かうが、あしたは早々に出発と相談を決めて、三人は兎もかくも枕に就《つ》いたが、雨の音、海の音、さなきだに不安の夢に屢々《しばしば》おどろかされた。

四

あしたは晴れるやうにと、お杉が碌々《ろくろく》寝もやらずに弁財天を念じ明かした奇特《きとく》か、雨は暁方《あけがた》から歇《や》んで、二十五日の朝は快晴となつた。その朝日のひかりを海の上に拝《おが》んで、お杉は思はず手をあはせた。けふの晴は自分たちの救はれる兆《しるし》であるやうにも思はれた。

三人は早々に朝飯《あさめし》の箸《はし》を措《お》いて、出がけに再び下《しも》の宮《みや》に参詣した。四郎兵衛とお杉は草履《ぞうり》、義助は草鞋《わらじ》、皆それ〴〵に足拵《あしごしら》へをして宿《やど》を出た。宿の者に教へられた通りに、鎌倉から金沢へ出て、それから四里《より》あまりの路《みち》をたどつて程《ほど》ケ谷《や》へ着くといふ予定である。

四郎兵衛の顔の傷も思ひのほかに軽《かろ》かつたとみえて、今朝は腫《は》れも退《ひ》いて痛みも薄らいだ。天気も麗《うらら》かに晴れてゐるので、三人は徒歩《かち》で鎌倉まで行くことにした。ほかにもさう云ふ考への人たちがあるので、道連れではないが、後先《あとさき》になつて同じ路をゆく群《むれ》が多かつた。その人々の苦労のない高話《たかばなし》や笑ひ声を聴きながら歩いてゐると、三人の気分も次第に晴《はれ》やかになつた。まさかにお安もこゝまでは附いて来ないだらうと幾分の安心も出て、四郎兵衛も緩《ゆる》やかに煙草《たばこ》などを喫《す》ひながら歩いた。

無事に鎌倉にゆき着いて、型のごとくに名所故蹟《こせき》を見物した。ゆふべまでは鎌倉を通りぬけて、真直《まつすぐ》に江戸へ帰る積《つも》りであつたが、扨《さて》こゝまで無事に来て見ると、そんなに慌《あわ》てゝ逃げ帰るにも及ぶまいといふ油断《ゆだん》が出たのと、滅多《めつた》に再び来ることも出来ないといふので、三人は他《ほか》の人たちと同じやうに見てあるいた。八幡《はちまん》の本社《ほんしゃ》はこの二月の火事に類《るい》焼《しよう》して、雪《ゆき》の下《した》の町もまだ焼跡の整理が届かないのであるが、江の島開帳を当込みに仮《かり》普請《ぶしん》のまゝで商売を始めてゐる店も多かつた。

而《しか》も仇《かたき》を持つてゐるやうな三人は、流石《さすが》に悠々《ゆうゆう》とこゝに一泊する気にはなれなかつた。今夜は金沢で泊ることにして、見物は先づ好加減《いいかげん》に切上げて、鎌倉のお名残《なご》りに由比《ゆい》ケ浜《はま》へ出て、貝をあさる女子供の群をながめながら、稲村ケ崎の茶店に休んでゐると、五十前後の男が牛を牽《ひ》いて来た。

「牛に乗つて下せましよ。」

こゝらの百姓が農事のひまに牛を牽いて来て、旅の人たちに乗れと勧《すす》めるのは多年の習《ならい》である。牛に乗ると長生きをするなどと云ふので、面白半分に乗る人がある。鎌倉へ来た以上、話の種《たね》に牛に乗つて行《ゆ》かうといふ人もある。それ等《ら》の客を目当《めあ》てに牛を牽いた百姓等がそこらに徘徊《はいかい》してゐるのも、鎌倉名物の一つであつた。

「その牛はおとなしいかえ。」と、お杉は訊いた。

「みんな牝牛《めうし》だからね。おとなしいこと請合《うけあい》ですよ。馬や駕籠に乗るよりも、どんなに楽だか知れやあしねえ。」と、百姓は云つた。「ほかの牛も直《す》ぐに呼んで来ますから、三人乗つてお呉《く》んなせえ。」

「いや、お前だけで好《い》い。男はあるいて行く。」と、四郎兵衛は云つた。

金沢までの相談が決まつて、足弱《あしよわ》のお杉だけが話の種に乗ることになつた。男ふたりは附添《つきそ》つて歩いた。牛を追つてゆくのは五十前後の正直さうな男であつた。初めて牛に乗つたお杉は、案外に乗心の好《い》いのを喜んでゐた。

「落されるやうな事はあるまいね。」と、お杉は牛の脊に横乗りをしてゐながら云つた。

「馬から落ちたといふ事はあるが、牛から落ちたといふ話は聞かねえ。」と、男は笑つた。

「牛はおとなしいから、脊中で踊つたつて大丈夫ですよ。」

この頃《ごろ》の日は長い。鎌倉山の若葉をながめながら、牛の脊にゆられて行くのは、いかにも初夏の旅らしい気分であつた。小一里《こいちり》も行《ゆ》き過ぎてから、お杉は四郎兵衛に声をかけた。

「お前さん、わたしと代《かわ》つて乗つて御覧よ。ほんたうに好《い》い心持だよ。」

「ぢやあ、少し代らせて貰ひませうか。」

面白半分が手伝つて、四郎兵衛は母と入れかはつて牛の脊にまたがつた。やがて朝夷《あさひな》の切通《きりどお》しに近いといふ頃に、向うから同じく牛を牽《ひ》いた男が来るのに出逢つた。

「おゝ、おまへは金沢か。」と、彼はこちらの男に大きい声で呼びかけた。「おらも金沢へ送つて来た戻り路だよ。」

「ゆふべの雨で路はどうだ。」

「雨が強かつたせゐか、路は悪かあねえ。」

「それぢやあ牛も大助かりだ。」

「助かると云へば、おまへのとこのお安はどうした。」と、彼は立ちどまつて訊いた。

「どうもよくねえ。」と、こちらの男は答へた。「医者さまは風を引いたのだといふが、熱がひどいので傷寒《しようかん》にでもならにやあ好《い》いがと心配してゐるのだ。どこへ行つたのだか知らねえが、きのふの夕方、店をしめると直《す》ぐに何処《どこ》へか出て行つて、びしよ濡れになつて雨のなかを夜更《よふ》けに帰つて来たが、それで風を引いたに相違ねえ。おらは商売を休むわけにも行かねえから、嬶《かかあ》に看病させて、かうして出て来てゐるのだが、なんだか気がかりでならねえ。」

「そりやあ困つたな。あの雨のふるのに何処へ行つたのだらう。」

「それを詮議《せんぎ》しても素直《すなお》に云はねえ。江戸の客を追つかけて、江の島へ行つたらしいのだが……。」

「なにしろ大事にしろよ。」

「むゝ。」

二人は挨拶して別れた。牛の上でそれを聴いてゐた四郎兵衛は、自分の顔の傷を隠したくなつた。お杉も義助も逃げ出したいやうな心持になつた。

「おまへの家《うち》には何か病人があるのかね。」と、四郎兵衛は探《さぐ》るやうに訊いた。

「はあ。わたしの女房《にようぼう》の姪《めい》ですよ。」と、男は牛をひきながら答へた。「今もいふ通り、ゆふべから急に風を引いて、熱が出て、なんだか死にさうで、困つてゐますよ。」

「おまへの家《うち》はどこだ。」

「藤沢ですよ。少し遠いが、商売だから仕方がねえ。朝早くから牛を牽いて、鎌倉まで出て来ましたのさ。」

「おまへの姪は茶店でも出してゐるのかえ。」

「さうですよ。よく知つてゐなさるね。」

男は思はず振返つて、牛の上をみあげると、その途端に、牛は高く吼《ほ》えた。四郎兵衛は物に怯《おび》えたやうに身を顫《ふる》はせて、牛の脊から突然に転《ころ》げ落ちた。牛から落ちた話を聞かないと男は云つたが、それを裏切るやうに、彼は真逆《まつさか》さまに転げ落ちたのである。馬とは違つて、牛の脊は低い。それから地上に落ちたところで、差したる事もあるまいと思はれるが、四郎兵衛はそのまゝ気絶してしまつた。

牛方《うしかた》の男もおどろいたが、お杉と義助は更に驚かされた。男は近所から清水《しみず》を汲《く》んで来て、四郎兵衛に御《ふく》ませた。三人の介抱で、四郎兵衛はやう〳〵に息を吹きかへしたが、夢みる人のやうにぼんやりしてゐた。

折好《おりよ》くそこへ一挺《いつちよう》の駕籠が通り合せたので、お杉と義助は四郎兵衛を駕籠に乗せかへた。牛方の男には金沢までの駄賃を払つて、こゝから帰して遣《や》ることにした。男はひどく気の毒がつて、幾たびか礼を云つた。

「わたしの牛は今まで一度もお客を落したことはねえのに、どうしてこんな粗相《そそう》を仕出来《しでか》したのか。まあ、どうぞ勘弁してお呉んなせえ。」

お杉は罪亡ぼしのやうな心持で、この男の姪に幾らかの療治代でも恵んで遣りたかつたが、迂濶《うかつ》なことをして覚《さと》られては悪いと思ひ直して、それは止めた。なんにも知らないらしい彼《か》の男は、詫《わび》と礼《れい》とを繰返して去つた。

牛と別れて、二人はほつとした。傷寒で死にかゝつてゐると云ふお安の魂が、彼《か》の牛に乗憑《のりうつ》つて来たかとも思はれたからである。二人は再び不安に襲はれながら、四郎兵衛の駕籠を護《まも》つて金沢へ急いだ。

金沢の宿へ着いても、四郎兵衛はまだぼんやりしてゐた。こゝでは思ふやうな療治も出来ないといふので、翌日の早朝に、この一行は三挺の駕籠をつらねて江戸へ帰つたが、江戸の医者達にもその容態《ようだい》が判らなかつた。ある者は牛から落ちたときに頭を強く撲《う》つたのであらうと云ひ、或者は蠑螺《さざえ》の殻《から》で撲《う》たれた傷から破傷風《はしようふう》になつたのであらうと云ひ、その診断が区々《まちまち》であつた。四郎兵衛は高熱のために、五六日の後に死んだ。彼は死ぬまで一言も云はなかつた。

お安の裸体画をかいた絵師は頓死《とんし》したと云ひ、その周旋《しゆうせん》をした四郎兵衛はこの始末である。義助は或時それを香川甚五郎にさゝやくと、甚五郎はまた笑つてゐた。

「今度はいよ〳〵おれの番かな。」

果《はた》して彼の番になつた。それから一年ほどの後《のち》、甚五郎は身持放埒《みもちほうらつ》の廉《かど》を以《もつ》て留守居役を免ぜられ、国許逼塞《くにもとひつそく》を申附けられた。

扨《さて》その本人のお安といふ女は、病気のために死んだか何《ど》うだか、その後の消息《しようそく》はわからなかつた。その時代のことであるから、江戸から藤沢までわざ〳〵取調べにも行《ゆ》かれないので、小泉の店でもそのまゝにして仕舞つた。

真鬼偽鬼

一

これも同じ年の出来事である。文政四年の江戸には雨が少かつた。記録によると、正月から七月までの半年間にわづかに二十一度しか降雨《こうう》を見なかつたと云ふ事である。七月のたなばたの夜《よ》に久しぶりで雨があつた。つゞいて翌八日の夜にも大雨があつた。それを口《くち》切《き》りに、だん〳〵に雨が多くなつた。

かういふ年は、いはゆる片降《かたぶ》り片照《かたで》りで、秋口になつて雨が多いであらうといふ、老人たちの予言《ま》が先づ中《あた》つた方《ほう》で、八月から九月にかけて兎《と》かくに曇つた日がつゞいた。その九月の末である。京橋八町堀《はっちょうぼり》の玉子屋新道《たまごやしんみち》に住む南町奉行《みなみまちぶぎょう》の与力《よりき》秋山嘉平次《かへいじ》が新川《しんかわ》の酒《さか》問屋《どいや》の隠居《いんきょ》をたづねた。

隠居は自分の店の裏通りに小さい隠居所をかまへてゐて、秋山とは年来の棋敵《ごがたき》であつた。秋山もけふは非番であつたので、午過《ひるす》ぎからその隠居所をたづねて、例のごとく烏鷺《うろ》の勝負を争つてゐるうちに、秋の日もいつか暮れて、細《こま》かい雨がしと〳〵と降り出した。秋山は石を置きながら、表《おもて》の雨の音に耳をかたむけた。

「又降つて来ましたな。」

「秋になつてから、兎《と》かくに雨が多くなりました。」と、隠居も云つた。「併《しか》しかういふ時には、少し降つた方が気がおちついて好《よ》うござります。」

こゝで夕飯《ゆうはん》の馳走《ちそう》になつて、二人は好きな勝負に時の移るのを忘れてゐた。秋山の屋敷ではその出先を知つてゐるので、どうで今夜は遅からうと予想してゐたが、やがて四《よ》つ(午後十時)に近くなつて、雨はいよ〳〵降りしきつて来たので、仲間《ちゆうげん》の仙助《せんすけ》に雨具を持たせて主人を迎へに遣《や》つた。

「明日《みようにち》のお勤めもござります。もうそろ〳〵お帰りになりましては如何《いかが》。」

迎《むか》への口上《こうじよう》を聞いて、秋山も夜の更《ふ》けたのに気が注《つ》いた。今夜のかたき討《うち》は又近日と約束して、仙助と一緒にこゝを出ると、秋の夜《よ》の寒さが俄《にわか》に身にしみるやうに覚えた。仙助の話では、さつきよりも小降《こぶ》りになつたとの事であつたが、それでも傘の音が明《あきら》かに聞《きこ》えて、幾らか西風《にしかぜ》もまじつてゐるやうであつた。そこらの町家《まちや》はみな表の戸をしめ切つて、暗い往来に殆《ほとん》ど灯《ひ》のかげは見えなかつたが、その時代の人は暗い夜道に馴《な》れてゐるので、仲間の持つてゐる提灯《ちようちん》一つの光をたよりに、秋山は富島町《とみじまちよう》と川口町のあひだを通りぬけて、亀島橋《かめじまばし》にさしかゝつた。

橋の上は風も強い。秋山は傘をかたむけて渡りかゝると、うしろから不意に声をかけた者があつた。

「旦那《だんな》の御吟味《ごぎんみ》は違つて居《お》ります。これではわたくしが浮《うか》ばれません。」

それは此《こ》の世の人とも思はれないやうな、低い、悲しい声であつた。秋山は思はずぞつとして振返ると、暗い雨のなかに其声の主《ぬし》のすがたは見えなかつた。

「仙助あかりを見せろ。」

仲間に提灯をかざさせて、彼はそこらを見まはしたが、橋の上にも、橋の袂《たもと》にも、人らしい者の影は見出されなかつた。

「おまへは今、なにか聞いたか。」と、秋山は念のために仲間に訊いてみた。

「いゝえ。」と、仙助はなにも知らないやうに答へた。

秋山は不思議に思つた。極めて細い、微《かすか》な声ではあつたが、雨の音にまじつて確《たしか》に自分の耳には響いたのである。それとも自分の空耳《そらみみ》で、あるひは雨か風か水の音を聞きあやまつたのかも知れないと、彼は半信半疑で又あるき出した。八町堀へゆき着いて、玉子屋新道に這入《はい》らうとすると、新道の北側の角には玉圓寺《ぎよくえんじ》といふ寺がある。その寺の門前で犬の激しく吠える声がきこえた。

「黒《くろ》め、なにを吠えてゐやあがる。」と、仙助は提灯をさし付けた。

その途端《とたん》に、秋山のうしろから又もや怪《あや》しい声がきこえた。

「旦那の御吟味は違つて居ります。」

「なにが違つてゐる。」と、秋山はすぐに訊きかへした。「貴様はだれだ。」

「伊兵衛《いへえ》でござります。」

「なに、伊兵衛……。貴様は一体どこにゐるのだ。おれの前へ出て来い。」

それには何の答へもなかつた。たゞ聞えるものは雨の音と、寺の塀《へい》から往来へ掩《おお》ひかゝつてゐる大きい桐《きり》の葉にざわめく風の音のみであつた。犬は暗いなかで猶《なお》吠えつゞけてゐた。

「仙助、お前は何か聞いたか。」

「いゝえ。」と、仙助は矢はり何にも知らないやうに答へた。

「それでも、おれの云ふ声は聞《きこ》えたらう。」

「旦那様の仰《おつ》しやつたことは好《よ》く存じて居ります。初めに誰だといつて、それから又、伊兵衛と仰しやりました。」

「むゝ。」

云ひかけて、秋山はなにか急に思ひ付いたことがあるらしく、それきり黙つて足早《あしばや》にあるき出して、自分の屋敷の門をくゞつた。家内《かない》の者をみな寝かせてしまつて、秋山は庭に向つた四畳半《じょうはん》の小座敷《こざしき》に這入つて、小さい机の前に坐つた。御用の書類などを調べる時には、いつもこの四畳半に閉《と》ぢ籠《こも》るのが例《れい》であつた。

秋の夜はいよ〳〵更《ふ》けて、雨の音はまだ止まない。秋山は御用箱の蓋《ふた》をあけて、一束《ひとたば》の書類を取り出した。彼は吟味与力《ぎんみよりき》の一人《いちにん》であるから、自分の係りの裁判が十数件も畳《たた》まつてゐる。そのなかで、明日の白洲《しらす》へ呼び出して吟味する筈の事件が二つ三つあるが、秋山はその下調べをあと廻しにして、他の一件書類を机の上に置きならべた。それは本所柳《ほんじよやなぎ》島村《しまむら》の伊兵衛殺しの一件であつた。

この月の三日の宵《よい》に、柳島の町と村との境《さかい》を流れる小川のほとりで、村の百姓助蔵《すけぞう》のせがれ伊兵衛といふ者が殺されてゐた。伊兵衛は今年二十二で、農家の子ではあるが瓦焼《かわらや》きの職人となつて、中《なか》の郷《ごう》の瓦屋《かわらや》に毎日通つてゐると、それが何者にか鎌《かま》で斬り殺されて、路《みち》ばたに倒れてゐたのである。下手人はまだ確《たしか》には判《わか》らないが、村の百姓甚右衛門《じんえもん》のせがれ甚吉《じんきち》といふのが先《ま》づ第一の嫌疑者《けんぎしや》として召捕《めしと》られた。

甚吉が疑ひを受けたのは、かういふ事情に拠《よ》るのであつた。同じ百姓とはいひながら、甚吉と伊兵衛とは家柄も身代《しんだい》もまつたく相違して、甚吉の家はこゝらでも指折りの大百《おおひやく》姓《しよう》であつたが、二人は子供のときに同じ手習《てならい》師匠に通つてゐたといふ関係から、生長《せいちよう》の後《のち》にも心安く附き合つてゐた。伊兵衛は職人だけに道楽を早くおぼえて、天神橋《てんじんばし》の近所にある小料理屋などへ入《い》り込《こ》むうちに、彼《か》の甚吉をも誘ひ出して、このごろは一緒に飲みにゆくことが多かつた。

同年の友達ではあるが、甚吉は比較的に初心《うぶ》である上に、双方《そうほう》の身代《しんだい》がまるで違つてゐるので、甚吉は旦那《だんな》、伊兵衛はお供《とも》といふ形で、料理屋の勘定《かんじよう》などはいつも甚吉が払はせられてゐた。そのうちに、伊兵衛の取持で、甚吉は亀屋といふ店に奉公してゐるお園《その》といふ女と深い馴染《なじみ》になつて、少《すくな》からぬ金をつぎ込んでゐると、それを気の毒に思つて、秘《ひそ》かに彼に注意をあたへる者があつた。お園と伊兵衛とは其《その》以前から特別の関係が成立つてゐて、かれらは共謀《きようぼう》して甚吉を籠絡《ろうらく》し、その懐《ふところ》ろの銭《ぜに》を搾《しぼ》り取つて、蔭《かげ》では舌を出して笑つてゐるといふのである。それが果《はた》してほんたうであるか無いか、甚吉もまだ確《たしか》な證拠を見届けたわけでは無いが、そんな噂を聞いたゞけでも彼は内心甚《はなは》だ面白くなかつた。

その以上のことは、吟味《ぎんみ》がまだ行《ゆ》き届いてゐないのであるが、これらの事情から推察すると、三日の宵《よい》に伊兵衛が瓦屋から帰つて来る途中で、偶然甚吉に出逢つたか、あるひは甚吉がそこに待受けてゐたか、兎もかくも何かの口論の末に、甚吉が彼を殺して逃げ去つたものであらうと認められたのも、一応は無理もなかつた。兇器《きようき》の鎌《かま》は恰《あたか》もそこに有《あり》合《あわ》せたのか、或《あるい》は甚吉が持ち出して来たのか、それは判らなかつた。

併《しか》し甚吉は亀屋のお園のことや、又それに就《つい》てこのごろ彼《か》の伊兵衛に悪感情をいだいてゐる事などは、すべて正直に申立てたが、伊兵衛を殺害《せつがい》した事件については、一切なんにも知らないと云ひ張つてゐるので、その吟味は容易に落着《らくちやく》しなかつた。彼は入牢《にゆうろう》のまゝで裁判の日を待つてゐるのであつた。その係りの吟味方は秋山嘉平次である。

その秋山の耳に、今夜怪しい声が聞えたのである。――旦那の御吟味は違つて居ります――それを誰が訴へたのか。この暗い雨の夜に、しかも往来で誰がそれを訴へたのか。訴へた者は、伊兵衛でござります、と自分で名乗つた。殺された伊兵衛の魂《たましい》が迷つて来て、ほんたうの下手人《げしゅにん》をさがし出して、自分のかたきを討つてくれと訴へたのであらうか。それならば単に吟味が違つてゐると云はないで、本当の下手人は誰であるといふ事をなぜ明《あか》らさまに訴へないのか。秋山は机に向つて暫《しば》らく考へてゐたが、やがて俄《にわか》に笑ひ出した。

「畜生。今時そんな古手《ふるて》を食ふものか。」

甚吉の家は物持である。その独《ひと》り息子《むすこ》が人殺しの罪に問はれるのを恐れて、かれの家族が何者かを買収《ばいしゅう》して、伊兵衛の幽霊をこしらへたのであらう。さうして、自分の外出するのを窺《うかが》つて、怪談めいた狂言を試みたのであらうと秋山は判断した。

「よし、その狂言の裏をかいて、甚吉めを小《こ》つぴどく引つぱたいて遣《や》らう。」

甚吉の罪案《ざいあん》については、秋山も実はまだ半信半疑であつたが、今夜の幽霊に出逢つてから、その疑ひがいよ〳〵深くなつた。かれが若《も》し潔白の人間であるならば、その家族共《ども》がこんな狂言を試みる筈がないと思つた。

二

あくる朝、秋山嘉平次は同心《どうしん》の奥野《おくの》久平《きゅうへい》を呼んで、柳島の伊兵衛殺しの一件について特別の探索方《たんさくかた》を命令した。

「人を馬鹿にしてゐやあがる。眼のさめるやうに退治《たいじ》付けてやれ。」と、秋山は云つた。奥野も笑ひながら出て行つた。

その日の町奉行所に甚吉の吟味はなかつた。秋山は他の事件の調《しら》べを終《おわ》つて、いつもの通りに帰つて来ると、夜になつて奥野が彼の四畳半に顔をみせた。彼はひとりの手先を連れて、柳島方面へ探索に行つて来たのである。秋山は待ちかねたやうに訊いた。

「やあ、御苦労。どうだ。なにか面白い種《たね》が挙《あ》がつたかな。」

「先《ま》づ伊兵衛の家《うち》へ行つて、おやぢの助蔵《すけぞう》を調べてみました。」と、奥野は答へた。「すると、どうです。助蔵の家《うち》へも幽霊のやうなものが出て——勿論その姿は見えないのですが、矢はり伊兵衛の声で、下手人の甚吉は人違ひだといふやうな事をいつたさうです。」

「仕様《しよう》のねえ奴だな。」と、秋山は舌打ちした。「どこまで人を馬鹿にしやあがるのだ。それで、助蔵の家《うち》の奴等《やつら》はどうした。」

「あいつ等《ら》のことですから、勿論ほんたうに思つてゐるやうです。いや助蔵の家《うち》ばかりでなく、往来でもその声を聞いた者があるさうです。あの辺の町家《まちや》の女がひとり、百姓家の女が一人、日が暮れてから町境《まちざかい》の川の縁《ふち》——伊兵衛が殺されてゐた所です。——そこを通《とお》りかゝると、暗いなかゝら伊兵衛の声で……。女共はきやつといつて逃げ出したさうです。そんなわけで、あの辺では幽霊の噂が一面にひろがつて、誰でも知らない者は無いくらゐです。」

「そこで、貴公《きこう》の鑑定はどうだ。そんな芝居をするのは、甚吉の家《うち》の奴等か、伊兵衛の家の奴等か。」と、秋山は訊いた。

「そこです。」と、奥野は一《ひ》と膝《ひざ》すゝめた。「あなたの御鑑定通り、どうでその幽霊は偽者《にせもの》に相違ありませんが、わたくしも最初は甚吉の家の奴等だらうと思つてゐました。甚吉の家は物持ですから、金を遣《つか》つて誰かを抱き込んで、こんな芝居をさせてゐる事と睨《にら》んだのですが、だん〳〵詮議してみると、どうも助蔵の方が怪しいやうです。」

「それは少しあべこべのやうだが、そんなことが無いとも云へねえ。一体、その助蔵といふのはどんな奴だ。」

「助蔵は生まれ付きの百姓で、薄《うす》ぼんやりしたやうな奴ですが、女房のおきよといふのは中々《なかなか》のしつかり者で、十八の年に助蔵のところへ嫁に来て、そのあくる年に伊兵衛を生んで、今年恰度《ちようど》四十になるさうです。ところで、御承知かも知れませんが、伊兵衛は総領《そうりよう》で、その下に伊八といふ弟があります。伊八は兄《あに》きと二つ違ひで、今年二十歳《はたち》になります。」

「むゝ。」

秋山はうなづいた。兄弟であれば、声も似てゐる。弟の伊八が作り声をして、兄の幽霊に化けてゐるといふことは、もう判《わか》り過ぎるほどに判つてしまつた。気の短い秋山はすぐにその伊八を引き挙げて、手ひどく嚇《おど》しつけて遣《や》りたいやうにも思つたが、彼はもう四十を越してゐる。多年の経験上、急《せ》いては事を仕損じるの実例をも沢山に知つてゐるので、しばらく黙つて奥野の報告を聴いてゐると、相手はつづけて語り出した。

「おふくろのおきよは今もいふ通りのしたゝか者ですから、今さら甚吉を下手人にして見たところで、死んだ悴《せがれ》が生き返るわけでもないので、慾に転《ころ》んで仇《かたき》の味方になつて、甚吉は人違ひであるといふ事を世間へ吹聴《ふいちょう》すれば、それが自然に上《かみ》の耳にも這入ると思つて、偽幽霊の狂言《きょうげん》をかいたらしいのです。無論《むろん》それには甚吉の親達から纏《まと》まつた物を受取つたに相違ありますまい。弟の伊八といふ奴も、兄きと同じやうな道楽者で、小博奕《こばくち》なぞも打つと云ひますから、兄きの死んだのを幸ひに、おふくろと一緒になつてどんな芝居でも遣《や》り兼《か》ねません。近所の者の話によると、伊兵衛と伊八は兄弟だけに顔附も声柄もよく似てゐるといふことです。」

「それからお園《その》といふ女も調べたか。」

天神橋の亀屋へ行つて、お園のことを訊いてみると、お園は伊兵衛が殺されても、甚吉が挙げられても、一向平気《いつこう》ではしやいでゐるさうです。勿論一応は取調べてみましたが、今度の一件に就《つ》いてはまつたく何《なん》にも知らないらしく、甚吉も伊兵衛も座敷だけの顔馴染《かおなじみ》で、ほかに係り合ひは無いと澄ましてゐましたが、それは嘘で、どつちにも係り合ひのあつたことは、亀屋の家《うち》の者もみんな知つてゐました。一体がだらしの無い女で、ほかにもまだ係り合ひの客があるとかいふ噂です。年は二十二だといひますから、甚吉や伊兵衛と同い年で、容貌《きりよう》はまんざらでもない女でした。」

「それだけで伊八とおきよを引き挙げては、まだ早いかな。」と、秋山はかんがへながら云つた。

「さうですね。」と、奥野も首をかしげた。「もう大抵《たいてい》は判つてゐるやうなものですが、何《なに》分《ぶん》にも確《たしか》な證拠が挙がつてゐませんから、下手《へた》なことをして仕舞ふと、あとの調べが面倒《めんどう》でせう。」

こつちに確な證拠を摑んでゐないと、相手が強情者《ごうじようもの》である場合には、その詮議がなか〳〵面倒であることを秋山もよく知つてゐた。

「そこで、あとの事は藤次郎にあづけて来ましたが、どうでせう。」と、奥野は秋山の顔色をうかゞひながら又いつた。

「それでよからう。」

手先の藤次郎は初めからこの事件にかゝり合つてゐる上に、平生《へいぜい》から相当の腕利きとして役人達の信用もあるので、秋山も彼にあづけて置けば大丈夫であらうと思つた。そこで今後の処置は藤次郎の探索の結果を待つことにして、奥野は一先《ひとま》づ別れて帰つた。

　ゆふべの雨は暁方《あけがた》から止んだが、けふも一日曇り通して、薄ら寒い湿《しめ》つぽい夜であつた。奥野が帰つたあとで、秋山は又もや机にむかつて、あしたの吟味《ぎんみ》の調べ物をしてゐると、家根《やね》の上を五位鷺《ごいさぎ》が鳴いて通つた。かれは自分が今調べてゐる仕事よりも、伊兵衛殺しの一件の方《ほう》が気になつてならなかつた。事件その物が重大であるといふよりも、幽霊の仮声《こわいろ》を使つて自分をだまさうとした彼等の所業《しよぎよう》が忌々《いまいま》しくてならないのである。土地の奴等をだますのは兎《と》もあれ、自分までも一緒にだまさうといふのは、余りに上役人《かみやくにん》を侮《あなど》つた仕方である。一日も早く彼等の正体を見あらはして、ぐうの音《ね》も出ないやうに退治付けて遣《や》らなければ、自分の胸が納《おさ》まらないのであつた。

「おれはひどく燥《あせ》つてゐるな。」

　かれは自《みずか》ら嘲《あざけ》るやうに笑つた。いかなる場合にも冷静である筈の自分が、今度の事件にかぎつて燥り過ぎるのは何《ど》ういふわけであるか。忌々しいからと云つて無暗《むやみ》にあせるのは、あまりに素人《しろうと》染《じ》みてゐるではないか。こんなことで八町堀に住んでゐられるかと、秋山は努《つと》めて彼《か》の一件を忘れるやうにして、他の調べ物に取りかゝつたが、やはり何《ど》うも気が落付かなかつた。さうして、今にも藤次郎が表《おもて》の門《もん》をたゝいて、何事かを報告して来るやうに思はれてならないので、今夜も家内の者を先へ寝かして、秋山は夜《よ》のふけるまで机の前に坐り込んでゐた。寝床に這入つたところで、どうせ安々《やすやす》とは眠られまいと思つたからである。そのうちに本石町《ほんごくちよう》の九《ここの》つ（午前十二時）の鐘の音《ね》が沈んできこえた。五位鷺が又鳴いて通つた。

秋の夜《よ》が長いといつても、もう夜半《よなか》である。少しは寝て置かなければ、あしたの御用に差支《さしつか》へると思つて、秋山も無理に寝仕度にかゝり始めると、表で犬の吠える声がきこえた。つゞいて門《もん》を叩《たた》く者があつた。秋山は待ち兼ねたやうに飛んで出て、仲間《ちゆうげん》や下女を呼び起すまでもなく、自分で門を明けにゆくと、細《こま》かい雨がはら〳〵と顔を撲《う》つた。暗い門の外には奥野と藤次郎が立つてゐた。

藤次郎は先づ奥野の門をたゝいて、それから二人が連れ立つて来たものらしい。秋山はすぐに彼等を奥へ通すと、奥野は急いで口を切つた。

「どうも案外な事件が起《おこ》りました。」

「どうした。やつぱり柳島《やなぎしま》の一件か。」と、秋山もすこしく胸を跳《おど》らせながら訊いた。

「さうでございます。」と、藤次郎が入れ代つて答へた。「奥野の旦那がお引揚げになつてから、わたくしは亀屋のそばの柳屋といふ家《うち》に張込んでゐました。伊八の奴はそこへたび〳〵飲みに行くことを聞いたからです。一昨日《おととい》も昨日も来なかつたから、今夜あたりは来るだらうといふので、わたくしも客の積《つも》りで小座敷に飲んでゐました。亀屋は二階家《にかいや》ですが、柳屋は平家《ひらや》ですから、表の見えるところに陣取つてゐると、もう五《いつ》つ（午後八時）頃でしたらうか、頰包《ほおかむ》りをした一人の男が柳屋の店の方へぶら〳〵遣《や》つて来ました。どうも伊八らしいと思つて家《うち》の女中にきいて見ると、たしかにさうだといふので、油断なく見張つてゐると、伊八は柳屋の前まで来たかと思ふと、又ふら〳〵と引返《ひきかえ》して行《ゆ》きます。此奴《こいつ》おれの張込んでゐるのを覚《さと》つたのかと、わたくしもすぐに起《た》ち上《あが》つて表をのぞくと、近所の亀屋の店口からも一人の女が出て来ました。その女はお園らしいと見てゐると、伊八とその女は黙つて歩き出しました。」

　云ひかけて、彼は頭をかいた。

「旦那方《がた》の前ですが、こゝでわたくしは飛んだドヂを組《く》んでしまつて、まことに面目次第《めんもくしだい》もございません。それからわたくしがすぐに跡《あと》を附けて行けば好《よ》かつたのですが、亀屋は今夜が始めてゞ、わたくしの顔を識《し》らねえ家《うち》ですから、むやみに飛び出して食ひ逃げだと思はれるのも癪《しやく》に障《さわ》るから、急いで勘定《かんじよう》を払つて出ると、あひにくに又、日和下駄《ひよりげた》の鼻《はな》緒《お》が切れてしまひました。」

　秋山は笑ひもしないで聴いてゐると、藤次郎はいよ〳〵極《きま》りが悪さうにいつた。

「さあ、困つた。仕方がねえから柳屋へまた引返《ひつかえ》して、草履《ぞうり》を貸してくれといふと、向《むこ》うでは気を利《き》かした積《つも》りで日和下駄を出してくれる。いや、雨あがりでも草履の方が好いといふ。そんな押問答に暇をつぶして、いよ〳〵草履を突《つ》つかけて出ると、これがまた鼻緒がゆるんでゐて、馬鹿に歩きにくい。それでもまあ我慢して、路《みち》の悪いところを飛び〳〵

に……。」

「まつたくあの辺《へん》は路が悪いな。」と、奥野は彼を取りなすやうにいつた。

「御存じの通りですから、実に歩かれません。」と、藤次郎も言訳《いいわけ》らしくいつた。「おまけに真暗《まつくら》と来てゐるので、今の二人はどつちの方角へ行つたか判らなくなつて仕舞ひました。それでも好《い》い加減に見当をつけて、川岸《かし》づたひに歩いて行くと、あすこに長徳院《ちようとくいん》といふ寺があります。その寺門前《てらもんまえ》の川端を列《なら》んで行くのが、どうも伊八とお園のうしろ姿らしいのです。」

「暗《くら》やみで能《よ》くそれが判つたな。」と、秋山は詰《なじ》るやうに訊いた。

「あとで考へると、それが全く不思議です。そのときには男と女のうしろ姿が暗いなかにぼんやりと浮き出したやうに見えたのです。」

「ほんたうに見えたのか。」

「たしかに見えました。」

藤次郎は小声に力を籠《こ》めて答へたが、その額《ひたい》には不安らしい小皺《こじわ》が見えた。

三

「それぢやあ仕方がねえ。その暗いなかで二人の人間の姿がみえたとして、それからどうした。」と、秋山は催促するやうに又訊いた。

「わたくしは占《し》めたと思つて、そのあとを附けて行きました。」と、藤次郎は答へた。「伊八とお園は長徳院の前から脇坂《わきざか》の下屋敷《しもやしき》の前を通つて、柳島橋の方へ行く。川岸づたひの一本道ですから見はぐる気づかひはありません。あいつ等《ら》は一体どこへ行くのか、妙見《みようけん》さまへ夜《よ》まゐりでもあるめえと思ひながら、まあ何処《どこ》までも追つて行くと……。それがどうも不思議で、いつの間《ま》にか二人の姿が消えてしまひました。」

「馬鹿野郎。狐にでも化《ば》かされたな。」と、秋山は叱《しか》つた。

「さう云はれると、一言《いちごん》も無いのですが、まさかにわたくしが……。」

「貴様は酒に酔つてゐたので、狐に遣《や》られたのだ。江戸つ子が柳島まで行つて、狐に化かされりやあ世話はねえ。呆《あき》れ返《かえ》つた間抜け野郎だ。ざまあ見ろ。」

秋山は腹立ちまぎれに、頭からこき下《おろ》した。その権幕《けんまく》が激しいので、奥野も取りなす術《すべ》もなしに黙つてゐると、藤次郎はいよ〳〵恐縮しながらいつた。

「まあ、旦那。お聴きください。今もいふ通り、よく〳〵考へてゐると、暗いなかで見えたのが不思議で、見えない方が本当なのですから、わたくしも今さら変な心持になりました。ひよつとすると、畜生め等《ら》に遣《や》られたのぢやあないかと、眉毛を濡らしながら其処《そこ》らを見まはしても、あたりは唯真暗《ただまつくら》で、なんにも見えません。」

「あたりめへよ。」と、秋山は又叱つた。

「仕方が無しにすご〳〵引きあげてもとの長徳院の辺まで帰つて来ると、なにか其処《そこ》らがさう〳〵しくつて、大勢《おおぜい》が駈けて行くやうですから、ボヤでも出しやあがつたかと思つて、通りがかりの者にきいて見ると、いや何《ど》うも驚きました。町と村との境《さかい》にある小川の縁《ふち》に、助蔵のせがれの伊八が斬られて死んでゐるといふのです。わたくしも呆気《あつけ》に取られながら、すぐに其場《そのば》へ飛んで行くと、伊八はまつたく死んでゐました。近所の者があつまつてわや〳〵云つてゐるのを掻《か》き分けて、その死骸をあらためてみると、伊八は鎌のやうなもので頸筋《くびすじ》を斬られてゐるのです。兄きも鎌で殺され、弟もおなじやうな刃物で斬られてゐる。しかもその死んでゐる場所が、兄きの殺されたのと同じ所だといふので、皆《み》んなも不思議がつてゐるのです。その知らせに驚いて、助蔵の夫婦もかけつけて来ましたから、わたくしはその女房のおきよを取《と》つ捉《つか》まへて、本人の家《うち》へ引摺《ひきず》つて行つて厳しく取調べると、幾らしつかり者でも流石《さすが》に気が顛倒《てんとう》してゐるとみえて、案外にすら〳〵と白状《はくじよう》してしまひました。やつぱり旦那方の御鑑定《ごかんてい》通り、伊兵衛を殺したのは甚吉の仕業《しわざ》と判つてゐるのですが、今さら甚吉を科人《とがにん》にしたところで、死んだ我子が生き返るわけでも無いから、いつそ慾に転《ころ》んだ方が優《ま》しだと考へて、甚吉の家《うち》から三百両の金を貰つて、弟の伊八を幽霊に仕立てたのださうです。それで先《ま》づ幽霊の正体はわかつたが、さて今度は伊八の下手人《げしゆにん》です。」

「甚吉の家《うち》の奴等だらうな。」と、秋山は口を容《い》れた。

「誰もさう考へさうなことで、現《げん》におきよもさういつてゐました。」と、藤次郎は答へた。

「おきよはその三百両のうちから五十両だけを伊八に渡して、あとは裏手の空地《あきち》に埋めてしまつたさうです。伊八は又、その五十両を女と博奕《ばくち》で忽《たちま》ち摺《す》つてしまつて、残りの金をわたしてくれと強請《せび》つても、おふくろは気が強いからなか〳〵受付けない。そこで、伊八は甚吉の家《うち》の方へねだりに行く。それが二度も三度もつゞくので、甚吉の家でも煩《うる》さくなつて、秘密を知つてゐる伊八を生かして置いては一生涯《いつしようがい》の累《わずら》ひだから、いつそ亡き者にしてしまへと、誰かに頼んで殺させたに相違ないと、おきよは泣いて訴へるのです。わたくしも先づさうだらうと思ひましたが、唯《ただ》少し不思議なことは……。さういふと、又叱られるかも知れませんが、伊八とお園は川岸づたひに妙見さまの方へ行つたらしいのに、そのお園はいつの間にか見えなくなつて、伊八だけがこゝへ来て死んでゐる。勿論、わたくしが狐に化かされたとすれば仕方もありませんが、そこが何だか腑に落ちないので、念のために亀屋の方を調べてみると、お園は日が暮れてから髪なぞを綺麗にかきあげて、いつもよりも念入りにお化粧をしてゐたかと思ふと、ふらりと何処《どこ》へか出て行つたまゝで、いまだに帰つて来ないといふのです。さうなると、わたくしがお園の姿を見たといふのも、まんざら狐でも無いやうで……。」

　彼は柔《やわら》かに一種の反駁《はんばく》を試みた。秋山の権幕があまりに激しいので、彼は一段恐縮したやうに見せながら、徐々に備《そな》へを立て直して、江戸の手先がむやみに狐なんぞに化かされて堪まるものかといふ意気《いき》をほのめかしたのである。

秋山はだまつて聴いてゐた。


あくる朝、奥野は藤次郎をつれて再び柳島へ出張すると、更《さら》に新しい事実が発見された。お園の死骸が柳島橋の下に浮《うか》んでゐたのである。橋の袂《たもと》には血に染《そ》みた鎌《かま》が捨てゝあつたばかりでなく、お園の袷《あわせ》と襦袢《じゆばん》の袖《そで》にも血のあとが滲《にじ》んでゐるのを見ると、彼女は先づ伊八を殺害《せつがい》し、それからこゝへ来て入水《にゆうすい》したものと察せられた。

「かうなると、わたくしの見たのもいよ〳〵嘘ぢやありませんよ。」と、藤次郎は云つた。

「それにしても、道連れの男は誰だ。伊八ぢやあるめえ。」と、奥野は首をかしげた。

「さあ、それが判りませんね。」

伊八によく似た男といへば、兄の伊兵衛でなければならない。伊兵衛の魂《たましい》がお園を誘ひ出して、先づ伊八を殺させて、それから彼女を水のなかへ導《みちび》いて行つたのであらうか。藤次郎が伊八と思つて尾行《びこう》したのは実は伊兵衛の亡霊の影を追つてゐたのであらうか。それは容易に解《と》き難《がた》い謎である。

甚吉の家族はみな厳重に取調べられて、父の甚右衛門は一切の秘密を白状した。それはおきよの申口《もうしぐち》と符合してゐたが、伊八殺しの一件については彼は飽《あく》までも知らないと主張してゐた。伊八を殺したのはお園の仕業と認めるのほかはなかつた。それにしても、お園がなぜ伊八を殺したか、伊八が兄のかたきを討たうともしないで、却《かえつ》て仇《かたき》の味方になつて働いてゐるのを、お園が憎んで殺したとも思はれるが、その平生《へいぜい》から考へると、お園の胸にそれほどの熱情を忍ばせてゐやうとは思はれなかつた。藤次郎の眼に映じた幻影が若《も》し伊兵衛の姿であるとすれば、その魂が我が情婦の手をかりて、憎むべき弟をほろぼしたとも見られる。果《はた》してさうならば、お園は男のたましひに導かれて、一種の魔術にかゝつた者のやうに、殆《ほとん》ど無意識に伊八を殺したのであらう。同じ場所に於《おい》て、おなじ刃物を以《もつ》て……。

最初の幽霊が果《はた》して偽者《にせもの》であつたことは、おきよと甚右衛門の白状によつて確《たしか》められたが、後《のち》の幽霊が果して真者《ほんもの》であるか無いかを確め得《う》るものは無かつた。かういふたぐひの怪談を信じまいとする秋山も、それに対して正当の解釈をあたへることが出来ないのを残念に思つた。

もう一つ、秋山を沈黙せしめたのは、伝馬町《でんまちよう》の牢屋《ろうや》につながれてゐる下手人の甚吉が頓死《とんし》したことである。それは恰《あたか》も彼《か》の伊八が殺されたと同時刻であつた。

海亀

一

「かぞへると三十年以上の昔になる。僕がまだ学生服を着て、東京の学校に通《かよ》つてゐた頃だから……。それは明治三十何年の八月、君達がまだ生まれない前のことだ。」

鬢鬚《びんひげ》のやゝ白くなつた実業家の浅岡氏は、二三人の若い会社員を前にして、秋雨《あきさめ》のふる宵《よい》にこんな話をはじめた。

その頃、僕は妹の美智子と一緒に、本郷の親戚の家《うち》に寄留《きりゆう》して、僕はMの学校、妹はAの女学校に通つてゐた。僕は二十二、妹は十八——断《ことわ》つて置くが、その時代の若い者は今の人達よりも、よつぽど優《ま》せてゐたよ。

七月の夏休みになつて、妹の美智子は郷里へ帰省《きせい》する。君たちも知つてゐる通り、僕の郷里は山陰道《さんいんどう》で、日本海に面してゐるHといふ小都会《しようとかい》だ。僕は毎年おなじ郷里へ帰るのも面白くないので、親しい友人と二人づれで日光の中禅寺湖畔《ちゆうぜんじこはん》で一夏《ひとなつ》を送ることにした。美智子は僕よりも一足先に、忘れもしない七月の十二日に東京を出発したので、僕は新橋駅まで送つて行つて遣《や》つた。

云ふまでもなく、その日は盆《ぼん》の十二日だから草市《くさいち》の晩だ。銀座通りの西側にも草市の店が列《なら》んでゐた。僕は美智子の革包《かばん》をさげ、妹は小さいバスケットを持つて、その草市の混雑のあひだを抜けて行《ゆ》くと、美智子は僕をみかへつて云つた。

「ねえ、兄さん。こんな人込みの賑《にぎや》かな中《なか》でも、盆燈籠《ぼんどうろう》はなんだか寂しいもんですね。」

「さうだなあ。」と、僕は軽く答へた。

あとになつてみると、そんなことでも一種の予覚《よかく》といふやうな事が考へられる。美智子はやがて盆燈籠を供《そな》へられる人になつてしまつて、彼女と僕とは永久の別れを告《つ》げることになつたのだ。

妹が出発してから一週間ほどの後《のち》に、僕も友人と共に日光の山へ登つて――最初は涼《すず》しいところで勉強するなどと大いに意気込んでゐたのだが、実際はあまり勉強もしなかつた。湖水で泳いだり、戦場ケ原のあたりまで散歩に行つたりして、文字通りにぶら〱してゐると、妹が帰郷してから一ケ月あまりの後《のち》、八月十九日の夜に、僕は本郷の親戚から電報を受取つた。帰省中の美智子が死んだから直《す》ぐに帰れといふのだ、僕も驚いた。

なにしろそのまゝには捨置《すてお》かれないと思つたので、僕は友人を残して、翌日の早朝に山を降りた。東京へ帰つて聞きたゞすと、本郷の親戚でも単に死亡の電報を受取つたゞけで詳しいことはわからないが、恐らく急病であらうと云ふのだ。誰でもさう思ふのほかはない。残暑の最中であるから、コレラと云ふほどではなくても、急性の腸胃加答児《かたる》のやうな病気に襲はれたのでないかといふ噂もあつた。ともかくも僕はすぐに帰郷することにして東京を出発した。一月《ひとつき》前に妹を新橋駅に送つた兄が、一月後にはその死を弔《とむら》ふべく同じ汽車に乗るのだ。草市のこと、盆燈籠のこと、それ等《ら》が今更《いまさら》思ひ出されて、僕も感傷的の人とならざるを得なかつた。

帰郷の途中はたゞ暑かつたと云ふだけで、別に話すほどのこともなかつたが、その途中で僕が考へたのは「清《きよし》がさぞ驚いて失望してゐるだらう。」と云ふことだ。僕の実家は海産物の問屋《といや》で、先《ま》づ相当に暮らしてゐる。その隣の浜崎といふ家《うち》もやはり同商売で、これもまあ相当に店を張つてゐる。浜崎と僕の家《うち》とは親戚関係になつてゐて、浜崎の息子と僕達とは従弟同士《いとこどうし》になつてゐるのだ。

浜崎のひとり息子の清といふのは大阪のある学校を卒業して、今は自分の家《うち》の商売をしてゐる。清と美智子とは従弟同士の許婚《いいなずけ》と云つたやうなわけで、美智子がAの女学校を卒業すると、浜崎の家《いえ》へ嫁入りする筈《はず》になつてゐるのは、すべての人が承認してゐるのだ。今度も新橋でわかれるときに、「清君によろしく。」と云つたら、美智子は少し紅い顔をしてゐた。美智子は帰郷して清に逢つたに相違ない。隣同士だから屹度《きつと》逢つてゐるに決まつてゐる。その美智子が突然に死んだのだから、清はどんなに驚いてゐるか、どんなに悲しんでゐるか、それを思ふと僕の頭はいよ〳〵暗《くら》くなつた。

もちろん葬式に間に合はないのは僕も覚悟してゐたが、殊《こと》に暑い時季《じき》であつたゝめに、葬式はもう一昨日《おととい》の夕方に執行《しつこう》されたと云ふことを、僕は実家の閾《しきい》をまたぐと直ぐに聞いた。

「ぢやあ、早く墓参りに行つて来ませう。」

「あゝ、さうしておくれ。美智子も待つてゐるだらう。」と、母は眼を湿《うる》ませて云つた。

旅装《りよそう》のまゝで――と云つたところで、白飛白《しろがすり》の単衣《ひとえ》に小倉《こくら》の袴《はかま》を穿《は》いたゞけの僕は、麦わら帽に夕日をよけながら、菩提寺《ぼだいじ》へ急いで行つた。地方のことだから、寺は近い。それでも町から三町《ちよう》あまりも引込《ひっこ》んだところで、桐《きり》の大木《たいぼく》の多い寺だ。寺の門《もん》をくゞつて、先祖代々の基地へゆきかゝると、その桐の木にひぐらしが寂しく鳴いてゐた。

見ると、妹の墓地の前――新仏《しんぼとけ》を祭る卒塔婆《そとば》や、白張提灯《しろはりちようちん》や、樒《しきみ》やそれ等《ら》が型《かた》のごとくに供《そな》へられてゐる前に、ひとりの男がうつむいて拝んでゐた。その後姿をみて、僕はすぐに覚《さと》つた。彼は隣の息子の清に相違ない。顔を合せたらまづ何《なん》と云つたものか、そんなことを考へながら徐《しずか》に歩みよると、彼は人の近寄るのを知らないやうに暫《しばら》く合掌《がっしょう》してゐた。それを妨《さまた》げるに忍びないので、僕は黙つて立つてゐた。

やがて彼は力なげに立上つて、初めて僕と顔を見合せると、なんにも云はずに僕の両腕を摑《つか》んだ。さうして、子供のやうに泣きだした。清は僕よりも年上の二十四だ。大《だい》の男がその泣顔は何事だと云ひたいところだが、この場合、僕もむやみに悲しくなつて、二人は無言でしばらく泣いてゐた。いや、お話にならない始末だ。

それから僕は墓前に参拝して、まだ名残惜《なごりお》しさうに立つてゐる清を促すやうにして寺を出た。そこで僕は初めて口を開いた。

「どうも突然で驚いたよ。」

「君も驚いたらう。」と、清は俄《にわか》に昂奮《こうふん》するやうに云つた。「話を聴いたゞけでも驚くに相違ない。いや、誰だつて驚く……。ましてそれを目撃した僕は……僕は。」

「目撃した……。君は妹の臨終《りんじゅう》に立会つてくれたのかね。」

「君は美智子さんが、どうして死んだのか……。それをまだ知らないのか。」

「実は今着いたばかりで、まだ何《なん》にも知らないのだ。」と、僕は云つた。「一体、妹はどうして死んだのだ。」

「君はなんにも知らない……。」と、彼はちよつと不思議さうな顔をしたが、やがて又、投げ出すやうに云つた。「いや、知らない方が好《い》いかも知れない。」

「ぢやあ、美智子は普通の病気ぢやあなかつたのか。」

「勿論だ。普通の病気なら、僕はどんな方法をめぐらしても、きつと全快させて見せる。

君の家《うち》だつて出来るかぎりの手段を講じたに相違ない。而《しか》も相手は怪物だ、海の怪物だ。それが突然に襲つて来たのだから、どうにも仕様がない。」と、彼は拳《こぶし》を握りしめながら罵《のの》しるやうに叫《さけ》んだ。

「君、まあ落着いて話してくれ給《たま》へ。それぢやあ美智子は何か変つた死方をして、君もその場に一緒に居合はせたのだね。」

「む丶、一緒にゐた。最後まで美智子さんと一緒にゐたのだ。いつそ僕も一緒に死にたかつたのだが……。どうして僕だけが生きたのだらう。」と、彼はいよ〳〵昂奮した。「君は恐らく迷信家ぢやあるまい。僕も迷信は断じて排斥《はいせき》する人間だ。その僕が迷信家に屈伏《くつぷく》するやうになつたのだ。僕は今でも迷信に反対してゐるのだが、それでも周囲のものどもは、僕が屈伏したやうに認めているのだ。」

彼は一体なにを云つてゐるのか、僕には想像が附かなかつた。

二

「まあ、聞いてくれたまへ。」と、清《きよし》は歩きながら話し出した。「君も知つてゐるだらうが、こ丶らぢやあ旧暦の盂蘭盆《たなばた》には海へ出ないことになつてゐる。出ると必ず災難に遭《あ》ふといふのだ。一体どういふわけで、昔からそんなことを云ひ伝へてゐるのか知らないが、恐らく盆中《ぼんちゆう》は内《うち》にゐて、漁《りよう》などの殺生《せつしよう》を休めと云ふ意味で、誰かゞそんなことを云ひだしたのだらう。僕はさう思つて、今まで別に気にも留《と》めてゐなかつた。ところで、美智子さんがこの夏こゝへ帰つて来てから、夜も昼も一緒に小舟《こぶね》に乗つて、二人はたび〳〵海へ遊びに出てゐたのだ。ねえ、君。別にめづらしいことはないだらう。」

「むゝ。」と、僕はうなづいた。夏休みで帰郷した美智子は、定《さだ》めて清と舟遊びでもしてゐるだらうと、僕は予《かね》て想像してゐたのであるから、この話を聞いても別に怪《あやし》みもしなかつた。

「そのうちに、今月の十七日が来た。十七日は旧暦の盂蘭盆《たなばた》に当《あた》るので、こゝらでは商売を休んでゐる家《うち》も随分あつた。浜では盆踊《ぼんおどり》も流行《はや》つてゐた。その日は残暑の強い日だつたが、日が暮れてから涼しい風がそよ〳〵吹いて来た。昼間から約束してあつたので、夕《ゆう》飯《めし》を済ませてから僕は美智子さんを誘《さそ》ひ出して、いつものとほり小舟に乗つて海へ出ようとすると、僕の家《うち》の番頭《ばんとう》――あの禿頭《はげあたま》の萬兵衛《まんべえ》が変な顔をして、今夜は盆の十五日だから海へでるのはお止《よ》しなさいと云ふのだ。盂蘭盆《たなばた》が何だ。盂蘭盆《たなばた》の晩でも、大阪商船会社の船は出たり這入《はい》つたりしてゐるぢやあないかと、僕は腹のなかで笑ひながら、素知らぬ顔で表《おもて》へ出ると、萬兵衛は強情《ごうじよう》に追つかけてきて、漁師《りようし》の舟さへ今夜は休んでゐるんだから、遊びの舟なぞは猶《なお》さら遠慮しろと云ふのだ。もちろん、僕がそんなことを取合ふ筈もない。あたまから叱《しか》りつけて出ようとすると、美智子さんは女だから、萬兵衛に向つて、直ぐ帰つて来るから安心してくれと宥めるやうに云ひ聞かせて、二人はまあ浜辺へ出たのだ。」

かう云ひながら、清は路《みち》ばたに咲いてゐる桔梗《ききよう》の一枝《ひとえだ》を折取つた。どこやらでひぐらしの声がまた聞えた。彼は薄《うす》むらさきの花を眺めながら又話し出した。

「君も知つてゐる通り、浜辺の砂地には僕の家《うち》の小舟が引揚げてある。それをおろして、僕は美智子さんと一緒に乗込んだ。今に始まつたことぢやあないから、そんなことは詳しく説明するまでもあるまい。僕が櫂《かい》をとつて海へ漕ぎだすと、今夜は空が晴れてゐる。星がでる、月がでる。浪《なみ》はおだやかで、風は涼しい。これまで美智子さんと幾《いく》たびか海へでたが、こんなに良《い》い晩は一度もなかつた。二人は非常に愉快になつて、舟舷《ふなばた》をたゝきながら声を揃《そろ》へて歌つた。振返つてみると、浜辺の町の灯は低く沈んで、水にひゞく盆踊の歌声も微《かすか》になつて、自分たちの舟がもう余程遠く来てゐるのに気がついたが、それでも僕は頓着《とんちやく》なしに漕《こ》いで行つた。子供の時からこゝに育《そだ》つて、海には馴れてゐるからね。そのうちに美智子さんはこんなことを云ひ出した。『一体、盂蘭盆《たなばた》の晩に舟を出しては悪いなんて、誰が云ひはじめたんでせうねえ。』僕はそれに答へて、前に云つた通り『恐らく盂蘭盆《たなばた》の晩には皆《み》んな内にゐて、殺生《せつしよう》の漁を休めと云ふのでせう。』と云ふと、美智子さんは急に沈んだやうに溜息をついて『そんなことなら好《よ》うござんすけれど、番頭さんのいふとほり、今夜海へ出るのは悪いんぢやないでせうか。伝説だの、迷信だのと云ひますけれど、昔から悪いと云ふことは多年の経験から出てゐるんでせうから……。』と、かう云ふのだ。ねえ、君。美智子さんは迷信家でもなければ、気の弱い人でもない、不断《ふだん》から理智的な活潑な女性だ。それが禿頭の番頭の口真似《くちまね》をするやうに、何だか変なことを云ひ出したので、僕は少し不思議になつた。今まで元気よく歌つてゐた人が急に溜息《ためいき》をついて憂《ゆう》鬱《うつ》になつて来たのだから、どうも可怪《おか》しい。」

彼はかう云ひかけて、自分も低い溜息をつきながら、手に持つてゐる桔梗の花を軽く投げ捨てた。

「それからどうしたね。」と、僕は催促《さいそく》するやうに訊いた。

「それから……。僕は斯《こ》う云つた。『多年の経験と云ふけれども、多年のあひだには盂蘭盆《たなばた》の晩に海へ出て、一度や二度は偶然に何かの災難に遭つた者がなかつたとも限らない。その偶然の出来事を證拠にして、いつでも屹度《きつと》有るやうに考へるのは間違ひですよ。』――けれども、美智子さんは承知しないで、更《さら》にこんなことを云ひ出したんだ。『たとひ偶然にしても、その偶然の出来事に今夜も出逢はないとは限りますまい。』――さう云へばそんなものだが、何しろ美智子さんがこんなことを云ひ出すのは、不断《ふだん》に似合はないことだ。しかしいつまで議論をしてゐても果てしがないから、僕は忤《さか》らはずに舟を戻すことにした。その時だ。櫂《かい》を把《と》つてゐる僕の手を美智子さんはしつかり摑んで『あれ、あれ……人魚が……人魚が。』といふ。なんだらうと思つて見かへると、何にも見えない。月は皎々《こうこう》と明るく、海の上は一面に光つてゐる。それでも僕の眼には何《なん》にも見えないのだ。美智子さんはさつきから変なことばかり云ふから、これも何《なに》かの幻覚か錯覚だらうと思つて、深くは気にも留めずに兎《と》も角《かく》も漕《こ》ぎ戻すことにすると、美智子さんは何だか物にでも憑《つ》かれたやうに、発作的に気も狂つたやうに、いつまでも僕の手を強く摑んで放さないで『あれ又……。あれ。人魚が……。』と繰返して云ふ。なにしろ僕の手を摑んでゐられては、櫂《かい》を漕《こ》ぐことができない。舟は一つところに漂《ただよ》つてゐるばかりだ。さあ、その時……。僕も見た……。僕も見た。」

清は僕の腕をつかんで強く小突くのだ。恰度《ちようど》美智子が彼の手を摑んだやうに……。僕は小突かれながらも慌てゝ訊いた……。

「君も見た……。なにを見たのだ。」

「月に光つてゐる海の上に……。」と、清はその時のさまを思ひ出したやうに息を弾《はず》ませた。「海の上に……。人の顔……人の顔が見えたのだ。浪《なみ》のあひだから頭をあらはして……。」

「確《たしか》に人の顔に見えたのか。」

「む〻。人の顔……。美智子さんのいふ通りだ。」

「海亀だらう。」と、僕は云つた。

海亀――いはゆる正覚坊《しようがくぼう》には青と赤の二種がある。青い海亀は専《もつぱ》ら小笠原島附近で捕獲されるが、日本海方面に棲息《せいそく》するのは赤海亀の種類だ。赤と云つても赤褐色《せきかつしよく》だが、時には随分巨大なのを発見することがある。清の話を聴きながら、僕はすぐに赤海亀を思ひ出した。彼も美智子も一種の錯覚《さつかく》か妄覚《もうかく》にかかつて、浪のあひだから首を出した大きい海亀を見あやまつて、人の顔だとか人魚だとか騒いだのだらうと想像した。果《はた》して彼は首肯《うなず》いた。

「む丶、海亀……。さう気がつくまでは、美智子さんばかりでなく、僕も人の顔だと思つたのだ。君だつて其場にゐたら、きつと人の顔……即ち人魚があらはれたと思ふに相違ないよ。美智子さんは人魚だ人魚だといふ。僕も一旦《いつたん》はさう信じて、驚異の眼をみはつて見つめてゐると、人の顔はやがて浪に沈んだかと思ふと、又浮き出した。さあ、大変……。僕の驚異は俄《にわか》に恐怖に変つたのだ。多年こ丶らの海に出てゐるものでも、恐らく僕達のやうな怖ろしい目に出逢つたものはあるまい。」

彼は戦慄に堪へないやうに身を顫《ふる》はせた。

三

今までは清も僕も徐《しずか》にあるきながら話して来たのだが、話がこ丶まで進んで来ると、彼はもう歩かれなくなつたらしい。路《みち》ばたに立ちどまつて話しつゞけた。

「君は海亀だらうと無雑作《むぞうさ》にいふが、その海亀が怖ろしい。僕も一時の錯覚から眼が醒《さ》めて、人魚の正体は海亀であることを発見したが、美智子さんはやはり人魚だといふのだ。まあそれはそれとして、僕に異常の恐怖をあたへたのは、その海亀が浪のあひだから最初は一匹、つゞいて二匹、三匹……。五匹……。十匹……。だん〳〵に現れて来て、僕たちの舟を取囲んでしまつたのだ。海はおだやかで、波は殆《ほとん》ど動かない。その渺茫《びょうぼう》たる海の上で、美智子さんと僕の二人は海亀の群に包囲されて、どうして好《い》いかわからなくなつた。一体かれらは僕達の舟を囲《かこ》んでどうするつもりかと見てゐると、小さい海亀がまた続々あらはれて来て、僕たちの舟へ這《は》ひあがつて来るのだ。平生《へいぜい》ならば、小さな海亀などは別に問題にもならないのだが、美智子さんは無闇《むやみ》に怖がる、僕もなんだか不安に堪へられなくなつて、手あたり次第にその亀を引攫《ひつつか》んで、海のなかへ投げこんだ。たゞ投げ込むばかりでなく、それを礫《つぶて》にして大きい奴に叩きつけて、一方の血路《けつろ》を開かうと考へたのだ。それは相当に成功したらしいが、何をいふにも敵は大勢だ。小さい舟の右から左から、艫《とも》からも舳《みよし》からも、大小の海亀がぞろ〳〵這いこんで来る。彼等は僕たちを喰《く》ふつもりだらうか。こゝらの海亀は蝦《えび》や蟹《かに》を喰ふが、人間を喰つたといふ話を聞かない。しかしこんなに多数の海亀に襲はれると、僕たちも危険を感ぜずにはゐられなくなつた。僕も仕舞には闘ひ疲れてしまつた。美智子さんはもう死んだやうになつてゐる。彼等は殆《ほとん》ど無数といふほどに増加して、舟の周囲に一面の甲羅《こうら》をならべたのが月の光にかゞやいて見える……。君がかういふ奇異に遭遇したら何《ど》うするか。僕は疲労と恐怖で身動きも出来なくなつた。」

成程《なるほど》これは困つたに相違ないと、僕も同情した。同情を通り越して、僕もなんだか体の血が冷たくなつたやうに感じられて来た。おそらく顔の色も幾分か変《かわ》つたかも知れない。

「その場合、君にしても櫂《かい》を取つて防《ふせ》ぐくらゐの智慧しかでないだらう。」と、清は冷笑《あざわら》うやうに云つた。「そんな常識的な防禦法《ぼうぎよほう》で、この怪物……人魚以上の怪物が撃退されると思ふか。駄目だ、駄目だ。精神的にも肉体的にも戦闘能力を全然奪はれてしまつて、僕は敗軍の兵卒のやうにたゞ茫然《ぼうぜん》としてゐる間に、無数の敵は四方から僕の舟に乗込んで来た。どういふ風に攀《よ》ぢのぼつて来たのか、僕もよく知らないが、ともかくも続々乗込んで来たのだ。かうなると、誰にでも考へられることは海亀の重量だ。大きい海亀は何貫目《なんがんめ》の重量があるか、君も知つてゐるだらう。それが無数に乗込んで来て、しかも一匹の甲羅の上に他の一匹が乗る、又その上に一匹が乗るといふ始末で、重なり合つて乗るのだから堪らない。大石を積んだ小舟とおなじやうに、僕たちの舟はだん〳〵に沈んで行《ゆ》くのほかはない。無益とは知りながら、僕は血の出るやうな声を振絞《ふりしぼ》つて救ひを呼び続けたが、何分《なにぶん》にも岸は遠い。僕が必死の叫び声も、いたづらに水に響いて消えてゆくばかりだ。これが平生《へいぜい》の夜《よ》ならば、沖に相当の漁船も出てゐるのだが、如何《いかん》せん今夜は例の迷信で、広い海に一艘《そう》の舟も見えない。浜の者共《ものども》は盆踊《ぼんおどり》で夢中になつてゐるらしい。僕たちが必死に苦しみもがいてゐるのを、黙つて眺めてゐるのは今夜の月と星ばかりだ。僕達の無抵抗を嘲《あざけ》るやうに、敵はいよ〱乗込んで来る。舟は重くなる。舟舷《ふなべり》からは潮水《しおみず》がだん〱に流れ込んで来る。最後の運命はもう判り切つてゐるので、僕は観念の眼をとぢて美智子さんを両手にしつかりと抱いた。子供の時からこの海岸に育つた僕だ。これが僕一個であつたらば、たとひ岸が遠いにもしろ、この場合、運命を賭《と》して泳ぐといふこともあるが、美智子さんを捨てゝゆくことはできない。二人が抱き合つたまゝで、舟と共に沈むと決心して……。これも一種の心中《しんじゆう》だと思つて……。それから先は夢現《ゆめうつつ》で……。」

「さうすると、結局は舟が沈んで……。君だけが助かつて、妹は死んだと云ふわけだね。」

「残念ながら事実はさうだ。」と、清は苦しさうな息をついた。「怖ろしい悪夢から醒《さ》めた時には、僕達ふたりは浜辺に引揚げられてゐた。あとで聞くと、僕たちの帰りの遅いのを心配して、番頭の萬兵衛が先《ま》づ騒ぎだして、捜索の舟をだしてくれたので、海のなかに浮きつ沈みつ漂《ただよ》つてゐる僕達が救はれたと云ふわけだ。なんと云つても僕は水心《みずごころ》があるから、沢山の水を嚥《の》まなかつたので容易に恢復《かいふく》したが、美智子さんは駄目だつた。いろ〱に手を尽したが、どうしても息が出ないのだ。こんなことになるなら、僕もいつそ恢復しない方が優《ま》しだつたのだ。なまじひ助けられたのが残念でならない。僕たちの小舟は翌《あく》る朝、遠い沖で発見されたが、海亀はどうしてしまつたか一匹も見えなかつたさうだ。」

「死んだものは、まあ仕方がないとして、君の体はその後どうなのだ。もう出歩いてもいゝのか。」と、僕は慰《なぐさ》めるやうに訊いた。

「僕はその翌日寝たゞけで、もう心配するやうなことはない。美智子さんの葬式にも是非参列したいと思つたのだが、みんなに止められてよんどころなく見合はせたので、けふは思ひ切つて墓参りに出て来たのだ。幾度云つても同じことだが、僕は生きたのが幸か不幸か判《わか》らない。僕は昔からの迷信を裏書きするために、美智子さんを犠牲にしたやうなものだ」

彼の蒼白《あおじろ》い頬《ほお》には涙が流れてゐた。

「僕も迷信者になりたくない。それは美智子の云つた通り、君たちが不幸にして偶然の出来事に出逢つたのだ。」と、僕は再び慰《なぐさ》めるやうに云つた。

この話はこれぎりだ。盂蘭盆《たなばた》の晩に舟を出すと出さないとか云ふのは、もちろん迷信に相違ないが、海亀の群がなぜその船を沈めに来たのか、それは判らない。彼等は時々に水を出て甲《こう》を乾《ほ》す習慣があるから、そんなつもりで舟へ這ひあがつたのかとも思はれるが、正覚坊《しょうがくぼう》に舟を沈められたと云ふやうな話は曾《かつ》て聞いたことがないと、土地の故老が云つてゐた。更《さら》にかんがへると、普通の亀ならば格別、海亀が船中に這ひ込んだといふのは僕の腑《ふ》に落ち兼ねるが、なにぶん現場を目撃したのでないから、兎も角も本人の直話《じきわ》を信用するの外《ほか》はなかつた。

浜崎清はその後おちつかない人間になつて、酒を飲んだり、放蕩《ほうとう》をはじめたりした。僕は東京でその噂を聞いて、まあ無理もないと思つてゐると、彼はやがて一つの新事業を起した。それは海亀を捕獲する会社だ。前にもいふとほり、小笠原島辺で捕獲される青海亀は海藻類を常食としてゐるので、その肉が頗《すこぶ》る美味であり、甲の光沢《つや》も好《い》いが、日本海辺の赤海亀は蝦や蟹を常食としてゐるので、その肉に一種の臭気《しゆうき》があつて味も悪い。たゞその脂肪から油を採《と》るだけのことだ。彼は盛《さかん》に近海の海亀を捕獲して、その肉を鑵詰《かんづめ》にして売出したが、肉が悪いので売行もよくない。油を採る方法も完全でなかつたと見えて、これも失敗した。

それについては浜崎の家でも反対し、僕の実家でも意見したさうだが、彼はどうしても肯《き》かない。結局失敗に失敗をかさねて、土地では十代もつゞいたと云ふ旧家もたうとう破産することになつてしまつた。それから自分ひとりで東京へ出て、ふらりと僕の家《うち》へたづねて来た。その頃は僕も学校を卒業して、ある会社に就職してゐたので、暫《しばら》く僕の家《うち》に遊ばせて置くと、あるとき近所の縁日《えんにち》へ出かけて、そこに正覚坊の観世物《みせもの》があるのを見ると、これは怪《け》しからんとか、こんな物を観せるのは不都合だとか云つて、その観世物小屋へ怒鳴り込んで何か乱暴を働いたので、警察から僕をよび出して引渡《ひきわた》されたが、その時はもう精神に異状を呈《てい》してゐて、半年ばかり入院の後《のち》に死んだ。

彼と海亀と、勿論そのあひだに何の関係もあるべき筈はないが、一種不思議の運命であると云へば云ひ得《う》る。――いや、こんなことを云つたら、君達のやうな若い者は笑うだらう。

経帷子《きようかたびら》の秘密

一

吉田君は語る。

萬延元年《まんえんがんねん》――彼《か》の井伊大老《いいたいろう》の桜田事変《さくらだじへん》の年である。――九月二十四日の夕七《ゆうなな》つ半頃《はん》（午後五時）に二挺《ちよう》の駕籠《かご》が東海道の大森を出て、江戸の方角にむかつて来た。

その当時、横浜見物といふことが一種の流行であつた。去年の安政六年に横浜の港が開かれて、いはゆる異人館が続々建築されることになつた。それに伴《ともな》つて新しい町は開かれる、遊廓《ゆうかく》も作られる、宿屋も出来るといふわけで、今までは葦芦《よしあし》の茂つてゐた漁村が、わづかに一年余りのあひだに、眼をおどろかすやうな繁華の土地に変つてしまつた。それが江戸から七里、さのみに遠い所でもないので、東海道を往来の旅人ばかりでなく、江戸からわざ〳〵見物にゆく者がだん〳〵に多くなつた。いつの代《よ》も流行は同じことで、横浜を知らないでは何だか恥《はず》かしいやうにも思はれて来たのである。

今この駕籠に乗つてゐる客も、やはり流行の横浜見物に行つた帰り道であつた。彼等は芝《しば》の田町の近江屋《おうみや》といふ質屋の家族で、女房のお峰《みね》はことし四十歳、娘のお妻《つま》は十九歳である。近江屋は土地でも古い店で、お妻は人並に育てられ、容貌《きりょう》は人並以上であつたが、この時代の娘としては縁遠い方で、今年十九になるまで相当の縁談がなかつた。家《いえ》には由《よし》三郎《さぶろう》といふ弟があるので、お妻はどうでも他家《たけ》へ縁付かなければならない身の上であるが、今もなほ親の手もとに養はれてゐた。

近江屋の親類でこの春から横浜に酒屋をはじめた者がある。それから横浜見物に来いと度々《たびたび》誘はれるので、女房のお峰は思ひ切つて出かけることになつた。由三郎はまだ十六でもあり、殊《こと》に男のことであるから、この後に出かける機会は幾《いく》らもある。お妻は女の身で、他家へ一旦《いったん》縁付いてしまへば、めつたに旅立《たびだち》などは出来ないのであるから、今度の見物には姉のお妻を連れて行くことにして、ほかに文次郎《ぶんじろう》といふ若い者が附添《つきそ》つて、一昨日《おととい》の朝早くに田町の店を出た。

お妻は十九の厄年《やくどし》であるといふので、その途中で先《ま》づ川崎の厄除《やくよ》け大師《だいし》に参詣《さんけい》した。それから横浜の親類の酒屋をたづねて、所々《しょしょ》の見物にきのふ一日を暮した。横浜に二晩泊つて、三日目に江戸へ帰るといふのが最初からの予定であるので、けふは朝のうちに見残した所を一と廻りして、神奈川の宿《しゅく》まで親類の者に送られて、お峰とお妻の親子は駕籠に乗つた。文次郎は足拵《あしごしら》へをして徒歩《かち》で附いて来た。

川崎の宿で駕籠をかへて、大森へさしかゝつた時に、お峰は近所の子供へ土産《みやげ》を遣《や》るのだと云つて、名物の麦わら細工《ざいく》などを買つた。そんなことで暇取《ひまど》つて、大森を出た二挺の駕籠が今や鈴《すず》が森《もり》に近くなつた頃には、旧暦の九月の日は早く暮れかゝつて、海辺《うみべ》のゆふ風が薄寒く身にしみた。

「お婆《ばあ》さん。お前さんはどこまで行くのだ。」と、文次郎は見かへつて訊いた。文次郎は十一の春から近江屋に奉公して、ことし二十三の立派な若い者である。

一行の駕籠が大森を出る頃から、年ごろは六十あまり、やがては七十にも近いかと思はれる老婆《ろうば》が杖《つえ》をも持たずに歩いて来る。それだけならば別に仔細《しさい》もないのであるが、その老婆は乗物におくれまいとするやうに急いで来るのである。駕籠は男ふたりが担《かつ》いでゐるのである。附添ひの文次郎も血気の若者である。それ等《ら》が足を早めてゆく跡《あと》から、七十に近い老婆がおくれまいと附いて来るのは無理であるやうに思はれた。実際、杖も持たない彼女は腰をかゞめて、息を喘《はず》ませて、危《あやう》く倒れさうに蹌踉《よろめ》きながら、歩きつゞけてゐるのであつた。

文次郎の眼にはそれが気の毒にも思はれた。また一面《いちめん》には、それが不思議のやうにも感じられた。日が暮れかゝつて、独《ひと》り歩きの不安から、この婆《ばあ》さんは自分達のあとに附いて来るのであらうかとも考へたので、彼は見返つてその行く先を訊いたのである。

「はい。鮫洲《さめず》までまゐります」

「鮫洲か、ぢやあ、もう直《す》ぐそこだ。」

「それでも年を取つて居りますので……。」と、老婆は息を切りながら答へた。

「杖はないのだね。」

「包《つつ》みを抱《かか》へて居りますので、杖は邪魔だと思ひまして……。」

彼女は浅黄色《あさぎいろ》の小さい風呂敷づつみを持つてゐた。この問答《もんどう》のうちに、夕暮の色はいよ〳〵迫つて来たので、駕籠屋は途中で駕籠を立てゝ、提灯《ちようちん》に蠟燭《ろうそく》の灯《ひ》を入れることになつた。それを待つあひだに、文次郎はまた訊いた。

「それにしても、なぜ私達のあとを追つかけて来るのだ。ひとりでは寂しいのかえ。」

「はい。日が暮れると、こゝらは不用心《ぶようじん》でございます。わたくしは少々大事な物をかゝへて居《お》りますので……。」

「よつぽど大事な物かえ。」と、文次郎は浅黄色の風呂敷包みに眼をつけた。

「はい。」

駕籠屋の灯《ひ》に照らし出された老婆は、その若い時を忍ばせるやうな、色の白い、人品《ひとがら》のよい女であつた。木綿物《もめんもの》ではあるが、見苦しくない扮装《いでたち》をしてゐた。

「併《しか》し年寄りの足で、私たちの駕籠に附いて来ようとするのは無理だね。転《ころ》ぶとあぶないぜ。」

云ふうちに、駕籠は再びあるき出したので、文次郎も共にあるき出した。老婆もやはり続いて来た。鈴が森の畷《なわて》ももう半分ほど行《ゆ》き過ぎたと思ふ頃に、老婆は躓《つまず》いて、よろけて、包みを抱へたまゝばつたり倒れた。

「それ、見なさい、云はないことぢやあない。それだから危ないといふのだ。」

文次郎は引返《ひつかえ》して老婆を扶《たす》け起《おこ》さうとすると、彼女は返事もせずに喘《あえ》いでゐた。疲れて倒れて、もう起き上る気力もないらしいのである。

「困つたな」と、文次郎は舌打ちした。

先刻《せんこく》から駕籠のうちで、お峰の親子はこの問答を聴いてゐたのであるが、もう斯《こ》うなつては聴き捨てにもならないので、お峰は駕籠を停めさせて垂簾《たれ》をあげた。

「そのお婆さんは起きられないのかえ。」

「息が切れて、もう起きられないやうです。」と、文次郎は答へた。

お妻も駕籠の垂簾をあげて覗《のぞ》いた。

「鮫洲まで行くのだと云ふことだね。それぢやあ其処《そこ》まで私の駕籠に乗せて行つて遣《や》つたらどうだらう」

「さうして遣ればいゝけれど……。」と、お峰も云つた。「それぢやあ私が降りませう。」

「いゝえ、おつ母《か》さん。わたしが降りますよ。わたしは些《ち》つと歩きたいのですから。」

旅馴《たびな》れない者が駕籠に長く乗通《のりとお》してゐるのは楽でない。年のわかいお妻が少し歩きたいと云ふのも無理ではないと思つたので、母も強《し》ひては止めなかつた。お妻が草履《ぞうり》をはいて出ると、それと入れ代《い》り《かわ》に、老婆が文次郎と駕籠屋に扶《たす》けられて乗つた。お妻を歩かせる以上、駕籠を早めるわけにも行《ゆ》かないので、鮫洲の宿に着いた頃には、その日もまつたく暮れ果てゝゐた。

「ありがたうございました。お蔭さまで大助かりを致《いた》しました。」

駕籠を出た老婆は繰返して礼を述べて、近江屋の一行《いっこう》に別れて行つた。年寄りを劬《いたわ》つて遣《や》つて、よい功徳《くどく》をしたやうにお峰親子は思つた。而《しか》もそれは束《つか》の間《ま》で、老婆と入れ代つて駕籠に乗つたお妻は忽《たちま》ちに叫んだ。

「あれ、忘れ物をして……。」

老婆は大事の物といふ風呂敷包みを置き忘れて行つたのである。文次郎も駕籠屋等《ら》もあわてゝ見まはしたが、彼女の姿はもう其処《そこ》らあたりに見出されなかつた。当《あて》も無しにお婆さん〳〵と呼んでみたが、どこからも返事の声は聞かれなかつた。

「あれほど大事さうに云つてゐながら、年寄のくせに粗相《そそ》つかしいな。」

口小言《くちこごと》をいひながら、文次郎は駕籠屋の提灯を借りて、その風呂敷をあけてみた。一種の好奇心もまじつて、お妻も覗いた。お峰も垂簾《たれ》をあげた。

「あつ。」

驚きと恐れと一つにしたやうな異様の叫び声が、人々の口を衝《つ》いて出た。風呂敷につゝまれた大事の物といふのは、白い新しい経帷子《きようかたびら》であつた。

二

彼《か》の老婆がなぜこんな物を抱へ歩いてゐたのか。考へやうに因《よ》つては、さのみ怪しむべきことでも無いかも知れない。自分の親戚あるひは知人の家に不幸があつて、彼女は経帷子を持参する途中であつたかも知れない。彼女は年寄りのくせに路《みち》を急いだのも、それが為《ため》であつたのかも知れない。心せく儘《まま》に、彼女はそれを駕籠のなかに置き忘れて去つたのかも知れない。

若《も》しさうならば、彼女もおどろいて引返《ひつかえ》して来るであらう。近江屋は芝の田町で、高輪《たかなわ》に近いところであるから、こゝからも遠くはない。そこで文次郎は迷惑な忘れ物をかゝへて、暫《しば》くこゝに待ち合はせてゐることにして、お峰親子の駕籠は真直《まつすぐ》に江戸へ帰つた。

自分の店へ帰り着いて、親子は先づほつとした。隠して置くべきことでも無いので、お峰は彼《か》の老婆と経帷子の一条《いちじよう》を夫にさゝやくと、亭主の由兵衛《よしべえ》も眉《ま》をよせた。それに対する由兵衛の判断も、大抵《たいてい》は前に云つたやうな想像に過ぎなかつたが、何分《なにぶん》にもそれが普通の品物と違ふので、人々の胸に一種の暗い影を投げ掛けた。殊《こと》にその時代の人々は、そんなことを忌み嫌ふの念が強かつたので、縁喜《えんぎ》が悪いと皆思つた。さうして、それが何かの不吉の前兆《ぜんちょう》であるかのやうにも恐れられた。

夜《よ》が更《ふ》けて、文次郎は帰つて来た。彼は鮫洲の宿《しゅく》をうろ付いて、一晌《いっとき》ほども待つてゐたが、老婆は遂《つい》に引返して来ないので、よんどころなく彼《か》の風呂敷包みをかゝへて戻つたと云ふのである。

「こんなことが近所に聞《きこ》えると、何かの噂がうるさい。知れないやうに捨てゝ来い。」と、由兵衛は云つた。

文次郎は再びその包みを抱《かか》へ出して、夜《よ》ふけを幸ひに、高輪の海へ投げ込んでしまつた。それを知つてゐるのは、由兵衛夫婦とお妻だけで、伜《せがれ》の由三郎も他《た》の奉公人等《ほうこうにんら》もそんな秘密を一切《いっさい》知らなかつた。

横浜見物のみやげ話も何となく浮き立たないで、お峰親子は暗い心持《こころもち》のうちに幾日《いくにち》を送つた。取分けて、お妻は彼《か》の怪しい老婆から不吉な贈物を受けたやうにも思はれて、横浜行《ゆき》が今更《いまさら》のやうに悔《くや》まれた。厄除《やくよ》け大師《だいし》を恨《うら》むやうにもなつた。なまじひの情《なさけ》をかけずに、いつそ彼の老婆を見捨てゝ来ればよかつたとも思つた。女房や娘の浮かない顔色をみて、由兵衛は叱るやうに云ひ聞かせた。

「もう済んで仕舞つたことを、いつまで気にかけてゐるものぢやあない。物事は逆《さか》さまと云ふから、却《かえ》つて目出たいことが来るかも知れない。刃物で斬られた夢を見れば、金《かね》が身《み》に入《い》ると云つて祝《いわ》ふぢやあないか。」

由兵衛はそれを本気で云つたのか、或《あるい》は一時《いちじ》の気休めに云つたのか知らないが、不思議にもそれが適中《てきちゆう》して果《はた》して、目出たいことが来た。それから十日も経《た》たないうちに、今まで縁遠かつたお妻に対して結構な縁談を申込まれたのである。

淀橋《よどばし》の柏木成子町《かしわぎなるこまち》に井戸屋《いどや》といふ古い店がある。井戸屋と云つても井戸掘りではなく、酒屋《さかや》である。先祖は小田原北条《おだわらほうじよう》の浪人《ろうにん》井戸なにがしで、こゝに二百四五十年を経《ふ》る旧家と誇つてゐるだけに、店も大きく、商売も手広く、ほかに広大の土地や田畑《たはた》も所有して、淀橋界隈《かいわい》では一二を争ふ大身代《おおしんだい》と謳《うた》はれてゐる。その井戸屋へ嫁入りの相談を突然に申込まれて、近江屋でも少《すこ》しく意外に思つたくらゐであつた。而《しか》もその媒酌《なこうど》に立つたのは、お峰の伯父《おじ》にあたる四谷大木戸前《おおきどまえ》の萬屋《よろずや》といふ酒屋の亭主で、世間に有触《ありふ》れた不誠意の媒酌口《なこうどぐち》ではないと思はれるので、近江屋の夫婦も心が動いた。十九になるまで身の納《おさ》まりの付かなかつた娘が、そんな大家《たいけ》の嫁になることが出来れば、実に過分の仕合せであるとも思つた。勿論、お妻にも異存はなかつた。

十月はじめに、双方の見合ひも型《かた》のごとくに済んで、この縁談はめでたく纏《まと》まつた。但《ただ》しお妻は十九の厄年《やくどし》であるので、輿入《こしい》れは来年の春として、年内に結納《ゆいのう》の取交《とりかわ》せを済ませることになつた。近江屋も相当の身代《しんだい》ではあるが、井戸屋とは比較にならない。井戸屋の名は下町でも知つてゐる者が多いので、お妻はその幸運を羨《うらや》まれた。

「どうだ。経帷子が嫁入り衣裳に化《ば》けたのだ。物事は逆《さか》さまと云つたのに嘘はあるまい。」

と、由兵衛は誇るやうに笑つた。

まつたく逆《さか》さまである、怪しい老婆に経帷子を残されたのは、かういふ目出たいことの前兆であつたのかと、お峰もお妻も今更のやうに不思議に思つたが、いづれにしても意外の幸運に見舞はれて、近江屋の一家《いつか》は時ならぬ春が来たやうに賑《にぎ》はつた。相手が大家《たいけ》であるので、お妻の嫁入仕度《じたく》も一通りでは済まない。それも万々《ばんばん》承知の上で、由兵衛夫婦は何《なに》や彼《か》やの仕度に、此頃の短い冬の日を忙がしく送つてゐた。

十一月になつて、結納の取交《とりかわ》せも済んで、輿入《こしい》れはいよ〳〵来年正月の二十日《はつか》過ぎと決められた。その十二月の十八日である。由兵衛は例年のごとく、浅草観音《かんのん》の歳《とし》の市《いち》へ出てゆくと、その留守《るす》に三之助が歳暮《せいぼ》の礼《れい》に来た。三之助は由兵衛の弟で代々《よよ》木町《ぎまち》の三河屋《みかわや》といふ同商売《どうしようばい》の家《うち》へ婿《むこ》に行つたのである。兄は留守でも奥の座敷へ通されて、三之助はお峰にさゝやいた。

「姉さん。このお目出たい矢先に、こんなことを申上げるのも如何《いかが》かと思ひますけれど、少し変なことを聞き込みましたので……。」

「変な事とは……。」

「あの井戸屋さんのことに就《つい》て……。」と、三之助はいよ〳〵声を低めた。「あの家《うち》には変な噂があるさうで……。何代前《なんだいまえ》のことだか知りませんが、井戸屋に奉公してゐる一人の小僧《こぞう》のゆくへが知れなくなつたのです。人にでも殺されたのか、自分で死んだのか、それとも駆落《かけおち》でもしたのか、そんなことは一切判らないのですが、その小僧の祖母《ばあ》さんといふ人が井戸屋へ押掛《おしか》けて来て、自分の大事の孫を返してくれと云ふ。井戸屋では知らないといふ。又その祖母さんが強情に毎日押掛けて来て、どうしても孫を返せといふ。井戸屋でも仕舞《しまい》には持余《もてあま》して、奉公人どもに云ひつけて腕《うで》づくで表《おもて》へ突《つ》き出すと、その祖母さんが井戸屋の店を睨《にら》んで、覚えてゐろ、こゝの家《うち》は必《きつ》と二代は続かせないから……。さう云つて帰つたぎりで、もう二度とは来なかつたさうです。」

「それはいつ頃の事なの。」と、お峰は不安らしく訊いた。経帷子の老婆のすがたが彼女の眼《め》さきに浮んだからである。

「今もいふ通り、何代前のことか知りませんが、よつぽど遠い昔のことで、それから六七代《だい》も過ぎてゐるさうです。」

「それぢやあ、二代は続かせないと云つたのは、嘘なのね。」と、お峰はやゝ安心したやうに云つた。

「ところが、まつたく二代は続いてゐないのです。井戸屋の家《うち》には子育《こそだ》てがない。子どもが生まれても皆《み》んな死《し》んで仕舞ふので、いつも養子に継《つ》がせてゐるのださうです。それですから、井戸屋の家《いえ》はあの通り立派に続いてゐるけれども、代々の相続人はみんな他人で、おなじ血筋が二代は続いてゐないのです。」

「そんなら身内から養子を貰へばいゝぢやありませんか。さうすれば、血筋が断《た》える筈は無いのに……。」

「それがやつぱりいけないのです。」と、三之助は更《さら》に説明した。「身内から貰つた養子は、自分の実子と同じやうに、みんな死んでしまふので、どうしても縁のない他人に継《つ》がせる事になるのださうです。」

「変だねえ。」

「変ですよ。」

「そのお祖母《ばあ》さんといふのが祟《たた》つてゐるのかしら。」

「まあ、さういふ噂ですがね。」

こんなことを云ふと、折角の縁談に水をさすやうにも聞《きこ》えるので、いつそ黙つてゐようかとも思つたが、知つてゐながら素知《そし》らぬ顔をしてゐるのも好《よ》くないと思ひ直して、兎《と》も角《かく》もこれだけのことをお耳に入れて置くのであるから、かならず悪く思つて下さるなと、三之助は云《い》ひ訳《わけ》をして帰つた。

それと入《い》れ違《ちが》ひに由兵衛が帰つて来たので、お峰は早速にその話をすると、由兵衛も眉をよせた。淀橋と芝と遠く離れてゐるので、井戸屋にそんな秘密のあることを、由兵衛夫婦は些《ちつ》とも知らなかつたのである。三之助の話を聞いたゞけでは、その祖母《ばあ》さんが一図《いちず》に井戸屋を恨むのは無理のやうにも思はれるが、今更そんなことを論じても仕様がない。兎も角もそんな呪《のろ》ひのある家《いえ》に、可愛い娘を遣《や》るか遣らないかゞ、差当《さしあた》つての緊急問題であ

ひ出した。

「萬屋《よろずや》の伯父さんは、そんなことを知らないのでせうかねえ。」と、お峰は疑うやうに云つた。

「と云つて、三之助もまさかに出鱈目《でたらめ》を云ひはしまい。ほかの事とは違ふからな。」と、由兵衛も半信半疑であつた。

萬屋はお峰の伯父である。三之助は由兵衛の弟である。お峰としては伯父を信じ、由兵衛としては弟を信じたいのが自然の人情で、夫婦のあひだに喰ひ違つたやうな心持が醸《かも》されたが、それで気まづくなる程《ほど》の夫婦でもなかつた。先《ま》づその疑ひを解《と》くために、由兵衛は弟をたづねて再び詳しい話を聴き、お峰は伯父をたづねて真偽《しんぎ》を確めることにして、その翌日の早朝に夫婦は山の手《やまのて》へ上《のぼ》つた。

二人は途中で引分《ひきわか》れて、由兵衛は代々木の三河屋《みかわや》へ行つた。お峰は大木戸前の萬屋をたづねた。萬屋の伯父はお峰の詰問《きつもん》を受けてひどく難渋《なんじゆう》の顔色を見せたが、結局ため息まじりでこんな事を云ひ出した。

「お前達がそれを知つた以上は、もう隠しても仕方がない。実は井戸屋にはそんな噂がある。と云つたら、なぜそんな家《うち》へ媒酌《なこうど》をしたと恨《うら》まれるかも知れないが、それには苦しい訳《わけ》がある。」

伯父は商売の手違《てちが》ひから、二三年以来その家運がおとろへて、同商売の井戸屋に少《すくな》からぬ借財《しやくざい》が出来てゐる。現《げん》にこの歳《とし》の暮《くれ》にも、井戸屋から相当の助力《じよりき》をして貰はなければ、無事に歳を越すことも出来ない始末である。万一この縁談が破れたなら、私は井戸屋に顔向けが出来ないばかりでない。こゝで井戸屋に見放《みはな》されたら、この年の瀬を越し兼《か》ねて、数代つゞいた萬屋の店を閉めなければならない事にもなる。そこを察して勘弁してくれと、伯父は老《おい》の眼に涙をうかべて口説《くど》いた。

これで一切の事情は判明した。忌《いや》な噂が聞えてゐる為に、大家《たいけ》の井戸屋にも嫁に来る者がない。そこへ自分の姪《めい》の娘を縁付けて、借財の始末や商売上の便利を図《はか》らうとするのが、萬屋の伯父の本心であつた。つまりは近江屋の娘を生贄《いけにえ》にして、自分に都合《つごう》の好《い》いことを巧《たく》んだのである。それを知つて、お峰は腹立《はらだ》たしくなつた。あまりに酷《ひど》い仕方であると伯父を憎んだ。而《しか》もこの縁談を打破れば、萬屋の店は潰《つぶ》れると云ふのである。伯父ばかりでなく、伯母までが言葉を添へて、涙ながらに頼むのである。かうなると、女の心弱さに、お峰は伯父を憎んでばかりも居られなくなつた。結局は亭主とも相談の上《うえ》といふことで、彼女は帰つて来た。やがて、由兵衛も帰つて来て、三之助の話は本当であるらしいと云つた。

嘘も本当もない、一切は伯父が白状してゐるのである。そこで夫婦は額《ひたい》をあつめて、密々《みつみつ》の相談に時を移したが、こゝで自分たちが強情を張り通して、見す〳〵萬屋の店を潰してしまふのは、親類一門《いちもん》として忍びないことである。それがこの時代の人々の弱い人情であつた。更《さら》に困るのは、お妻が嫁入りのことを町内中《じゆう》でも已《すで》に知つてゐるのである。それを今更破談にするのは、世間《せけん》の聞《きこ》えが好《よ》くない。或《あるい》はそれが色々の邪魔になつて、さなきだに縁遠い娘を一生の瑕物《きずもの》にして仕舞《しま》ふ虞《おそ》れが無いとも云へない。

「もうこの上《うえ》は仕方がない。そのわけをお妻によく云ひ聞かせて、当人の料簡《りようけん》次第《しだい》にしたら何《ど》うだ。当人が承知ならば決める、忌《いや》ならば断《ことわ》る。それよりほかに思案はない。」と、由兵衛は云つた。

お峰もそれに同意して、早速お妻を呼んで相談すると、彼女は案外素直に承知した。

「横浜から帰るときに、あのお婆さんが経帷子を置いて行つたのも、所詮《しよせん》かうなる因縁《いんねん》でせう。まして見合ひも済み、結納も済んだのですから、わたしは思ひ切つて井戸屋へまゐります。」

三

当人が潔《いさぎ》よく決心してゐる以上、両親ももう彼《か》れ是《こ》れ云ふ術《すべ》はなかつた。寧《むし》ろ我子に励《はげ》まされたやうな形にもなつて、躊躇《ちゆうちよ》せずに縁談を進行することにした。萬屋の伯父夫婦は再び涙をながして喜んだ。

待つやうな、待たないやうな年は早く明けて、正月二十二日は来た。この年は初春早々《はつはるそうそう》から雨が多くて、寒い日がつゞいた。なんと云つても、近江屋は土地の旧家であるから、同業者は勿論、町内の人々も祝《いわ》ひに来て、二三日前から混雑してゐた。いよ〳〵輿《こし》入れといふ日の前夜に、お妻は文次郎をよんで囁《ささや》いた。

「去年あの経帷子《きようかたびら》を流したのは、海辺の何処《どこ》らあたりか、お前はおぼえてゐるだらう。今夜そつと私を連れて行つてくれないか。」

文次郎は何だか不安を感じたので、その場は一旦《いつたん》承知して置きながら、お峰にそれを密告したので、彼女も一種の不安を感じた。よもやとは思ふもの丶、いよ〳〵明日といふ今夜に迫つて、万一身《み》投《な》げでもされたら大変であると恐れた。

「おまへは海辺へ何しに行くのだえ。」と、お峰は娘を詰《なじ》るやうに訊いた。

「唯《ただ》ちよいと行つてみたいのです。決して御心配をかけるやうな事はありません。」

「それぢやあ私も一緒に行くが、い丶かえ」

その日も朝から細雨《こさめ》が降つてゐたが、暮《くれ》六《む》つ頃から歇《や》んだ。店口は人出入りが多いので、お峰親子は裏木戸から抜け出すと、文次郎は露地口に待ち合せてゐて、二人の先に立つて行つた。高輪の海岸は眼の先である。

時刻はやがて五《いつ》つ（午後八時）に近い頃で、雲切れのした大空《おおぞら》には金色《こんじき》の星が疎《まば》らに光つてゐた。海辺の茶屋は疾《と》うに店を締めてしまつた。この頃《ごろ》は世の中が物騒になつて、辻《つじ》斬《ぎり》が流行《はや》るといふ噂があるので、まだ宵《よい》ながら此処《ここ》らの海岸に人通りも少《すく》なかつた。品川通《がよ》ひのそゝり節《ぶし》も聞えなかつた。

三人は海岸に立つて、暗い海をながめた。文次郎も確《たしか》には憶《おぼ》えてはゐないが、大方《おおかた》こゝらであつたらうと提灯《ちようちん》をかざして教へると、お妻はひざまづくやうに身を屈《かが》めて、両手をあはせた。彼女は海にむかつて、何事かを祈《いの》つてゐるらしかつた。お峰も文次郎も眼を放さずに、その行動を油断なく窺《うかが》つてゐると、お妻は暫《しばら》くのあひだ身動きもしなかつた。

寒い夜風が三人の鬢《びん》を吹いて通つた。

闇を揺《うご》かす海の音は、凄《すさ》まじいやうにどう〳〵と響いて、足もとの石垣に砕《くだ》けて散る浪《なみ》の飛沫《しぶき》は、夜目《よめ》にも仄白《ほのじろ》くみえた。その浪を見つめるやうに、お妻は頭《かしら》をあげたかと思ふと、忽《たちま》ちに小声で叫んだ。

「あれ、そこに……。」

文次郎は思はず提灯をさし付けた。お峰も覗いた。灯《ひ》のひかりと潮《しお》の光とに薄明《うすあか》るい浪の上に、白いやうな物が漂《ただよ》つてゐるのを見つけて、二人はぎよつとした。それが彼《か》の経帷子であるらしく思はれたからである。お峰は云ひ知れない恐怖を感じて、無言で文次郎の袖《そで》をひくと、彼もその正体を見届けようとして、幾たびか提灯を振り照らしたが、白い物の影はもう浮び出さなかつた。

お妻は海にむかつて再び手を合せた。

その翌日、お妻はめでたく井戸屋へ送り込まれた。井戸屋の若主人は果《はた》して養子で、その名を平蔵《へいぞう》と云つた。先代の主人夫婦は、二三年前に引きつゞいて世を去つたので、新嫁《にいよめ》に何《なん》の気苦労はなかつた。夫婦の仲も睦《むつ》まじかつた。

「これで何事もなければ、申分は無いのですがねえ。」と、お峰は夫に囁《ささや》いた。

由兵衛もひそかに無事を祈つてゐた。この年の二月に、年号は文久《ぶんきゅう》と改《あらた》まつたのである。去年の桜田事変以来、世の中はます〳〵おだやかならぬ形勢を見せて来たが、近江屋一家《け》には別条なく、井戸屋にも何の障《さわ》りもなく、こゝに一年の月日を送つて、その年の暮にお妻は懐妊《かいにん》した。

本来ならば、めでたいと祝《いわ》ふのが当然でありながら、それを聞いて近江屋の夫婦は一種の不安に襲《おそ》はれた。不吉の予覚《よかく》が彼等のこゝろを暗くした。お峰は世間の母親のやうに、初孫《ういまご》の顔を見るのを楽みに安閑《あんかん》と其日を送つてはゐられなかつた。彼女は日ごろ信心《しんじん》する神社や仏寺《ぶつじ》に参詣して、娘の無事出産を祈《いの》るのは勿論、まだ見ぬ孫の息災延命《そくさいえんめい》をひたすらに願つた。

明《あ》くれば文久二年、その九月はお妻の臨月《りんげつ》にあたるので、お峰は神仏《しんぶつ》に日参《にっさん》をはじめた。由兵衛も釣込まれて神まゐりを始めた。井戸屋の主人も神仏の信心を怠《おこた》らず、わざ〳〵下総《しもうさ》の成田山《なりたさん》に参詣して護摩《ごま》を焚《た》いて貰つた。ありがたい守符《まもりふだ》のたぐひが神棚や仏壇に積み重ねられた。

九月二十三日に淀橋からお妻の使《つかい》が来て、おつ母《か》さんに鳥渡《ちよつと》逢ひたいから直ぐにお出《い》でくださいと云ふので、若《も》しや産気でも附いたのかと、お峰はすぐに駕籠を飛ばせてゆくと、お妻の様子は常に変らなかつた。悪阻《つわり》の軽かつた彼女は、殆《ほとん》ど臨月の姙婦とは見えないほどに健《すこや》かであつた。その顔色も艶々《つやつや》しかつた。

「どうだえ、もう生まれさうかえ」と、お峰は先《ま》づ訊いた。

「お医者も、取揚《とりあ》げのお婆《ばあ》さんも、今月の末頃だらうと云つてゐるのですけれど、私は屹《きつ》と明日頃だらうと思ひます。」と、お妻は信ずる所があるやうに云つた。

「だつて、お医者も取揚婆《とりあげばあ》さんもさう云ふのに、お前ひとりが何《ど》うして明日と決めてゐるの」

「え、、あしたです。屹《きつ》とあしたの日《ひ》暮《く》れ方《がた》です。」

「あしたの日暮れ方……。」

「おつかさんは一昨年《おととし》の事を忘れましたか。あしたは九月の二十四日ですよ」

九月二十四日——横浜見物の帰り道に、二挺の駕籠が鈴が森を通りか、つたのは、その日の暮れ方であつた。それを云ひ出されて、お峰は忌《いや》な心持になつた。

「けれども、おつ母《か》さん安心してゐて下さい。男の児《こ》にしろ、女の児《こ》にしろ、私の生んだ児《こ》はわたしが屹《きつ》と守ります。」と、お妻はいよ〳〵自信がありさうに云つた。

姙婦《にんぷ》を相手に彼《か》れ是《こ》れ云ひ合ふのもよくないと思つたので、お峰は黙《だま》つて聴いてゐた。

併《しか》し何だか気がかりでもあるので、婿《むこ》の平蔵に窃《そっ》と耳打ちすると、平蔵も不安らしく首肯《うなず》いた。

「実は私にも同じことを云ひました。医者も取揚婆さんも今月の末頃だといふのに、当人はどうしても明日の日暮れ方だと云ひ張つてゐるのは、何だか可怪《おかし》いやうにも思はれますが……。」

「さうですねえ。」

九月二十四日の一件が胸の奥に蟠《わだか》まつてゐるので、その晩はお峰も井戸屋に泊り込んで、あしたの夕方を待つことにした。明《あく》る二十四日は朝から朗《ほが》らかに晴れて、秋風が高い空《そら》を吹いてゐた。渡り鳥の声もきこえた。

お妻も昼のあひだは別に変つたことも無かつたが、いはゆる釣瓶落《つるべおと》しの日が暮れて、広い家内《かない》に灯をともす頃、彼女は俄《にわか》に産気《さんけ》づいて、安らかに男の児を生み落した。その預言《よげん》が見《み》ごとに適中して人々を驚かした。その知らせに驚いて駈け着けて来た産婆にむかつて、お妻は訊いた。

「男ですか、女ですか。」

「坊《ぼっ》ちやんでございますよ。」と、産婆は誇《ほこ》るやうに云つた。

「さうですか。」と、お妻は微笑《ほほえ》んだ。「早くあつちへ連《つ》れて行つてください。おつ母《か》さんもあつちへ行つて……。」

男の児《こ》の誕生に、一家内《いつかない》が浮《うか》れ立《た》つてゐる隙《すき》をみて、お妻はこの世に別れを告《つ》げた。いつの間《ま》に用意してあつたのか知らないが、彼女は聖柄《ひじりづか》の短刀で左の乳《ち》の下を深く突き刺してゐた。もう一つ、人々に奇異の感を懐《いだ》かせたのは、これもいつの間にか拵《こしら》へてあつたと見えて、彼女は新しい経帷子《きようかたびら》を膝《ひざ》の下に敷《し》いてゐたので、その鮮血《なまち》が白い衣《きぬ》を真紅《まつか》に染めてゐた。

その秘密を知つてゐる者は、母のお峰だけであつた。

「その時に生まれた男の児《こ》が私の祖父で、今も達者《たつしや》でゐます。」と、吉田君は云つた。「そのお妻といふ女――即《すなわ》ちわたしの曾祖母《ひいばあ》さんに当る人が、子どもを生むと同時に自殺したので、井戸屋の家《いえ》にまつはる一種の呪《のろ》ひが消滅したとでもいふのでせうか。前にもお話し申す通り、今までは決して実子の育《そだ》たなかつた家《いえ》に、お妻の生んだ子だけは無事に生長したのです。それが嫁を貰つて、男の児ふたりと女の児ひとりを儲《もう》け、これもみな恙《つつが》なく成人しました。次男がわたしの父で、親戚の吉田といふ家を相続することになつたので、わたしも吉田の姓を継《つ》いでゐるわけです。本家《ほんけ》は井戸の姓を名乗つて、その子孫もみな繁《はん》昌《じよう》してゐます。今日の我々から観ると、単に奇怪な伝説としか思はれませんが、私の祖父などは昔の人間ですから、井戸の家の血統が今なほ連綿《れんめん》としてゐるのは、自害した阿母《おつか》さんのお蔭だと云つて、その命日には欠さずに墓参りをしてゐます。」

岩井紫妻《いわいしづま》の恋

上

こゝには恋をひめて怪《あや》しい終《おわ》りを遂《と》げた若い俳優がある。文政《ぶんせい》十二丑年《うしどし》の四月、常陸《ひたち》の土浦《つちうら》で斯《こ》ういふ顔ぶれの江戸歌舞伎が興行された。

後室定高《こうしつさだか》　紫《し》若《じやく》　入《いる》鹿《か》　團九郎
お三輪《みわ》　　　　豆腐買
久我之助《こがのすけ》　紫《し》妻《づま》　玄《げん》蕃《ば》　曾《そ》呂《ろ》平《へい》
橘姫《たちばなひめ》　辰之助　彌藤次　三木蔵
雛《ひな》鳥《どり》　徳之助

大判司《だいはんじ》　求女《もとめ》　勘彌《かんや》　ふか七

この役割でも大抵《たいてい》想像される通り、これは岩井紫若《しじやく》と森田勘彌《かんや》の二人頭《ふたりあたま》の芝居で、このほかに二番目と「三《み》つ人形」の浄瑠璃《じようるり》がついてゐた。紫若と勘彌、かういふ立派な顔ぶれが何《ど》うして旅まはりに出たかといふと、江戸ではこの年の三月廿一日から廿二日の朝にかけて、神田から日本橋、京橋の殆《ほとん》ど全部を焼き尽したやうな大火《たいか》があつて、堺町葺屋町《さかいちようふきやちよう》の両座も無論焼かれてしまつた。その普請の出来《しゆつたい》するまで唯《ただ》べん〳〵と遊んではゐられないので、両座附の俳優達も思ひ〳〵に旅かせぎに出ることになつて、紫若と勘彌の一行はこの土浦へ乗込んだのである。

なにしろ江戸から紫若と勘彌が乗込んだといふので、土地の評判は素晴らしいものであつた。最初は二日替《がわ》りぐらゐの予定であつたのを、この狂言は五日打ちつゞけて、二の替《かわ》りに「忠臣蔵」と「五変化《ごへんげ》」を出すと、これがまた三日間の大入りを占めたので、更に三の替りに「布引瀧《ぬのびきのたき》」と「花川戸《はなかわど》の長兵衛」を出すことになつたが、これも矢はり毎日の売切れつゞきで、倦《あ》きることを知らないやうな観客《けんぶつ》は、木戸も割れるばかりに詰めかけて来た。

かういふ上景気《じようけいき》で、一座の関係者はみな浮《うか》れ立つてゐる中に、一座の立女形《たておやま》で且《かつ》は実際上の座頭《ざがしら》ともいふべき地位にゐる岩井紫若は、その白い美しい顔を曇らせた。それはこの旅先で、一種不思議の事件に遭遇したからであつた。

一座の勘彌そのほかの立役《たてやく》のものは、大町《おおまち》の町田屋といふのに宿《やど》を取つてゐた。紫若そのほかの女形《おんながた》はおなじ町の鳥彦《とりひこ》の隠宅《いんたく》に泊つてゐた。かれの弟子の岩井紫妻は、旅興行であるから「妹脊山《いもせやま》」の久我之助《こがのすけ》をつとめてゐたものゝ、本来は矢はり女形で、今度の「花川戸」では三浦屋の小紫《こむらさき》を勤めてゐた。年は廿二で、久我之助や小紫の役所《やくどころ》を引受けてゐたのを見ても、それが若くて美しい俳優であることは大抵想像されるであらう。紫妻は師匠と一所に鳥彦に泊つて、徳之助と相部屋で奥の六畳の離座敷《はなれざしき》に寝起きをしてゐた。「妹脊山」だけは無事につとめて来た紫妻は、二の替りの頃から顔の色が蒼《あお》ざめて、舞台の調子が狂つて来た。息づかひも大儀さうで、体もだん〳〵に痩せて来るらしいのが、取分けて相部屋の徳之助の眼についた。どこか悪いのかと訊いても、紫妻は別に変ることはないと答へた。

当人は変ることは無《な》いと云つても、彼がだん〳〵に変つてゆくことは誰の眼にも立つやうになつた。三の替りの小紫をつとめる頃には、かれは辛《かろ》うじて舞台に立ち得《う》るくらゐで、その台詞《せりふ》もはつきりとは通らないやうになつたので、誰もかれも不思議に思つた。殊《こと》に師匠の紫若は心配して、紫妻を呼んで色々に詮議《せんぎ》したが、若い弟子はなんにも云はなかつた。

おなじ座敷にゐる徳之助にもその仔細が判らなかつた。

たゞ一つ不思議といへば、不思議とも云ひ得《う》ることは、徳之助は生来《せいらい》ひどく疳《かん》の強い質《たち》で、江戸にゐる時には毎晩なか〳〵寝付《ねつ》かれないのを例としてゐたのに、この土浦へ来て三日目の夜から、芝居を済ませて宿《やど》に戻ると、むやみに睡気《ねむけ》を催して、枕につくが最後、まるで死んだ者のやうに暁方《あけがた》まで眠り通すのであつた。それも最初のうちは、土地が変つたせゐであらうと思つて、左《さ》のみ気にも留めなかつたのであるが、紫妻の問題が起つてから彼は少《すこ》しくかんがへ出した。自分が毎晩正体もなしに眠つてゐるあひだに、紫妻の身の上に何事か起つてゐるのではあるまいかと疑ひ始めたのである。

それが紫若の耳にも這入つたので、彼も聞き捨《ず》てにはならなかつた。かれは紫妻を自分の座敷へ呼んで、徳之助立会《たちあ》ひで更にきびしく吟味《ぎんみ》すると、紫妻もたうとう隠し切れなくなつて、師匠の前でこんなことを白状した。

「まことに御心配をかけて相済みません。実はこのごろ毎晩わたくしのところへ忍んで来る者があるのでございます。初日が出てから三日目の晩に、わたくしが芝居から帰つて来まして、この徳之助さんとお茶をのみながら話してゐますと、縁側の雨戸を窃《そつ》と叩くやうな音がきこえました。何心なく出て行つて、縁側の戸をあけて見ますと、庭には薄い月が映《さ》してゐました。その月の下に、まだ十六七かと思はれる若い綺麗な娘が立つてゐるのでございます。あなたは何人《どなた》で、なんの御用ですと訊きましたら、ただ黙つて恥かしさうに俯向《うつむ》いてゐました。無理にすゝめて、縁側に腰をかけさせて、だん〳〵訊いてみますと、その娘は筑波《つくば》の麓《ふもと》の北条といふところの人で、この町の川口《かわぐち》は、自分の母の里なので、四五日まへから泊りに来てゐて、近所の友達にさそはれて、ゆふべも今夜も二晩つゞけて芝居を見物に来たといふのでございます。それから、何を云はれたか、今ではよく覚えてゐませんが、わたくしも夢のやうな心持《こころもち》になつて、その娘の手を把《と》つて自分の座敷へ連れ込むと、徳之助さんはもう何時《いつ》の間にか夜具をかぶつて寝てゐました。」

それが馴《な》れ染《そ》めの第一夜で、その後彼《か》の若い娘は毎晩かゝさずに忍んで来た。一つ座敷に寝てゐる徳之助は、その時刻になると正体もなしに眠つてしまふので、紫妻はそれを好《い》い幸ひにして、娘を引き入れてゐたのであるが、かれ自身もこの頃では何となく我身《わがみ》の衰《おとろ》へを自覚するやうになつた。さうして、昼の中《うち》はもう彼《か》の娘に逢ふまいかと思ふこともあるが、夜になると不思議に彼《か》の娘が恋しくなつて、やはり今日《きょう》まで逢ひつゞけてゐるのであつた。

師匠も徳之助もこの話を聴かされて辣然《ぞっ》とした。紫妻に逢ひに来る彼《か》の娘はどうしても唯者《ただもの》ではないらしく思はれた。その場は先《ま》づそのまゝにして置いて、紫若は一座の重《おも》な人たちに窃《そっ》とそれを打明けると、どの人も顔の色を暗くした。徳之助はもう紫妻と一つ座敷に寝ないと云つた。

「なにしろ、その女の正体を見とゞけてやらう。」

一座の中《うち》でも気の強い團九郎と三木蔵が、その晩から徳之助と代《かわ》つて紫妻の座敷に泊ることにしたが、不思議に二人とも頻《しき》りに睡気を催《もよお》して、夜のあけるまで自分達のそばで何事があつたかを知らなかつた。紫妻の話によると、娘は矢はりたづねて来たのであつた。かうなると、紫妻自身もだん〳〵に怖ろしくなつて来た。紫妻は何物にか取憑《とりつか》れてゐるといふ楽屋のさゝやきが自然と彼の耳にもひゞくので、彼の神経はいよ〳〵顫《ふる》へた。左《さ》なきだに、女のやうに気の弱い彼は、三の替りの二日目から舞台を退《ひ》いて、どつと床《とこ》についてしまつた。

紫若は勿論、一座の者も心配した。普通の病気とは違ふので、心配のほかに云ひ切れない恐怖も伴《ともな》つてゐた。宿《やど》をしてゐる鳥彦の家《うち》でも、おなじく不安と恐怖とに襲はれて、医者のほかに修験者《しゆげんじや》などを頼んで祈禱《きとう》したが、紫妻の容態《ようだい》はいよ〳〵悪い方にかたむいて来た。戸締りを厳重にして置いても、彼《か》の娘はやはり何処《どこ》からか入込《いりこ》んで、紫妻をたづねて来るとのことであつた。

「どうしたらよからう。」

師匠も途方にくれてゐるところへ、江戸から救ひの人が来た。それは金子半三郎《かねこはんざぶろう》といふ茶屋の亭主で、市村座の帳元橘屋治助《ちようもとたちばなやじすけ》からたのまれて、紫若や勘彌を迎へに来たのであつた。

「まあ、お喜びください。帳元の方でも金《かね》の都合が思ひのほかに早く付きまして、仮普請《かりぶしん》のまゝで無理にも五月の芝居をあけると云ひます。どうか其思召《そのおぼしめし》で、こつちを早く打揚《うちあ》げてお帰りください。」

　案外に早く迎へが来たので、一座は喜んだ。こゝの芝居は景気がいゝので、もう五日間打ちつゞける筈《はず》で、更に次狂言《つぎきようげん》の用意にも取りかゝつたのであるが、それは半三郎から金主《きんしゆ》の方《ほう》へ然《しか》るべく掛合《かけあ》つて貰ふことにして、一座はすぐに江戸へ帰る仕度《したく》を始めた。

　その中《なか》で、たゞ困るのは彼《か》の紫妻の処置であつた。今の容態では、通し駕籠《かご》でも江戸まで連れてゆくのはむづかしさうであつた。さりとて、彼ひとりを残してゆくのは師匠の身として忍びないことでもあるので、紫若は一切《いつさい》の秘密を半三郎に打ちあけて、なんとかして紫妻の病根《びようこん》を見あらはす工夫《くふう》はあるまいかと相談した。

　思ひもよらない相談をうけて、半三郎も眉をよせた。

「それは困りましたね。どうしたのだらう。併《しか》しまあ何とか考へて見ませうから、わたしに任せてください。」

「なにぶん願ひます。」と、紫若は縋《すが》るやうに頼んだ。

　これで紫若も他《た》の弟子達も先《ま》づ一息《ひといき》ついた。金子半三郎は今年五十ぐらゐの小肥《こぶと》りの男で、気前も好く、口前《くちまえ》もよく、十六軒の茶屋仲間でも一番の幅利《はばき》きと立てられてゐた。かれは一面《いちめん》に風流気《ふうりゆうぎ》もあつて、俳名を螺舎《らしや》といひ、江戸座の点者《てんじや》にもなつてゐた。この男が引受けてくれた以上、この事件もなんとか解決が付くであらうと、人々もいさゝか安心したのであつた。

金主との掛合はとゞこほりなく片附いて、紫若も勘彌もいよ〳〵江戸へ帰ることに決《きま》つた。その晩、半三郎は紫妻の座敷に泊つて、怪《あや》しい物の正体を見とゞけることになつた。

下

半三郎は病人の枕もとに坐つてゐた。かれは日の暮れないうちに、この座敷の作りから庭の隅々《すみずみ》まで残らず検分して置いたのであつた。宵《よい》のうちは何事もなかつたが、夜の更《ふ》けるに連れて、彼はだん〳〵に睡気《ねむけ》が催《もよお》して来たので、こゝぞと思つて彼は用意の薄荷《はっか》を嘗《な》めた。眼の縁《ふち》にも薄荷を塗りつけた。それでも引入れられるやうな心持になつて来るので、かれは煙管《きせる》で太股《ふともも》を幾たびか強く突《つ》いた。かうして、かれは強情《ごうじょう》に夜半過《よなかす》ぎまで、どうにか斯《こ》うにか持堪《もちこた》えたが、どこかで早い一番鶏《いちばんどり》の声がきこえたので、張りつめてゐた気が少しく弛《ゆる》むと共に、つひうと〳〵と居睡《いねむり》をしてしまつた。はつと気がついて眼をあいた時には、雨戸の隙間から暁《あかつき》のひかりが流れ込んでゐた。娘は今夜も紫妻をたづねて来たのであつた。

なんにも云はずに半三郎はその座敷を出た。かれは表《おもて》座敷へ行つて紫若に逢ふと、紫若は待兼《まちか》ねたやうに訊いた。

ゐた。


「ゆふべはどうでした。」

「大抵《たいてい》見当は付きました。これから町田屋を呼んで相談します。」

勘彌等《ら》の泊つてゐる町田屋の主人金次郎は呼ばれて来た。金次郎も紫妻の一件を知つてゐた。

「早速ですが、町田屋さん。こゝらに上手な猟師《りようし》はありますまいか。」

「それはありますが……。」と、金次郎は少し躊躇《ちゆうちよ》した。「この土浦《つちうら》の御城下《ごじようか》では鉄砲を撃つこと御禁制になつて居りますので……。」

「いや、鉄砲を撃つわけではありません。その猟師をよんで少し相談したいことがあるのです。」

「では、承知いたしました。併《しか》し筑波の麓《ふもと》まで行《ゆ》かなければなりませんから、少々手間が取れます。そのつもりでお待ちください。」

約束して、金次郎は早々に帰つた。それがどういふ目論見《もくろみ》であるかは、半三郎は口《くち》を閉《と》ぢて誰にも話さなかつた。しかし猟師を呼んで来るといふので、紫若その他《た》にも大抵《たいてい》は想像された。人々はまた今更《いまさら》に不安と恐怖の眼を見あはせた。

「この事を病人に聞かせてはなりませんよ。」と、半三郎は人々に固く口止めした。

その日の七《なな》つ下《さが》り（午後四時過ぎ）になつて、一人の猟師が来た。かれはもう五十以上で、いかにも経験を積《つ》んでゐるらしい頑丈な老人であつた。猟師は半三郎から委《くわ》しい話を聴かされて、兎もかくも病人の居間を見せてくれと云つた。半三郎はすぐに案内してゆくと、猟師は庭をあらためた。それから縁《えん》の下をあらためた。最後に座敷に這入つて、押入《おしいれ》や床《とこ》の間《ま》なども検《あらた》めた。

この座敷には隅《すみ》の方《ほう》に炉《ろ》が切つてあつた。老いたる猟師はその蓋《ふた》を取つて検《あらた》めたが、やがて莞爾《にっこり》笑つた。かれは表座敷へ戻つて、半三郎と何かしばらく囁《ささや》き合つて帰つた。

「どうです、いよ〳〵判《わか》りましたか。」と、紫若はまた訊いた。

「まあ、誰の考へも違はないやうです。」と、半三郎は笑つてゐるばかりで、その問《とい》に対して委《くわ》しい説明をあたへなかつた。

猟師はそれぎり来《ら》なかつた。半三郎ひとりで呑《の》み込んでゐるが、他の人々の不安はまだ去らなかつた。勘彌等はいよ〳〵明日《あした》の朝出発することとなつたが、紫若等は一所《いっしょ》に立つことが出来なかつた。

「あとはわたしが引受けます。太夫《たゆう》さんは構《かま》はずお立ちなすつたら何《ど》うです。」と、半三郎は云つた。

「でも、さうは行きません。わたしも後《あと》に残つて紫妻の成行《なりゆき》を見て行《ゆ》きたうございます。」と、紫若は云つた。

あくる朝、勘彌等は一足《ひとあし》さきに出発した。その日は初夏の空が真青《まっさお》に晴れて、筑波の山々が手にとるやうに見えた。日和《ひより》のよいのを喜びながら江戸へ帰るその一行《いっこう》のうしろ影を紫若はさびしく見送つた。それから、紫妻の座敷へ行つてみると、疲れ切つた病人はすや〳〵と眠つてゐた。その窶《やつ》れ果《は》てた顔をのぞいて紫若は思はず涙ぐんだ。

午後になつて、きのふの猟師が再び来た。かれは古い革袋を腰につけてゐた。半三郎はかれと相談して、近所から四五本の竹を貰つて来ると、猟師はその竹を削つて、紫妻の座敷の床下へ這ひ込んで、なにをしてゐたのか一時《いつとき》ほども出て来なかつた。半三郎は縁側に腰をかけて四辺《あたり》を見張つてゐた。それが片附いて、猟師が表《おもて》の方へ戻つて来ると、半三郎はかねて町田屋に頼んで置いた酒や肴《さかな》を運ばせて、かれを饗応した。

いよ〳〵今夜は仕事に取りかゝるといふので、鳥彦の家内《かない》の者も夜のふけるまで眠らなかつた。紫若の弟子達はみな師匠の座敷にあつまつて、息を殺してゐた。紫若は日頃信仰する法華《ほつけ》の題目《だいもく》を唱《とな》へてゐた。夜はしづかに更《ふ》けて、城の太鼓が九《ここの》つ（午後十二時）を告《つ》げた。

その太鼓を打ち切らないうちに、紫妻の座敷の方で一種異様の叫び声がきこえた。あたりが静まつてゐるので、それが表座敷まで遠くひゞいて、人々ははつと耳を引立《ひきた》てると、やがて半三郎が威勢よく駆込《かけこ》んで来た。

「さあ、占《し》めた。皆さん、来て御覧なさい。」

紫若も弟子達も怖々《こわごわ》ながら出てゆくと、鳥彦の家内の者もどや〳〵と続いた。鳥彦の主人《あるじ》、町田屋金次郎、ほかに加勢《かせい》の男どもは、先《ま》づ病み臥《ふ》してゐる紫妻を夜具のまゝで紫若の座敷まで運び出して置いて、それから猟師も立会《たちあい》で、六畳の座敷の畳《たたみ》をあげ、根太板《ねだいた》を払つて覗《のぞ》いて見ると、床《ゆか》の下には罠《わな》にかかつた一匹の大きい獣が横《よこた》はつてゐた。

それは誰もが薄々《うすうす》想像してゐた通りの古狐《ふるぎつね》で、何百年を経《へ》たかと思はれる雌《めす》であつた。毛色は赤と黄の斑《まだ》らで、眼を半分瞑《と》ぢたまゝで死んでゐた。猟師の説明によると、かれは床下から炉の底を毀《こわ》して、そこから座敷へ忍び込んで来るらしい形跡があつたので、その通路と思はれるところに罠を仕かけて、ある餌《えさ》を以《もつ》て首尾《しゆび》よく釣り寄せたのである。これほどの年古《としふ》る狐は、筑波や牛久保《うしくぼ》のあたりにも棲《す》んでゐるといふ噂を聞いたことがない、おそらく真壁《まかべ》の山つゞきから出て来たのではないかと云ふのであつた。猟師が用ひた餌はなんであるか判らなかつた。猟師も秘密にしてゐて洩《も》らさなかつた。狐を釣るには鼠《ねずみ》の天ぷらを餌にするとはむかしから誰もいふことであるが、果《はた》してそれであつたか何《ど》うだか判《わか》らなかつた。

怖ろしい怪物の正体を目前《もくぜん》に見せられて、人々は今更《いまさら》のやうに悚毛《おぞけ》をふるつた。こんなもの丶正体を紫妻に見せたら、おそらく気絶するであらうといふので、彼には何《なん》にも知らさないことにした。この騒ぎの間、紫妻は唯《ただ》うと〱と眠つてゐて、実際なんにも知らないらしかつた。紫若は謝礼として金《きん》三両を猟師に贈つた。半三郎は記念のために、その狐の皮を剝《は》いでくれるやうに猟師にたのんだ。

これで紫若も安心して、そのあくる朝いよ〱江戸にむけて出発した。紫妻はすぐに動かすことも出来ないので、半三郎があとに残つて介抱《かいほう》することになつた。猟師は二日ほど経《た》つてから沢山《たくさん》の小鳥を持つて来て、半三郎と鳥彦と町田屋とにくれた。それは紫若から大金《たいきん》を貰つた礼心《れいごころ》と知られた。そのときに猟師は半三郎に窃《そつ》と訊いた。

「時に、御病人はどうでございます。」

「おかげで、その後はだん〳〵に快《い》いやうだ。」と、半三郎は云つた。

「さう申しては何《なん》ですが、どうも斯《こ》ういふ病人はあとがむづかしいものでございます。よく気をおつけなされませ。」

かう云つて、猟師は帰つた。しかし紫妻はその後《ご》めき〳〵と気分が快《よ》くなつて、三四日の後《のち》には食も進むやうになつたので、もうこれならば駕籠《かご》でも行《ゆ》かれるであらうと医者も云つた。半三郎はそれを紫妻に話すと、かれは何だか気の進まないやうな風《ふう》であつた。

「わたくしはもう暫《しばら》くこゝの御厄介《ごやっかい》になつてゐたうございますから、お前さんは一足先へお帰りください。」

紫妻は矢はり彼《か》の娘に未練《みれん》があるらしかつた。しかし其《その》秘密を明《あか》すわけには行《い》かないので、半三郎も鳥彦もよほど困つた。それでも色々に胡麻化《ごまか》して宥《なだ》めて、たうとう江戸へ連れて帰つた。帰つてから、江戸の医者の療治《りようじ》をうけて、紫妻は元のからだになつた。さうして、その後二芝居《ごふたしばい》ほど無事に出勤した。

たゞ不思議なことには彼は俄《にわか》に稲荷《いなり》を信仰し始めた。信仰ばかりでなく、狐といふものに一種の趣味を有《も》つて来たらしく、絵画彫刻のたぐひ例《たと》へば掛地《かけじ》や莨入《たばこい》れの類《るい》に至るまで、なにか狐に縁《えん》のあるものを手あたり次第に蒐集《しゆうしゆう》した。終《しま》ひには子供が玩弄《もてあそ》びにする狐の面までも買ひあつめるやうになつた。

土浦の娘の正体は一切秘密にしてある筈《はず》であつたが、口の軽い楽屋の者の噂がいつか彼の耳に這入つたのか、あるひは自然にさうなつたのか、勿論それは誰にも判《わか》らなかつた。

「紫妻にはやつぱり狐が離れない。」

こんな噂のうちに、その年の秋も末になつた。十月のはじめから紫妻は再びぶら〳〵と病《や》み付いて、半月あまりで遂《つい》にこの世と別れを告《つ》げた。

狐の皮は土浦から届けて来たので、半三郎は胴に更紗《さらさ》をつけ、寒さ凌《しの》ぎに羽織《はおり》の下に着込んでゐたが、毛艶《けづや》も美しく、殊《こと》に雌狐《めぎつね》でその毛が柔かいので、真壁狐《まかべぎつね》の胴服《どうふく》といつて仲間内《うち》にも珍しがられた。かれは無事で長命《ちようめい》した。その狐の尾は二尺《にしやく》にもあまるので、これは勘彌が貰《もら》ひうけて大切に保存して置いたといふことである。

深見《ふかみ》夫人の死

一

実業家深見家《ふかみけ》の夫人多代子《たよこ》が一月下旬のある夜《よ》に、熱海《あたみ》の海岸から投身自殺を遂《と》げたといふ新聞記事が世間《せけん》を騒がした。

多代子は今年三十七歳であるが、実際の年よりも余《よ》ほど若くみえると云はれるほどの美しい婦人で、種々《しゆじゆ》の婦人事業や貧民救済事業《ひんみんきゆうさいじぎよう》にも殆《ほとん》ど献身的に働いてゐることは何人《なんぴと》も知つてゐる。その主人《しゆじん》の深見氏もまた実業界に於《お》ては稀《まれ》に見るの人格者として知られてゐて、財産もあり、男女二人の子供もあり、家庭もきはめて円満である。彼女になんの不足があつて、或《あるい》は又なんの事情があつて、突然にかゝる横死《おうし》を遂《と》げたのか、それが一種不可解の謎として世間をおどろかしたのであつた。したがつて、それに就《つい》て種々の臆説《おくせつ》が伝へられたが、いづれも文字通りの臆説であつて、殆《ほとん》ど信《しん》を措《お》くに足《た》るやうなものは無《な》かつた。

自殺と見せかけて、実は他殺ではないかといふ疑《うたが》ひもあつたが、前後の状況に因《よ》つてそれが他殺でないことだけは確《たしか》められた。

その新聞記事があらはれてから半月あまりの後《のち》に、わたしは某所《あるところ》で西島君に逢つた。彼は若いときから某《ある》物産会社の門司《もじ》支店や大連《たいれん》支店に勤めてゐて、震災以後東京へ帰つて来たのである。その西島君が今度の深見夫人の一件について、こんな怪談めいたことを話した。

あれは日露戦争の前年《ぜんねん》と覚えてゐる。その頃わたしは門司《もじ》支店に勤めてゐて、八月下旬の暑い日の午前に、神戸行《ゆき》の上《のぼ》り列車に乗つてゐた。社用でゆふべは広島に一泊して、けふは早朝に広島駅を出発したのである。断《ことわ》つて置くが、その頃のわたしはまだ学校を出たばかりの新参者《しんざんもの》で、二等のお客様として堂々と旅行するほどの資格をあたへられず、三等列車に乗込んでゐたのであつた。

鉄道がまだ国有にならない時代で、神戸、下関《しものせき》間は山陽鉄道会社の経営に属してゐた。この鉄道は乗客の待遇に最も注意を払つてゐると云ふのを以《もつ》て知られてゐたので、三等室でも決して乗り心は悪くない。殊《こと》に三十五銭の上等弁当のごときは、われ〳〵のやうな学生あがりの安《やす》月給取には贅沢過ぎるほどの副食物《ふくさんぶつ》を以て満たされてゐるので、私はこの鉄道に乗つて往来するごとに、上等弁当を買つて食ふのを一つの楽みにしてゐた位《くらい》であつた。

さう云ふわけであるから、三等のお客様たるを以て満足して、やがて旨《うま》い弁当が食《く》へることを期待しながら揺られてゆくと、ゆふべ遅く寝たのと今日の暑さとで、なんだか薄ら眠くなつて来た。

わたしは我知《われし》らずに小一時間も眠つたらしい。なにか騒がしいやうな人声《ひとごえ》におどろかされて眼をさますと、わたしの車内には一つの事件が出来《しゅったい》してゐた。車掌が一人の乗客を捉へて何か談判《だんぱん》してゐるのである。他の乗客もみな其方《そのほう》に眼をあつめてゐた。中には起《た》ちあがつて覗いてゐるのもあつた。女客などは蒼い顔をして身を竦《すく》めてゐた。

唯《ただ》ならぬ車内の様子にいよ〳〵驚かされて、だん〳〵その仔細《しさい》を聞き糺《ただ》すと、列車はもうFの駅に近づいたので、三四人の乗客はそろ〳〵と下車の仕度《したく》をはじめて、その一人が頭の上の網棚《あみだな》から自分の荷物をおろさうとする時に、汽車にゆられて手をはづして、半分おろしかけてゐた風呂敷包みを抛《ほう》り出してしまつた。幸ひに他の乗客には中《あた》らなかつたが、その風呂敷包みが床《ゆか》にどさりと投げ落されたはずみに、結び目が緩んだとみえて、中の品物が転《ころ》げ出した。それは何かの鑵詰《かんづ》めが三つ四つと、大きい唐蜀黍《とうもろこし》五六本であつた。単にそれだけならば別に仔細もないのであるが、その唐蜀黍のあひだから一匹の青い蛇が鎌首《かまくび》を擡《もた》げたので、他の乗客はおどろいて飛び上つた。女たちは悲鳴をあげて騒いだ。

その騒ぎに車掌もかけ付けて、汽車中へ生物《いきもの》——殊《こと》に蛇などを持ち込んで来た彼《か》の乗客に対して詮議をはじめたのである。その乗客が農家の人であることは其《その》服装をみて大抵《たいてい》想像された。彼は四十五六歳の、いかにも質朴《しつぼく》らしい男で、日に焼けてゐる頬《ほお》をいよ〳〵赤らめながら、この不慮の出来事に就《つい》て自分はまつたく何にも知らないと吶《ども》りながらに釈明した。

「乗車券をみせて下さい。」と、車掌は奪《うば》うやうに彼の手から切符をうけ取つて見た。「Kの駅から乗つたのですね。」

「はい。」と、男はひどく恐縮したやうな態度で答へた。

彼はKの町の近在に住む者で、Fの町から一里《り》ほど距《はな》れたところに親戚があるので、自分の畑から唐蜀黍《とうもろこし》を取り、Kの町へ出て来て蟹《かに》の罐詰《かんづめ》を買ひ、それらを土産《みやげ》にしてこれから親戚をたづねようとするのであつた。勿論、蛇などを持つて来る筈《はず》がない。こんな小さな蛇は親戚の村にも沢山に棲《す》んでゐると、彼は云つた。農村の者が農村の親戚を訪問するのに、こんな蛇などをわざ〳〵手みやげに持つて行《ゆ》く筈がない。一尺《いつしやく》ぐらゐに過ぎない蛇であるから、恐らくその唐蜀黍と一緒に紛れ込んで来たものであらうとは、誰にも想像される所である。殊《こと》に飛んでもない人騒がせをしたことを、非常に恐縮してゐるらしい彼のおとなしい態度が諸人の感情を和《やわら》げた。

「さうすると、畑から紛《まぎ》れ込んだのを、あなたも知らなかつたのですね。では、まあ、仕方がない。早く外へ捨てゝ下さい。」

「はい、〳〵。」と、男はあやまるやうに頭を下げた。

「早くして下さい。もう直《す》ぐに停車場《ていしやじよう》へ着きますから。」と、車掌は催促した。男は農家の人だけに、こんな蛇をなんとも思つてゐないらしく、無雑作《むぞうさ》にその尾をつかんで窓の外へ投げ出すと、車内の人々は安心したやうに息をついた。

「どうもまことに相済《あいす》みません。」と、男は人々にむかつて又もや頭を下げた。「どうしてあんな物が這《は》ひ込んだのか、実に不思議でございます。これからは気をつけます。どうかまあ御勘弁をねがひます。」

云ふうちに、列車はもうFの駅に着いたので、男は又くり返して詫びながら、早々に降りてゆくと、それと入れちがひに、この車内へ乗込んで来たのは、学生らしい若い男と娘の二人連れで、わたしの向うの空席に腰をおろした。わたしはこゝで例の弁当を買はうかと思つたが、岡山駅まで待つことにしてゐると、列車はやがて揺《うご》き出した。

「いや、どうも飛んだお茶番《ちやばん》でしたね。」と、東京の商人らしい乗客の一人が笑ひながら云つた。

「蛇となると、小さいのでも気味の好《よ》くないもんですよ。」と、隣にゐる一人が答へた。

「まつたくあの風呂敷包みが転げ落ちて、唐蜀黍《とうもろこし》のあひだから蛇の出た時にはぞつとしました。」と、その前にゐる女も云つた。

蛇の噂が一《ひ》としきり車内を賑はした。あの男は実際なんにも知らないらしい。あの男があんまり恐れ入つてあやまるので、仕舞には気の毒になつて来たなどと云ふ者もあつた。

新しく乗込んで来た男と娘は、熱心にその話に耳をかたむけてゐるらしかつたが、やがて男は小声でわたしに訊いた。

「蛇がどうしたのですか。」

こゝでこの男と娘に就《つい》て、すこしく説明して置く必要がある。男は十九か二十歳《はたち》ぐらゐで、高等学校の制帽と制服をつけてゐた。娘は十五六の女学生らしい風俗で蝦色《えびいろ》の袴《はかま》を穿《は》いてゐた。その服装と持物とを見れば、彼等は暑中休暇で郷里に帰省してゐて、更《さら》に再び上京するものであることは一目に覚《さと》られた。彼等が兄妹《きようだい》であるらしいことも、その顔立をみて直《す》ぐに知られたが、取分けて妹は色の白い、眉の優しい、歯並の揃つた美しい娘であるのが私の注意をひいた。

問はれるまゝに、わたしは彼《か》の青い蛇の一件を物語ると、兄も妹も顔の色を動かした。

「さうしてその蛇はどうしました。」

「駅へ着く前に窓から捨てました。」

「駅へ着く前……。よほど前でしたか。」と、兄はかさねて訊いた。

「いや、捨てると直ぐに駅へ着きました。」

兄は黙つて聴いてゐた。妹の顔色はいよ〳〵蒼ざめた。若い娘の前で蛇の話などを詳しく饒舌《しやべ》つて聞かせたのは、私の不注意であつたかも知れないと気がついて、もう好加減《いいかげん》にその話を打ち切らうとすると、兄は執拗《しつこ》く又訊いた。

「その蛇は青いのでしたね。よほど大きいのでしたか。」

「いや、一尺《しやく》ぐらゐでしたらう。」と、わたしは軽く答へた。さうして、その話を避《さ》けるやうに窓の外へ眼を反《そ》らした。

私が傍《わき》を向いてゐたのは、せい〴〵二分か三分に過ぎなかつたが、そのあひだに兄と妹はどう相談をしたのか、網棚《あみだな》の上にあげてある行李《こうり》をおろし始めた。なんだか下車の仕度《したく》でもするらしいので、私はすこしく不思議に思つてゐると、やがて列車は次の駅に着いた。その前から二人は席を起《た》つて、停車を待ち兼《か》ねてゐるやうな風《ふう》であつたが、停まると直《す》ぐに兄はわたしに会釈《えしやく》した。

「どうも失礼をいたしました。」

妹も無言で会釈して、二人は忙がしさうに下車した。その余りに慌《あわ》てたやうな態度が又もやわたしの注意をひいて、窓から彼等のゆくへを見送ると、こゝは小さい駅であるから乗り降りの客も少く、兄妹が殆《ほとん》ど駈け足で改札口を出てゆく後ろ姿がはつきりと見えた。勿論、なにかの都合《つごう》で途中下車をしないとも限らないのであるが、くどくも云ふ通り、余《あま》りにあわたゞしい二人の様子が何か仔細《しさい》ありげにも思はれた。さうして、それが彼《か》の蛇の話に何かの関係があるのではないかとも疑はれた。それは私ばかりでなく他《た》の乗客にも怪《あやし》まれたと見えて、東京の商人は笑ひながら私に云つた。

「あの娘さんはよつぽど蛇が嫌ひらしい。あなたに蛇の話を聞かされて、真蒼《まつさお》になつて仕

のですよ。」

舞ひましたね。なんでも兄さんを無理に勧《すす》めて、急に降りることになつたやうです。」

「それで降《お》りたんでせうか。」

「この箱には蛇が乗つてゐたといふので、急に忌《いや》になつたのでせう。嫌ひな人はそんなものですよ。」

それならば他の車室へ引移《ひきうつ》れば済むことで、わざ〳〵下車するにも及ぶまいと思ひながら、わたしは再び車外へ眼を遣《や》ると、若い兄妹の姿はもうそこらに見えないで、駅の前の大きい桜に油蟬《あぶらぜみ》が暑さうに啼《な》き続けてゐるばかりであつた。

列車がまた進行をはじめると、さつきの車掌が再び廻つて来た。彼《か》の商人は話し好きとみえて、車掌の顔をみると直《す》ぐに又話しかけた。

「どうも先刻《さつき》は驚かされたね、汽車のなかでにょろ〳〵這ひ出されちやあ堪《たま》らない。」

「まつたく困ります。併《しか》し考へると、少し不思議でもありますよ。」

「なにが不思議で……。」

残暑の強い時節であるのと、帰省の学生等が再び上京するには小《こ》一週間ほど早いのとで、列事のなかは左《さ》のみ混雑してゐなかつた。現に彼《か》の兄妹の起《た》つたあとは空席になつてゐたので、車掌はそこへ腰をおろした。

「なにが不思議と云つて……。わたしは一昨年《おととし》の春からこの鉄道にあしかけ三年勤めてゐますがね、毎年夏になると、蛇の騒ぎが二三回、多いときには四五回もあるのです。」

「こゝらには蛇が多いのかね。」と、商人は訊いた。

「特に多いといふ話も聞かないのですが……。」と、車掌はすこしく首をかしげながら云つた。「それが又不思議で……。その蛇の騒ぎはいつでも広島とFの駅とのあひだに起るのです。さうして、けふと同じやうに、乗客自身はなんにも気が注《つ》かないでゐると、蛇がいつの間にかその荷物のなかに這入り込んでゐるのです。今年も既《も》うこれで五回目になるでせう。わたしも職務ですから、一応はあの人を詮議しましたけれど、肚《はら》の中《なか》では又かと思つてゐました。」

「ふうむ。そりやあ不思議だ、まつたく不思議だ。」と、商人は仰山《ぎようさん》らしく顔をしかめて、その首を大きく振つた。「さうすると、何か仔細がありさうだな。広島とFの町とのあひだに限つてゐるのは不思議だ。」

「まだ不思議なことは、それがいつでも上《のぼ》り列車に限つてゐるのです。」

「いよ〱不思議だ。ねえ、さうぢやありませんか。」と、商人はわたしを見返《みかえ》つた。

「不思議ですね。上り列車に限るとは……。」と、わたしも首肯《うなず》いた。

「いや、まだ有ります。」と、車掌も調子に乗つたやうに説明した。「その蛇を持つて来る人は、いつでもKの駅から乗込むのです。さうして、Fの駅へ近づいた時に発見されるのです。けふも屹《きつ》とさうだらうと思ひながら、その乗車券をあらためて見ると、果《はた》してKの駅から乗つた人でした。」

商人とわたしとは黙つて顔をみあはせてゐると、車掌は又云つた。

「けふのやうに偶然の事故から発見されることもありますが、多くのなかには発見されないで済むこともあるだらうと思はれます。さうすると、沢山の蛇がKの町から来る乗客に附き纏《まと》つて、Fの町へ乗込むことになるわけです。」

「さう、〳〵。」と、商人はやゝ気味悪さうにうなづいた。「どうも判《わか》らない。なにか因縁《いんねん》があるのかな。」

「どうも変ですよ。」と車掌も仔細ありげに云つた。「なにしろ蛇の騒ぎを起すのは、Kの町から来る人に限るのですからな。」

「その蛇はどこへ行《ゆ》く積《つも》りかな。」と、商人はかんがへた。

「そりや判りませんね。」

「判らないのが本当だらうが、なにかFの町の方へ行つて祟《たた》る積《つも》りらしい。」と、商人は何も彼《か》も見透《みとお》してゐるやうに云つた。「屹《きつ》とFの町の誰かに恨みがあつて、ぞろ〳〵繋《つな》がつて乗込むに相違ない。怪談、怪談、どうも気味がよくないな。」

さつきの兄妹の顔がわたしの眼に浮《うか》んだ。商人もそれに気がついたやうに又云ひ出した。

「さうすると、あの兄妹が蛇の話を聞いて顔の色を変へたのが少し可怪《おかし》いぞ、あの二人はFの駅から乗つたんだから……。」

「どんな人達でした。」と、車掌は訊いた。

商人は二人の人相《にんそう》や風俗を説明して、彼等が途中から俄《にわか》に下車したことを話すと、車掌も耳をすまして聴いてゐたが、扨《さて》それが何者であるかを覚《さと》り得《え》ないらしく、やがて私たちに会釈して立去つた。

二

予定の通りに、わたしは岡山で弁当を買つて食つた。さうして、その日の夕方に神戸に着いた。そこで社用を済ませて、その晩は一泊して、あくる日の午前の汽車に乗込んで広島まで引返《ひきかえ》した。商売上のことはこゝで説明する必要もないが、私はその商売の都合で再び神戸へ行《ゆ》かなければならない事になつたので、広島に暑苦しい一夜《いちや》を過して、その明くる日の午前には又もや神戸行《ゆき》の列車に乗込んだ。残暑のきびしい折柄《おりから》、同じところを往《い》つたり来たりするのは可《か》なりに難儀であつたが、どうも致《いた》し方《かた》がない。而《しか》もこの上り列車に乗ることに就《つい》て、わたしは一種の興味を持たないでもなかつた。

それは今度の列車にも、Kの町から乗込む人があつて、その人が又もや蛇を伴《ともな》つてゐるかも知れないと云ふことであつたが、その期待はまつたく外《はず》れてしまつた。Kの町から乗つた人もあり、Fの町で降りた人もあつたが、いづれも平穏無事で、なんの人騒がせをも仕出来《しでか》さずに終《おわ》つたので、わたしは窃《ひそ》かに失望しながら車外をぼんやり眺めてゐると、F

の駅の改札口をぬけて、十四五人の乗客がつゞいて出て来た。そのなかに彼《か》の学生の兄《きょう》妹《だい》の顔を見出した時に、わたしは俄《にわか》に胸の跳《おど》るをおぼえた。さうして、彼等がけふも私の車室へ乗込むことを願つてゐると、二人は恰《あたか》も糸にひかれるやうに、わたしの車室へ入り込んで来たので、占《し》めたと思つて見てゐると、あひにくに車内には空席が多かつたので、彼等はわたしよりも遠く離れた隅《すみ》の方の席に腰をおろした。

　それでも二人はわたしを見付けて、遠方《えんぽう》から黙礼《もくれい》した。わたしも黙礼した。さりとて馴々《なれなれ》しく其《その》近所へ席を移すわけにも行《ゆ》かないので、わたしは残念ながら遠目に眺めてゐるの外《ほか》はなかつた。

　彼等が今日もこゝから乗込んだのを見ると、一昨日《おととい》は次の駅で一旦《いつたん》下車して、更に下《くだ》り列車に乗りかへてFの町へ引返《ひつかえ》し、きのふ一日は自宅にとゞまつて、けふの午前に再び出て来たものらしく思はれた。かれらの服装も行李もすべて先日の通りであつた。私はなほ注意して窺《うかが》ふと、兄も妹もその顔色が先日よりも更《さら》によくない。殊《こと》に妹の顔は著《いちじ》るしく蒼ざめてゐるやうに見えた。かれらはKの町から続々乗込んで来る蛇の群《むれ》に悩まされてゐるのではないかなどと、私は色々の空想をめぐらしながら窃《ひそ》かにその行動を監視してゐたが、彼等の上に怪しいやうな点も見出されなかつた。妹は黙つて俯向《うつむ》いてゐた。兄も黙つて車外をながめてゐた。

　岡山でわたしは例のごとくに弁当を買つた。彼《か》の兄妹も買つた。その以外に、彼等の行動について私の記憶に残つてゐるやうなことは無かつた。私はけふも神戸で降《お》りた。兄妹《きょうだい》も下車した。彼等はおそらく新橋行《ゆき》の列車に乗り換へたのであらう。その後のことは勿論わたしに判《わか》らう筈もなかつた。

その翌年には日露《にちろ》戦争が始まつて、わたしの勤めてゐる門司《もじ》支店は非常に忙がしかつた。それが済むと、素晴しい好景気の時代が来た。明治四十年の四月、わたしは社用を帯《お》びて上京して、約三ケ月ばかりは東京の本社の方に詰《つ》めてゐることになつた。

なにしろ久し振りで東京へ帰つて来たのである。時は四月の花盛りで上野には内国勧《ないこくかん》業博覧会《ぎょうはくらんかい》が開かれてゐる。地方からも見物《けんぶつ》の団体が続々上京する。天下の春は殆《ほとん》ど東京にあつまつてゐるかと思はれるやうな賑《にぎわ》ひのなかに、わたしも愉快な日を送つてゐた。

併《しか》し遊んでばかりはゐられない。私は毎日一度はかならず出社する以外に、東京にある親戚や先輩や友人をたづねて、平素《へいそ》の無沙汰《ぶさた》ほどきをしなければならないので、働くと遊ぶの暇《ひま》をみて諸方へ顔出しをすることも怠《おこた》らなかつた。そのあひだに、わたしは江波《えなみ》先生を屢々《しばしば》たづねた。

先生は法学博士で、わたしが大学に在学中は色々の御世話になつたことがある。その住宅は本郷《ほんごう》の根津権現《ねづごんげん》に近いところに在《あ》つて、門を掩《おお》うてゐる桜の大樹《たいじゅ》が昔ながらに白く咲き乱れてゐるのも嬉しかつた。第一回の訪問は四月の第一日曜日であつたと記憶してゐるが、先生も奥さんもみな壮健で、二階の十畳の応接室へ通された。そこは日本の畳《たたみ》の上に絨緞《じゆうたん》を敷《し》いて、椅子やテーブルを列《なら》べてあるのであつた。

やがて若い女が茶を運《はこ》んで来た。奥さんが自身に菓子鉢《かしばち》を持つて来た。若い女はすぐに立去つたが、奥さんは先生とわたしに茶をついで呉《く》れた。

「あの方はお家《うち》のお嬢さんぢやありませんな。」と、わたしは訊いた。

「娘ぢやありません。」と、奥さんは笑ひながら答へた。「娘は少し風邪を引いて二三日前から寝てゐます。あの人は多代子《たよこ》さんと云つて、よそから頼まれて預《あず》かつてゐるのです。」

「多代子さん……。若《も》しやあの方は広島県の人ぢやありませんか。Fの町の……。」

「え丶。」と、奥さんは先生と顔を見あはせた。「よく御存じですな。」

「ぢやあ、やつぱりさうでしたか。どうも見たことがあるやうに思つてゐました。」

「どこかでお逢ひなすつたことがあるのですか。」と、奥さんは再び笑ひながら訊いた。

「はあ。山陽線の汽車のなかで……。そのときは兄《あに》さんらしい人と一緒でした。」

わたしは先年のことを簡単に話した。併《しか》しどんな当《あた》り障《さわ》りがあるかも知れないと思つたので、蛇の一件だけは遠慮して何《なん》にも云はなかつた。

「む丶、多代子さんは兄《あに》さんと一緒に相違あるまいが……。」と、先生は重い口で私にからかつた。「君は誰と一緒に乗つてゐたかな。多代子さんに賄賂《わいろ》でも使つて置かないと、飛んでもないことを素《す》つ葉《ぱ》抜かれるぜ。」

奥さんも私も笑ひ出した。多代子はFの町の近在の三好《みよし》といふ豪農のむすめで、兄の透《とおる》といふ青年と一緒に上京して、ある女学校に通つてゐる。先生は三好の家と特別の関係があるわけでもないが、ある知人から頼まれて、多代子だけを預かつて、監督してゐる。先生の家《うち》にも多代子と同年の娘があつて、おなじ女学校に通つてゐるので、かた〴〵その世話をして遣《や》ることになつたのである。兄の透はこの近所の植木屋の座敷を借りて、そこから通学してゐる。これだけのことは奥さんの説明によつて会得《えとく》することが出来た。多代子は今年十九で、容貌《きりよう》は見る通りに美しく性質も温順で、学業の成績もよいので、まことに世話甲斐があると先生夫婦も楽《たのし》んでゐるらしい口吻《くちぶり》であつた。

奥さんが降りて行つた後《のち》に、先生とわたしは差向ひで二時間ほども話した。先生は午飯《ひるめし》を食つてゆけと云はれたが、わたしは他《た》に廻るところがあるので、又お邪魔に出ますと云つて二階を降りると、奥さんは多代子を連れて出て来た。

「もうお帰りですか。では、こゝで改めて多代子さんを御紹介しませう。」

彼女は果《はた》してわたしの顔を記憶してゐたか何《ど》うだか知らないが、兎《と》もかくも型《かた》のごとくに挨拶して別れた。先年《せんねん》はまだ少女と云つてもよかつた多代子が、今は年ごろの娘に成長して、更《さら》にその美を増したやうに見えた。その白い艶《つや》やかな顔には、先年見たやうな暗い蒼ざめた色を染め出《だ》してゐなかつた。春風の吹く往来《おうらい》へ出て、わたしもなんだか一種の愉快を感じながら歩いた。

二回目に先生を訪問したのは四月の末《すえ》で、その日は平日であつたので通学中の多代子さんは見えなかつた。先生のお嬢さんも病気が全快して一緒に学校へ出て行つたとの事であつた。第三回の訪問は五月のなかばの日曜日で、わたしは午後七時頃に上野行《ゆき》の電車を降りると、博覧会は夜間開場を行《おこな》つてゐるので、広小路《ひろこうじ》附近はイルミネーションや花瓦斯《はなガス》で昼のやうに明るかつた。そこらは自由に往来が出来ないやうに混雑してゐた。

わたしはその賑《にぎわ》ひを後《うし》ろにして、池《いけ》の端《はた》から根津《ねづ》の方角《ほうがく》へ急いだ。その頃はまだ動坂行《どうざかゆき》の電車が開通してゐなかつたので、根津の通りも暗い寂しい町であつた。路《みち》ばたには広い空地《あきち》などもあつて、家々の疎《まば》らな灯《ひ》のかげは本郷台の裾《すそ》に低く沈んでゐた。わづかの距離で、上野とこゝとはこんなにも違ふものかと思ひながら、わたしは宵闇《よいやみ》の路をたどつてゆくと、やがて団子坂《だんござか》の下へ曲らうとする路ばたの暗いなかで、突然にきやつといふ女の悲鳴がきこえたので、私は持つてゐるステツキを把《と》り直して、その声をしるべに駈け出すと、出遇ひがしらに駈けて来る一人の男があつた。危《あや》うく突き当らうとするのを摺《す》りぬけて、彼はどこへか姿を隠してしまつた。月は無いが、星は明るい。少しく距《はな》れたところには煙草《たばこ》屋《や》の軒《のき》ランプがぼんやりと点《とも》つてゐる。その光をたよりに透《すか》してみると、草原《くさはら》つゞきの空地を横にした路ばたに、二人の女の影が見出された。

「どうかなすつたんですか。」と、私は声をかけたが、女達はすぐには答へなかつた。彼等の悲鳴を聞いて駈け付けたらしい、わたしに続いて巡査の角燈《かくとう》の光がこゝへ近寄つた。女は先生のお嬢さんと多代子の二人で、多代子はぐつたりと倒れかゝるのを、お嬢さんがしつかりと抱《かか》へてゐるのである。それを見てわたしは又驚いた。

巡査の取調べに対して、お嬢さんは答へた。二人は根津の通りへ買物に出て、帰り路にこゝまで来かかると、空地の暗いなかから一人の男があらはれて、多代子の頸《くび》へ何かを投げつけたといふのである。巡査は更《さら》に訊いた。

「なにを投げ付けたのですか。」

「蛇です。」と、多代子は低い声で答へた。

蛇と聞いて、巡査もお嬢さんも顔をしかめたが、わたしは更に強い衝動《しょうどう》を感じた。多代子と蛇と――先年の汽車中の光景が忽《たちま》ちわたしの眼のさきに浮び出したのである。巡査は角燈を照らして四辺《あたり》を見まはすと、草のなかに果《はた》して一匹の青い蛇が白つぽい腹を出して横《よこた》はつてゐた。

「むゝ、蛇だ。」

巡査は仔細にあらためて、また俄《にわか》に笑ひ出した。

「はゝ、これは玩具《おもちや》だ。拵《こしら》へ物《もの》だ。」

「ほんたうの蛇ぢやありませんか。」

のぞき込む私の眼の前へ、巡査は笑ひながら彼《か》の蛇を把《と》つて突き出した。なるほど精巧には出来てはゐるが、それは確《たしか》に拵《こしら》へ物《もの》の青大将《あおだいしょう》であるので、わたしも思はず笑ひ出した。

「はゝ、玩具だ。多代子さん、驚くことはありません。こりやあ玩具の蛇ですよ。」

このごろは博覧会の夜間開場が始まつたので、夜ふけて帰る女たちを暗いところに待受けて、悪《わる》いたづらをする奴が屢々《しばしば》ある。これもそのたぐひであらうと巡査は云つた。さう判つてみれば、差したる問題でもないので、わたし達は挨拶して巡査に別れた。わたしはどうで先生の家《うち》へゆく途中であるから、女ふたりを送りながら一緒に附いて行つたが、先生の門をくゞるまでの間、多代子は一言《ひとこと》も口を利《き》かなかつた。

「近所ではあり、まだ宵《よい》だからと油断して、若い者ばかりを出して遣《や》つたのが間違ひでした。」と、奥さんは悔《くや》んでゐた。

たとひ玩具にもしろ、何者かの悪戯《いたずら》にもしろ、二人ならんでゐる女のうちで、多代子を目ざして蛇を投げ付けたのは、故意か偶然かと私はかんがへた。二人のうちで、多代子の方が一段美しい為であつたかとも考へられた。その形のみえない暗いなかで、多代子が十分にそれを蛇と直覚《ちよつかく》したのは少しく変だとも云へないことは無い。而《しか》もその晩は何事もなく、わたしは先生と一時間あまり話して帰つた。

第四回の訪問は六月はじめの午前で、先生の門をくゞると、大きい桜の葉から毛虫が二三匹落ちて来た。例のごとく二階へ通されたが、奥さんの話によると、お嬢さんは学校へ出て行つたが、多代子は病気で寝てゐる、それに就《つい》て、先生は警察へ行つてゐるとの事であつた。

「なにしに警察へ行かれたんですか。」

「かう云ふわけなのです。」と、奥さんは顔を曇らせながら説明した。「御存じの通り、先月なかばに多代子さんと娘が根津へ買物に出て、その帰りに多代子さんが蛇を抛《ほう》り付けられたことがあるでせう。それは玩具《おもちゃ》の蛇でしたが、今度はほんたうの蛇を抛《ほう》り込んだ奴があるのです。先月の末に、下の八畳で多代子さんと娘が机にむかつて勉強してゐると、肱《ひじ》かけ窓から一匹の青大将を多代子さんの顔へ……。きやつといふ騒ぎのうちに、相手は逃げて仕舞つたのですが、なんでも横手《よこて》の生垣《いけがき》を破つて忍び込んだらしいのです。娘の話では、そのうしろ姿が若い学生らしかつたと云ふことです。まだそれだけなら好《い》いのですけれど、その後にたび〳〵多代子さんのところへ脅迫状をよこして、午後八時頃までに根津権現の表門前《おもてもんまえ》まで来てくれ。さもなければ、いつまでも蛇を以《もつ》てお前を苦《くるし》めるからさう思へと云ふやうなことが書いてあるのです。一度や二度は打《う》つちやつて置きましたけれど、余りたび〳〵重なるので、一応は警察へとゞけて置く方がよからうと云つて、良人《うち》はさつきから警察へ行つてゐるのです。いづれ不良青年の仕業《しわざ》でせうけれど、困つて仕舞ひますよ。」

「怪《け》しからんことですな。それで多代子さんは寝てゐるんですか。」

「なんだか気分が悪いと云つて、二三日前から学校を休んでゐるのです。」

勿論、不良青年の仕業《しわざ》であらうが、その青年が若《も》しや広島県のKの町の人間ではないかなどと、わたしは考へた。さうして、思はず口をすべらせた。

「多代子さんには蛇が祟《たた》つてゐるやうですな。」

「なぜです。」

奥さんにだん〳〵問ひ詰められて、私はたうとう彼《か》の汽車中の一件を打ちあけると、奥さんはいよいよ顔の色を暗くした。

「まあ、そんな事があつたのですか。なにかの心得になるかも知れませんから、良人《うち》にも一通り話して置いて下さいよ。」

「いや、先生に話すと笑はれます。」

そこへ恰《あたか》も先生が帰つて来て、その不良青年については警察でも大抵《たいてい》心当りがあるとの事であつた。奥さんが頻《しき》りに催促するので、所詮《しよせん》無駄だとは思ひながら、わたしは再び先生の前で汽車中の一件を報告すると果《はた》して先生は唯冷《ただひや》やかに笑つてゐた。

「それは僕に話しても仕様がない。小説家のところへでも行つて、話して聞かせる方が好《よ》さゝうだね。」

奥さんもわたしも重ねて云ふ術《すべ》がなかつた。

三

それから五六日経《た》つと、多代子さんに悪戯《いたずら》をした不良青年が捕《とら》はれたといふ新聞記事が見えたので、わたしはその晩すぐに先生の家《うち》を訪問すると、先生は誰かの洋行送別会《ようこうそうべつかい》に出席したと云つて留守であつた。奥さんに遇《あ》つて、わたしは新聞記事の詳細を聞きたゞすと、奥さんは先《ま》づ第一にこんなことを云ひ出した。

「どうもわたしは驚きましたよ。多代子さんを附狙《つけねら》つた不良青年は、やつぱり広島県のKの町の生まれだつたさうです。」

「さうですか。」と、わたしも眼をかゞやかした。「ぢやあ、多代子さんの身許《みもと》を知つてゐたんでせうか。」

「それは知らないのださうですがな。そんな事を常習的に遣《や》つてゐるので、警察からも眼をつけられてゐる不良青年で、多代子さんがFの町の人だか、三好《みよし》といふ家《うち》の娘だか、そんなことは何《なん》にも知らないで、唯《ただ》その容貌《きりよう》の好《い》いのを見て附狙《つけねら》つたと云ふだけの事らしいのです。併《しか》しそれが恰度《ちようど》にKの町の人間だといふのが不思議ぢやありませんか。」と、奥さんは眉をよせた。

「不思議ですね。」と、私もなんだか不思議のやうに思はれてならなかつた。

「ねえ、さうでせう。」と、奥さんは重ねて云つた。「良人《うち》はあんな人ですから、何を云つても取合つては呉《く》れませんけれど、わたしはなんだか気になるので、多代子さんに色々訊いてみましたが、本人はなんにも心当りがないと云ふのです。けれども、あなたのお話によると、多代子さんの兄妹《きようだい》は汽車のなかで蛇の話を聞いて、途中で急に下車して家《うち》へ引《ひつ》返《かえ》したらしいと云ふぢやありませんか。してみると、やつぱり何か思ひ当ることがあるに相違ないと思はれるのですが……。」

当人が秘してゐるものを無理に詮議するのも好《よ》くないから、先《ま》づ其儘《そのまま》にして置いたが、それ以来、自分の家《うち》に多代子さんを預かつてゐるのが何だか不安心になつて来たと、奥さんは小声で話した。奥さんの鑑定通り、多代子は何かの秘密を知つてゐながら、飽《あく》までも知らないと云ひ張つてゐるらしく思はれたが、扨《さて》それがどんな秘密であるかは、所詮われわれの想像の及ばないことであつた。

「多代子さんの兄《にい》さんが来たときに訊いてみようかとも思ふのですが、それも何だか変ですからねえ。」と、奥さんは考へてゐた。

「それはお止《よ》しになつた方がいゝでせう。」と、わたしは注意した。「そのうちには自然に判ることがあるかも知れません。」

「さうですねえ。多代子さんと違つて、透《とおる》さんにうつかりそんなことを訊いて、それが良人《うち》の耳にでも這入ると、わたしが又叱られますから。」

多代子の話はそれで打切りになつた。先生の帰りは遅くなりさうだと云ふので、わたしは奥さんと三十分ほど話して帰つた。社の用件も片附いて、わたしも七月の初めには再び門司の支店へ帰ることになつたので、先生のところへ暇乞《いとまご》ひにゆくと、あひにくに今夜も先生は留守であつた。梅雨《つゆ》のまだ明け切らない曇つた宵である。こんな晩に先生はどこへ行《ゆ》かれたかと訊《たず》ねると、奥さんは小声で答へた。

「桐澤《きりざわ》さんのところへ呼ばれて行つたのです。」

「桐澤さん……。」

「あなたも御存じでせう。」

「お名前だけは承知してゐます。」と、わたしは云つた。桐澤氏は知名の実業家で、その次男は大学の文科に籍を置いてゐる。それが将来は先生のお嬢さんの婿《むこ》になるといふ内約《ないやく》のあるらしいことは、私も薄々《うすうす》知つてゐた。さういふ事情から、桐澤氏は多代子のやうな若い娘を自分の家《うち》にあづかつて置くのは、先生夫婦の思惑も如何《いかが》といふ遠慮から、わざと自宅に寄宿させることを避けて、反対に彼女を先生のところへ預けることになつたらしい。それは私は薄々察してゐたが、その桐澤といふ人にも、又その次男といふ人にも、これまで懸《か》け違《ちが》つて一度も出遇つたことはなかつたのである。

さういふわけであるから、外出嫌ひの先生が今夜のやうな晩に桐澤氏を訪問したのも、別に怪《あやし》むにも足《た》らないのであつた。併《しか》しそれを話す奥さんの顔色は余り晴れやかでなかつた。

「なんだか変なことですね」

「どういふ事です。何か事件が出来《しゆつたい》したんですか。」

「えゝ。」と、奥さんは首肯《うなず》いた。「また例の多代子さんのことで……。」

「また蛇でも打着《ぶつ》けられたんですか。」

「いゝえ、さうぢやないのですが……。学校もやがて夏休みになるので、兄《あに》さんの透《とおる》さんも帰省する。多代子さんも毎年一緒に帰るのですが、この夏に限つて帰らないと云ひ出して、熱海《あたみ》か房州《ぼうしゆう》か、どこかの海岸へ行きたいと云ふのです。郷里でも両親が待つてゐるから、まあ帰れと兄《あに》さんが勧《すす》めるのですけれど、本人はどうしても忌《いや》だと云ふのです。」

「なぜでせう。」

「それはよく判りません。」と、奥さんは云つた。「いくら本人が行《い》きたいと云つたところで、若い娘達をむやみに海岸の避暑地なぞへ出して遣《や》られるものではありません。誰か相当の者が附いて行かなければならないでせう。兄《あに》さんでも一緒に行つて呉《く》れゝば格別ですが、兄《あに》さんはどうしても帰省するといふ。妹は忌《いや》だといふ。と云つて、わたし達が附いて行《い》くと云ふわけにも行かず、まことに困つてしまふので、良人《うち》はその相談ながらに、今夜桐澤さんのところへ出かけて行つたのですが、どういふことに決まりますかねえ。」

多代子が帰省を嫌ふのは、山陽線の列車の中《うち》で又もや何かの蛇騒ぎに出会ふのを恐れて

あるらしかつた。

ゐるのではないかと、私は不図《ふと》思ひ浮んだので、それを奥さんに囁《ささや》くと、奥さんも同感で
「実はわたしも若《も》しやと思つて、それとなく多代子さんに訊いて見たのですが、本人は一向《いつこう》そんなことを云はないのです。尤《もつと》も隠してゐるのかも知れませんが……。あなたもさう云ふお考へならば、もう一度、良人《うち》に話してみませうか。」

「お止《よ》しなさい。」と、わたしは遮《さえぎ》つた。「そんなことを云つても駄目ですよ。先生はとても受付ける筈はありませんよ。現にこのあひだもあの通りでしたから。」

「それもさうですが……。」と、奥さんも思ひ煩《わずら》うやうに見えた。「なにしろ本人がどうしても忌《いや》だといふものを、無理に帰して遣《や》るわけにも行《い》きますまいからねえ。」

「多代子さんはどうしてゐるんです。」

「やはり下の八畳に……。娘と一緒に机を列《なら》べてゐるのです。」

「別に変つた様子も見えませんか。」

「ほかには別に変つたことも……。」

奥さんが斯《こ》う云ひかけた時に、階子《はしご》をあがつて来る足音が響いた。と思ふ間もなく、襖《ふすま》の外から若い男の声が聞こえた。

「奥さん。御来客中をまことに失礼ですが……。」

「あ、透さん。いつお出《い》でなすつたの。」と、奥さんは見かへつた。「かまひません。お這《は》

入《い》りなさい。」

襖《ふすま》をあけて、電燈の下に蒼白い顔をあらはしたのは、学生風の青年であつた。私はその青年を一目見て、彼が多代子の兄の三好透であることを直ぐに覚《さと》つたが、相手の方ではもう私を見忘れてゐるらしかつた。殊《こと》に今夜の彼はひどく昂奮してゐるらしく、私にむかつては何《なん》の会釈もせずに、突つ立つたまゝで奥さんに話しかけた。

「奥さん。妹は明日《あした》の朝の汽車で連れて帰ります。」

「あしたの朝……。多代子さんも承知したのですか。」

「承知しても、しないでも、直ぐに連れて帰ります。」と、彼は奥さんに食つてかゝるやうに、声を尖《とが》らせた。

「まあ、おかけなさい。」と、奥さんは逆《さか》らはずに椅子をすゝめた。「どうしてそんなに急に帰ることになつたのです。実はそのことで、良人《うち》は今夜桐澤さんのところへ行つてゐるのですが……。」

「先生がなんと仰《おつ》しやつても、桐澤さんが何《なん》と云つても、多代子は連れて帰ります。」と、彼はきつぱりと云ひ切つた。その顔の色のいよ〳〵蒼ざめて来たのが、わたしの注意を惹《ひ》いた。

「それにしても、まあ少しお待ちなさい。もう聽《やが》て良人《うち》も帰つて来ませうから。」と、奥さんは宥《なだ》めるやうに云つた。さうして、その話題を転ずるやうに、改めて私を彼に紹介したが、彼はやはり私を記憶してゐないらしかつた。

わたしは笑ひながら云ひ出した。

「あなたにはお目にかゝつた事がありますよ。山陽線の汽車の中で……。」

「山陽線の汽車の中で……。」

「蛇の騒ぎがあつた時に……。」

かう云つて、わたしはその顔色を窺《うかが》ふと、彼も睨《にら》むやうに私の顔をぢつと見つめてゐたが、やがて漸《ようや》く思ひ出したやうに、少しくその顔色を和《やわら》げた。

「いや、判《わか》りました。その節《せつ》はどうも失礼を致《いた》しました。あなたもこゝの先生の家《うち》へお出《で》這入《はい》りをなさる方とは些《ち》つとも知りませんでした。いや、今夜も少し気が急《せ》いてゐましたので、どうも失礼を致しました。」

彼は繰返して失礼を謝《しや》してゐた。わたしも若いが、彼は更に若い。一時の昂奮から、なんとなく穏かならぬ気色《けしき》をみせてゐるが、所詮は愛すべき一個の青年であることを、私は認めた。彼もわたしに遠慮したのか、或《あるい》はだん〳〵に神経も鎮《しず》まつて来たのか、やゝ落付いたやうな態度で椅子に腰をおろした。

奥さんが茶を入れかへに立つた後《あと》で、わたしは徐《しずか》に彼に訊いた。

「只今伺《ただいまうかが》つたところでは、妹さんを連れてお帰りになるのですか。」

「まあ、さうです。」と、彼はハンカチーフで額《ひたい》の汗を軽く拭きながら答へた。「どうも困りました。」

彼はそれ以上に何事をも語らないので、馴染《なじみ》の薄いわたしが更《さら》に踏み込んで其《その》秘密を探り出すわけにも行《ゆ》かなかつた。それと同時に、私がこゝに長居することは、彼と奥さんとの用談を妨《さまた》げる虞《おそ》れがあるらしいので、彼ひとりを其処《そこ》に残して、私は二階を降りて来ると、階段《はしご》の下で奥さんに逢つた。

「今晩はこれでお暇《いとま》します。」

「さうですか。」と、奥さんは気の毒さうな顔をしてゐた。

「いえ、まだ二三日はこつちに居《お》りますから、又出直して伺《うかが》ひます。」

「では、是非もう一度……。」

奥さんに送られて、わたしが玄関で靴を穿《は》いてゐるときに、お嬢さんも出て来たが、多代子は姿を見せなかつた。門を出ると、細《こま》かい雨が又しと〳〵と降つてゐた。前にも云ふ通り、その頃の根津権現附近は静《しずか》であつた。殊《こと》に梅雨《ばいう》の暗い夜《よ》には殆《ほとん》ど人通りも絶えてゐる位《くらい》で、権現の池のあたりで蛙《かわず》の鳴く声がさびしく聞《きこ》えた。その暗い寂しいなかを五六間《けん》ばかり歩き出すと、塀《へい》の蔭《かげ》から一人の男があらはれて、私のそばへ近寄つて来た。

「あなたは今、江波《えなみ》さんの家《うち》から出て来ましたね。」

暗いので、その人相《にんそう》も風体《ふうてい》も別《わか》らなかつたが、今頃こんな所に忍んでゐるのは例の不良青年ではないかと云ふ懸念があるので、私も油断せずに答へた。

「さうです。なにか御用ですか。」

「もう少し前に、若い男が一人這入つて行きましたらう。」

それは透のことであらうと私は察したので、いかにも其《その》通りだと答へると、男はわたしを路《みち》ばたの某家《あるいえ》の軒《のき》ランプの下《した》へ連れて行つて、一枚の名刺を把《と》り出して見せた。彼は××警察署の刑事巡査であつた。

「あの若い男は三好透といふ学生でせう。」と、刑事は小声で云つた。

「さうです」

「江波博士と何《ど》ういふ関係があるのでせう。」

相手が警察の人間であるので、わたしは自分の知つてゐるだけの事を正直に話して聞かせると、刑事は少しく考へてゐた。

「さうすると、透といふ学生は三好多代子の実の兄ですね。それは可怪《おか》しい。実はあの学生は不良性を帯びてゐるので、今夜も尾行して来たのですが……。このあひだ江波さんの窓から蛇を投げ込んだのは、どうもあの男の仕業《しわざ》らしいのです。」

「それは違ひます。」と、私は思はず声をあげた。

「あのときには多代子さんの顔へ蛇を投げ付けたと云ふぢやありませんか。幾《いく》ら不良性を帯びてゐると云つても、現在の妹に対してそんな悪戯《いたずら》をする筈はないでせう。殊《こと》にその犯人はもう警察へ挙げられたと聞いてゐますが……。」

「いや、それがね。」と、刑事は徐《しず》かに云つた。「先ごろ警察へ挙げられた犯人――それは佐倉といふ者で、この五月に根津の往来で多代子さんに玩具《おもちゃ》の蛇を投げ付けたことがある。それだけは本人も自白したのですが、江波さんの窓から生きた蛇を投げ込んだ者は確《たし》かに判つてゐないのです。前の一件があるので、警察の方でも一時《いちじ》は彼の仕業と認定してしまつたのですが、本人はどうしても後《あと》の一件を自白しない。だん〳〵調べてみると、まつたく彼の仕業ではなく、そのほかにも同じやうな悪戯者があるらしいのです。その證拠には、佐倉の拘留中《こうりゅうちゅう》にも往来の婦人にむかつて、矢はり蛇を投げ付けた者があるのですから……。」

「それが三好透だと云はれるのですね。」

「どうも然《そ》うらしいのですが……。併《しか》しあなたの云はれた通り、他人は格別、実の妹にもそんな悪戯をするのは……。些《ち》つと可怪《おか》しいやうに思はれますね。」

刑事は考へてゐた。わたしも考へさせられた。二人は暫《しばら》く黙《だま》つて雨のなかに立つてゐた。

四

そのうちに、私は不図《ふと》思ひ出したことがあつた。

「併《しか》し、あなたも御承知でせうが、多代子さんの所へ屢々《しばしば》手紙をよこして、根津権現の門前まで出て来い。さもなければ、いつまでも蛇を以《もつ》ておまへを苦しめると脅迫した者があるさうです。それも矢はり兄の仕業でせうか。三好透といふ男は、なんの必要があつて自分の妹をそんなに脅迫するのでせうか。又、自分の兄の筆蹟《ひつせき》ならば、多代子さんは無論見知つてゐるでせうし、江波博士の家《うち》の人たちも、大抵《たいてい》は知つてゐる筈でせうに……。」

「それはね。」と、刑事は打ち消した。「三好透がなんの為に妹を脅迫するのか判りませんけれど、手紙ぐらゐは誰かに代筆を頼んだかも知れませんよ。若い友達などの中《うち》には、面白半分にそんなことを引受ける者も随分ありますからね。唯《ただ》、肝腎《かんじん》の問題は、三好透がなぜ妹をそんなに脅迫するかと云ふことです。あなたには何《なん》にもお心当りはありませんか。」

　わたしにも勿論心当りはなかつた。而《しか》も刑事に対して何かのヒントを与へる材料にもならうかと思つて、わたしは今夜の一条を話した。多代子がこの夏休みに帰省を忌《いや》がること、兄の透が無理に明朝の列車で連れて帰らうとすること、それ等を逐一《ちくいち》聴き終つて刑事は又考へてゐた。

「いや、色々ありがたうございました。では、まあ、今夜はこの儘《まま》にして置いて、もう一度よく考へてみませう。」

　相手が実の妹であると知つて、刑事も探偵的興味を殺《そ》がれたらしく、叮嚀《ていねい》に挨拶して別れて行つた。透と多代子とが兄妹《きようだい》であることを、警察が今まで知らなかつたのは少しく迂闊《うかつ》ではないかと私は思つた。

なにしろ斯《こ》うなつた以上は、事件が又どんな風に縺《もつ》れて来て、先生の迷惑になるやうなことが無いとも限らない。わたしは翌朝、会社の方へ鳥渡《ちよつと》顔出しをして、直ぐに根津へ廻らうと思つてゐたのであるが、会社へ出ると矢はり何かの用に捉へられて、午前十一時頃にやう〳〵自由の身になつた。けふは何だか気が急《せ》くので、わたしは人車《くるま》に乗つて根津へ駈け着けると、先生はもう学校へ出た留守であつた。それは最初から予想してゐたので、私は二階へ通されて奥さんに逢つた。

「昨夕《ゆうべ》はあれから何《ど》うなりました。」と、わたしは先《ま》づ訊いた。

「あなたが帰つてから三十分ほどして、良人《うち》は帰つて来ました。」

「透君はそれまで待つてゐたんですか。」

「待つてゐました。」と、奥さんは首肯《うなず》いた。「それが可怪《おか》しいのですよ。あなたも御承知の通り、透さんは大変な権幕《けんまく》で、あしたにも多代子さんを引摺《ひきず》つて帰るやうな勢ひでしたらう、ところが、良人《うち》が帰つて来て、桐澤さんと斯《こ》ういふ相談を決めて来たから、さう思ひたまへ。もし不服ならば、桐澤さんのところへ行つて何《なん》とでも云ひ給《たま》へと云つて聞かせると、透さんは急におとなしくなつて、別に苦情らしいことも云はないで、そのまゝ無事に帰つてしまつたのです。」

奥さんが更《さら》に説明する所によると、先生は桐澤氏と相談の結果、この夏休みに多代子は帰省するのを見合せて、先生のお嬢さんと一緒に、桐澤氏の鎌倉の別荘へ転地することになつたと云ふのである。それはまことに穏当《おんとう》の解決であるが、あれほどに息込《いきご》んでゐた兄の透がそれに対して何《なん》の苦情も云はず、そのまゝ素直に承諾《しようだく》したのは、私にも少しく不思議に思はれた。

「そこで、透君はどうするんです。」

「透さんは自分ひとりで帰るさうです。」と、奥さんは云つた。「多分今朝《けさ》の汽車に乗つたでせうよ。」

わたしは奥さんに向つて、ゆふべの出来事を詳しく話して、多代子に生きた蛇を投げ付けたのも、多代子に脅迫状を送つたのも、兄の透の仕業であるらしいと云ふことを報告すると、奥さんは顔色を暗くした。

「あゝ、さうですか。そんな事が無いとも云へませんね。」

定《さだ》めて驚くかと思ひの外《ほか》、奥さんもその事実をやゝ是認《ぜにん》してゐるらしい口吻《くちぶり》であるので、私は意外に感じながら、黙つてその顔をながめてゐると、奥さんは溜息まじりで云ひ出した。

「かうなればお話をしますがね。あの透さんといふ人は、人間も真面目ですし、勉強家ですし、学校の成績も好《よ》し、なんにも申分のない人なのですが、どう云ふわけだか自分の妹をひどく憎がるのです。」

「腹ちがひですか。」と、私は訊いた。

「いゝえ。同じ阿母《おつか》さんで、ほんたうの兄妹《きようだい》なのですが……。その癖、ふだんは仲好しで、妹を随分可愛《かわい》がつてゐるやうですが、時々に――まあ、発作的《ほつさてき》とでも云ふのでせうかね、無暗《むやみ》に妹が憎くなつて、別になんといふ仔細もないのに、多代子さんの髪の毛をつかんで引摺《ひきず》り廻したり、打《ぶ》つたり蹴《け》つたりするのです。自分でもたび〳〵後悔するさうですが、さあ憎くなつたが最後、どうしても我慢が出来なくなつて、半分は夢中で乱暴をするのださうです。それですから、私の家《うち》でも注意して、透さんが妹をたづねて来た時には、内々《ないない》警戒してゐるくらゐです。けれども、まさかに蛇を投げ込むなどとは思ひも付きませんし、脅迫の手紙の筆蹟《ひつせき》もまるで違つてゐましたから、他人の仕業だと思つて警察へも届けたやうな訳《わけ》ですが……。刑事がさう云ふくらゐでは、やつぱり透さんの仕業だつたかも知れません。なにしろ一緒に帰さないで好《よ》うござんした。よもやとは思ひますけれど、汽車のなかで不意に乱暴を始められたりしたら、大変ですからね。透さんも初めの中《うち》はそれほどでも無かつたのですが、一年増《ま》しに悪い癖《くせ》が募《つの》つて来るので、今に多代子さんは兄《にい》さんに殺されやしないかと、家《うち》の娘などは心配してゐるのです。」

わたしにも訳が判らなくなつた。私は医者でも無し、心理学者でもないから、三好透といふ青年の奇怪なる精神状態について、何《なん》とも鑑定を下《くだ》すことは出来なかつた。刑事の話によると、彼は他の婦人に対しても生きた蛇を投げ付けたことがあるらしい。勿論、確《たしか》に彼の仕業であるや否《いな》やは判らないが、もし果《はた》してさうであるとすれば、彼は恐らく一種の乱心《メニア》であらう。若《も》し又、他人に対しては何等《なんら》の危害を加へず、単に妹に対してのみ乱暴や脅迫を加へると云ふことであれば、それも矢はり普通の乱心《メニア》として解釈すべきものであるか何《ど》うかは、私にも見当が付かなかつた。

「さうすると、透君がたび〱脅迫状をよこして、妹を根津権現前へよび出して、一体どうする積《つも》りなんでせう。」

「さあ。」と、奥さんも考へてゐた。「多代子さんがうつかり出て行つたら、恐らく何かの云ひがかりでもして、往来なかで酷《ひど》い目にでも逢はせる積《つも》りでしたらう。今もいふ通り、不断は仲好しの兄妹《きようだい》でありながら、時々に妹が憎くなるといふのは、どう云ふわけでせうかねえ。そんなことを云ふと変ですけれど、あの人たちには何かの呪詛《のろい》が附き纏《まと》つてゞもゐるのぢやあないでせうか。あなたから汽車の中《なか》のお話を聞いて、私には何《なん》だかさう思はれてならないのですよ。」

奥さんは真面目で云つた。何かの呪詛《のろい》、何かの崇《たたり》――それを笑ふことも出来ないほどに、その当時の私は一種の暗い気分に鎖《とざ》されてゐた。二人のあひだには怖ろしいやうな沈黙が暫《しばら》く続いた。

「先生はそれをどうお考へになつてゐるのでせう。」

理性一点張りの先生がそんなことを問題にしないのは判り切つてゐたが、それでもこの場合、わたしは念のために訊いてみると、奥さんは寂しく微笑《ほほえ》んだ。

「良人《うち》は御存じの通りですから……」

先生はゆふべ桐澤氏を訪問して、両者のあひだにどんな相談があつたのか、私はそれを窺《うかが》ひ知りたいと思つたが、それに就《つい》ては奥さんも詳しく知らないと云つた。先生は元来が寡言《むくち》の方で、ふだんでも家庭上必要の用件以外には、あまり多く奥さんやお嬢さんと談話をまじへない習慣であるので、今度の問題についても深く語らないであらうことは、私にも大抵想像された。

併《しか》しあれほどに昂奮してゐた透が、もし不服があるならば桐澤氏に云へといふ先生の一《いち》言《ごん》の下《もと》に、素直に屈服してしまつたのを見ると、かれら兄妹《きようだい》にまつはる何かの秘密を桐澤氏に知られてゐるので、彼も桐澤氏に対しては頭が上《あが》らない事情があるらしい。奥さんもそんなやうな意見を洩《も》らしてゐた。要するに、こゝに何かの秘密があつて、それを知つてゐるものは兄の透と妹の多代子と、桐澤氏と――まだ他《ほか》にもあるかも知れないが、少《すく》なくもこの三人はその秘密を知つてゐるに相違ない。それを問題にすると否《いな》とは別として、先生もおそらく知つてゐるのであらう。この際、先生の口から聞き出すのが一番近道であるが、前に云つたやうなわけで、それは所詮むづかしい。

「それでも無事に済んで、まあ結構でした。」

私は差当《さしあた》りそんなことを云ふの外《ほか》はなかつた。奥さんは首肯《うなず》いた。

「えゝ、さうですよ。鎌倉の別荘ならば、桐澤さんの家《うち》の人達もみんな行くのですから、多代子さんを遣《や》つて置いても心配はありません。」

奥さんは午飯《ひるめし》を食つて行《ゆ》けと勧《すす》めたが、私は出発前で忙がしいからと断《ことわ》つて帰つた。その後、もう一度たづねたいと思ひながら、色々の都合で私はたうとう先生に逢はずに東京を去ることになつた。勿論、その事情を手紙にかいて先生宛に発送して置いたが、先生には当分逢はれないかと思ふと、なんだか名残《なご》り惜《お》しくもあつた。

私は二三人の友だちに送られて新橋駅を出発した。云ふまでもなく、その頃はまだ東京駅などは無かつたのである。汽車中には別に語ることもなく、私は神戸に一旦《いったん》下車して、会社の支店に立寄つた。さうして、その翌朝の七時頃に、神戸駅から山陽線の列車に乗換へた。例によつて三等の客車である。

わたしは少しく朝寝をしたので、発車間際《まぎわ》にかけつけて、転《ころ》げるやうに車内へ飛び込むと、乗客はかなりに混雑してゐる。それでも隅《すみ》の方に空席《くうせき》があるのを見つけて、私はあわてゝそこに腰をおろすと、隣の乗客は不図《ふと》その顔をあげて見返つた。その刹那《せつな》に、わたしは何とも云へない一種の戦慄《せんりつ》を感じたことを白状しなければならない。その乗客は彼《か》の三好透であつた。

奥さんの話によれば、彼は已《すで》に二三日前に乗車した筈であるのに、何かの都合で遅れたのか、或《あるい》は途中の何処《どこ》かで下車したのか、いづれにしても、こゝで偶然に私と席を列《なら》べることになつたのである。

「やあ。あなたもお乗りでしたか。」

わたしは少しく吃《ども》りながら挨拶すると、彼も笑ひながら会釈した。その顔は先夜《せんや》と打つて変つて、頗《すこぶ》る晴れやかに見えた。

「急に暑くなりました。」と、彼は馴々《なれなれ》しく云つた。

「さうです。俄《にわか》天気で暑くなりました。併《しか》し梅雨《つゆ》もこれで晴れるでせう。」と、私もだん〳〵に落付いて話し始めた。

彼は矢はり二三日前に東京を去つたのであるが、京都の親戚をたづねる為に、途中下車したと云つて、京都見物の話などをして聞かせた。元来が温順の性質らしいが、さりとて寡言《むくち》といふでもなく、陰鬱といふでもなく、いかにも若々しいやうな調子で笑ひながら話しつゞけた。どう見ても、彼は一個の愛すべき青年である。これが一種の乱心《メニア》であるとか、何かの祟《たたり》か呪詛《のろい》を受けてゐる人間であるとか云ふやうな事はどうしても、私には考へられなかつた。

「妹さんはどうなさいました。」と、私はなんにも知らない顔で訊いた。

「妹は東京に残つて、鎌倉へ行くことになりました。」と、彼は答へた。

彼は自分のうしろに、刑事の黒い影が附いてゐた事などを知らないであらう。私は更《さら》に進んで、彼等と桐澤氏との関係等《とう》を問ひ極めようと試みたが、それはみな不成功に終つた。それらの問に対しては、彼は努めて明快の返答をあたへることを避けてゐるらしく見えた。

それが又大《おお》いにわたしの猟奇心《りようきしん》を唆《そそ》つたのでもあるが、何分にも混雑の列車内といひ、且《かつ》は三時間ばかりの短時間であるので、私は結局その目的を達し得なかつた。十時過《すぎ》る頃にFの駅に到着して、彼はわたしに別れを告げて去つた。

改札口を出てゆく其《そ》のうしろ姿を見送ると、そこには農家の雇人《やといにん》らしい若者が待ち受けてゐて、彼の革包《かばん》などを受取つて、一緒に連れ立つて行つた。勿論、そこらに蛇らしい物の姿などは見出《みいだ》されなかつた。

後《のち》に思へば、三好透といふ青年と私とは、これが永久の別れであつた。

それから七年の月日が流れた。そのあひだに、私は門司《もじ》の支店を去つて、更に大連《たいれん》の支店へ転勤することになつた。又そのあひだに私は結婚をする、子供が出来る、社用が忙がしい。何《なに》や彼《か》やに取紛《とりまぎ》れて、先生のところへも兎《と》かく御無沙汰勝ちになつてゐたが、大正三年の十一月、社用で神戸へ戻つて来たので、そのついでに上京して、久しぶりで先生の家《うち》の門をくゞつた。

先生の家《うち》は依然《いぜん》として其《その》形式を改めなかつたが、いつの間にか根津の大通りには電車が開通して、周囲の姿はまつたく変つてしまつた。それだけに、先生の家《うち》の古ぼけてゐるのがいよ〳〵眼に立つて、むかし馴染《なじみ》の桜は折からの木がらしに枯葉を振《ふる》ひ落《おと》してゐた。その落葉の雨を払ひながら玄関に立つと、見識《みし》らない女中が取次ぎに出て来たが、わたしの名を聞いて奥さんが直《す》ぐに出て来た。つゞいてお嬢さんも出て来た。

「あら、まあ。おめづらしい。」

懐《なつか》しさうに迎へられて、私は例のごとくに二階へ通された。桐澤氏の次男がお嬢さんの婿《むこ》になつて、若夫婦のあひだには已《すで》に男の児が儲《もう》けられてゐることを、私もかねて知つてゐた。遅蒔《おそまき》ながら其《そ》の御祝儀を述べるやら、御無沙汰のお詫《わ》びをするやら、話はなか〳〵尽きなかつたが、何《なん》にしても先生も無事、奥さんも無事、それを実際に確《たし》めることが出来て、わたしも先《ま》づ安心した。

もう一時間ほど経《た》つと、先生は学校から帰つて来るから、けふは是非《ぜひ》待つてゐろと奥さんは云ふ。わたしも勿論その積《つも》りであるので、そこに居据《いすわ》つて色々の話をはじめた。日露戦争後の満洲《まんしゅう》の噂も出た。そのうちに、奥さんはこんなことを云ひ出した。

満洲と台湾《たいわん》とは、まるで土地も気候も違ふでせうけれど、知らない国へ行くと思ひも付かないことに出会ふものですね。あなたも御存じでせう、三好透さん……。あの人は飛んだことになりましてね。」

旧《ふる》い記憶が俄《にわか》にわたしの胸に蘇生《よみがえ》つた。

「三好透……あの多代子さんの兄《にい》さんでせう。あの人がどうかしたんですか。」

「大学を卒業してから、台湾へ赴任したのですが、去年の六月、急に歿《なくな》りました。」

「マラリアにでも罹《かか》つたんですか。」

「いゝえ。毒蛇《どくじや》の飯匙倩《はぶ》に咬《か》まれて……。」

「飯匙倩《はぶ》に咬まれて……。」

わたしは物に魘《おそ》はれたやうな心持、で奥さんの顔を見つめた。それを一種の不運とか奇禍《きか》とか云つてしまへばそれ迄であるが、マラリアに罹《かか》つたとか、蕃人《ばんじん》に狙撃されたとか、水牛に襲はれたとか云ふのでは無くして、彼が毒蛇のために生命を奪はれたと云ふことが、何かの因縁《いんねん》であるやうに私の魂《たましい》を脅《おびや》かした。青い蛇の旧い記憶が又呼び起《おこ》された。

「あの人は学生時代に、警察から尾行《びこう》されてゐたやうでしたが、その方《ほう》はどうなつたんです。」

「蛇を抛《ほう》つたといふ一件でせう。」と、奥さんは云つた。「あれは其《そ》のまゝ有耶無耶《うやむや》になつてしまつたやうでした。」

「多代子さんばかりでなく、ほかの婦人にも投げ付けたと云ふぢやありませんか。」

「それも透さんの仕業だか何《ど》うだか、確《たしか》な證拠も挙《あが》らないので、警察でも手を着けることが出来なかつたらしいのです。そんなわけで、無事に学校を出たのですけれど、台湾へ行くと直《す》ぐにそんな事になつてしまつて……。まるで、台湾へ死にに行つたやうなものでした。」

世のなかに驚くべき暗合が屢々《しばしば》あることは、私もよく知つてゐる。三好透が台湾で毒蛇に咬まれたのも、所詮は偶然の出来事で、一種の暗合であるかも知れない。従つて三好の兄妹《きようだい》と蛇と——それを結び付《つけ》て考へるのは、わたしの迷ひであるかも知れない。而《しか》もその迷ひは私ばかりでなく奥さんの胸にも巣喰つてゐるらしく、奥さんはやがて斯《こ》う云ひ出した。

「いつかもお話し申した通り、三好さんの家《うち》には何かの呪詛《のろい》があるらしく思はれてならないのです。透さんが台湾へ行つて蛇に殺されると云ふのは……。学校を出たときに、北海道と台湾とに奉職口《ほうしよくぐち》があつて、桐澤さんは北海道の方へ行つたら好《よ》からうと勧《すす》めたのださうですが、本人はどうしても台湾へ行くと云つて出かけたので……。若《も》し北海道へ行つてゐれば、そんな事にもならなかつたのでせうに……。どう考へても、なにかの因縁《いんねん》がありさうですね。」

「さう云へば、まつたく然《そ》うです。」と、わたしも溜息《ためいき》まじりに答へた。「さうして、多代子さんの方はどうしました。」

「多代子さんは無事です。あの人は幸福《しあわせ》でせう。」

奥さんの話によると、多代子は学校を出ると間もなく、桐澤氏の媒妁《ばいしやく》で、現在の夫の深見氏方《かた》へ縁付いたのである。深見氏は養子で、その実家が広島県のＫの町にあることは世間でも知つてゐるのであるから、関係者一同が知らない筈はない。Ｋの町の蛇がＦの町へゆく——その汽車中の出来事をわたしから聞かされてゐるので、深見氏がＫの町の出身であるといふことに就《つい》て、奥さんは何《なん》だか気が進まないやうにも思つたさうであるが、先生は頭からそんなことを問題にしなかつた。三好家にも異存はなかつた。兄の透も反対しなかつた。それでも奥さんは多代子にむかつて暗《あん》に注意をあたへた。

「ほかの事とは違ひますから、あなたの気に済まないやうな事があるならば、遠慮なくお云ひなさいよ。」

「いゝえ、皆《みな》さんが好《よ》いと思召《おぼしめ》すなら、わたくしも参りたいと思ひます。」

寧《むし》ろ本人も気乗りがしてゐるやうな風で、この縁談は故障《こしよう》なく進行したのであつた。結婚後の多代子は幸福であるらしく、精神的にも物質的にも彼女は大いに恵まれてゐるらしいので、奥さんも先づ安心してゐるとの事であつた。

その話を聞かされて、わたしの胸も又すこし明るくなつた。

「さうすると、何かの呪詛《のろい》――若《も》し果《はた》して何かの呪詛《のろい》があつたとすれば、それは透君ひとりに止《とど》まつてゐることで、多代子さんはその傍杖《そばづえ》を喰つてゐたのかも知れませんね。」と私は笑つた。

「さうかも知れません。」と、奥さんも微笑《ほほえ》んだ。「それにしても、こんなお話があるのですよ。大正の世の中に、こんなことを云つたらお笑ひになるかも知れませんけれど……。」

奥さんは又話し出した。桐澤氏と三好家とは昔からの知合ひで、我々が想像してゐる通り、桐澤氏は三好家の秘密を薄々承知してゐながら、今日まで誰にも洩《も》らさなかつたのである。ところが、その次男の次郎君が大学卒業の文学士となり、更《さら》に先生のお嬢さんの婿《むこ》となり、この江波家の人となるに及んでその秘密が次郎君の口から奥さんに洩《も》らされた。

次郎君も勿論詳しいことは知らないのであるが、足利《あしかが》時代の遠い昔、三好家はFの土地における豪族であつて、なにかの事情からKの土地に住む豪族の森戸家へ夜討《ようち》をかけて、その一家を攻《せ》めほろぼした。その後、森戸家の遺族とか残党《ざんとう》とかいふ者共《ものども》が手をかへ、品をかへて、徳川の初期に至るまで約五十年の間、根《こん》よく復讐を企《くわだ》てたが、用心の好《よ》い三好家では一々それを返《かえ》り討《うち》にして、結局かれらを根絶《ねだ》やしにして仕舞つた。女子供までも亡《ほろ》ぼし尽《つく》した。それ以来、一種の怪《あや》しい呪詛《のろい》が三好家に附き纏《まと》つて、代々の家族が蛇に祟《たた》れると云ふのである。

三好家は関が原の合戦以後、武士をやめて普通の農家となつたが、その祟《たたり》は矢はり消え去らないので、元禄《げんろく》時代の当主がその地所内に一つの祠《やしろ》を作つて、呪詛《のろい》の蛇を祭ることにした。森戸家のほろびたのは三月二十日《はつか》であるので、毎月の二十日《はつか》には供物《くもつ》をさゝげ、家族一同がその祠《やしろ》に参拝するのを例としてゐた。その為《ため》か、家にまつはる怪しい呪詛《のろい》も久しく其跡《そのあと》を断《た》つたのであるが、明治の後《のち》はそんな迷信も打破されてしまつた。古い祠《やしろ》も先代の主人《あるじ》のために取毀《とりこわ》された。

次郎君の知つてゐるのは、それだけの伝説に過ぎないのであつて、まだ其他《そのた》にも何かの事情があるのかも知れない。いづれにしても、そんな迷信じみた伝説が殆《ほとん》ど何人《なんぴと》にも忘れられてしまつた明治時代の末期《まつき》から、前に言つたやうな種々《しゆじゆ》の不思議（？）が再び現《あらわ》れて来たのである。三好家では勿論秘《ひ》してゐるが、屢々怪《しばしばあや》しい蛇に見舞はれて、何かの迷惑と恐怖とを感ずることがあるらしい。それに対して、桐澤氏も最初は一笑に附してゐたが、近頃では「どうも不思議だ。」などと首をかしげてゐる事もあるといふ。したがつて、桐澤氏がKの町出身の深見氏のところへ多代子を媒妁《ばいしやく》することになつたのは、故意か偶然か判らない。次郎君は「親父は何かの罪亡《つみほろ》ぼしの積《つも》りかも知れない。」と笑つてゐるさうであるが、扨《さて》その深見氏が彼《か》の森戸家の後裔《こうえい》であるか何《ど》うか、そんなことは勿論わからない。

以上の物語が終つた頃に、先生の人車《くるま》が門前に停まつたらしいので、私たちは急いで出迎へに行つた。

それから又、十年の月日が夢のやうに過ぎた。いはゆる十年一昔《ひとむかし》で、そのあひだには世間の上にも、一身《いつしん》の上にも、種々《しゆじゆ》の変遷を経て来たが、就中《なかんずく》わたしに取つて最も悲しい記憶は、大正十一年の秋に江波先生を失《うしな》つたことであつた。酒を飲まない先生が脳溢血《のういつけつ》のために、書斎で突然仆《たお》れたのである。私は大連でその電報をうけ取つたが、何分《なにぶん》にも遠く懸《か》け離れてゐるので、単に弔電《ちようでん》を発したに止《とど》まつて、その葬儀にも列《つら》なることが出来なかつた。

次はその翌年九月の関東大震災である。わたしの知人でその災厄《さいやく》に罹《かか》つた者も多かつた。

東京の本社も焼かれた。その際にも先《ま》づ気配《きづか》はれたのは、亡き先生一家の消息《しようそく》であつたが、根津の辺はすべて無事といふことを知り、更《さら》に奥さんもお嬢さん夫婦もみな無事といふ便《たよ》りを得て、先《ま》づ安堵《あんど》の胸を撫《な》で下《おろ》したのであつた。

併《しか》し彼《か》の桐澤氏は、その当時恰《あたか》も鎌倉の別荘に在《あ》つた為に、無残《むざん》の圧死を遂《と》げたといふ。わたしは桐澤氏と直接の交渉もなく、従来一面識もないのであるが、次郎君がお嬢さんと結婚してゐるばかりか、彼《か》の三好家の一件について屢々《しばしば》その名を聞き慣れてゐるので、その死に対して矢はり一種の衝動《シヨツク》を感ぜずにはゐられなかつた。

震災の翌年、即《すなわ》ち大正十三年の夏から、わたしは東京の本社詰《づめ》となつて大連を引揚げて来た。さうして、根津とは余り遠くない本郷台に住居を定《さだ》めたので、先生の旧宅《きゆうたく》へも毎月一回ぐらゐは欠《かか》さずに訪問して、奥さんの昔話の相手になることが出来るやうになつた。

深見夫人多代子の亡骸《なきがら》が熱海の海岸に発見されたのは、その翌年の一月である。前にもいふ通り、家庭も極めて円満で、精神的にも物質的にも大いに恵まれてゐたらしく思はれた多代子が、突然にかうした悲劇の女主人公となつてしまつたのは、実に意外と云ふのほかはない。それに就《つい》て種々《しゆじゆ》の臆説《おくせつ》が生み出されるのは無理もなかつた。

或《あるい》は発狂ではあるまいかと云ふ噂もあつたが、奥さんは私に向つてそれを否定してゐた。

「多代子さんは一月の十日、自動車に乗つて御年始に来てくれました。その時に、この二十日《はつか》頃から熱海へ行くといふ話があつて、今度は長く滞在することになるかも知れないから、当分はお目にかゝれまいと云つて帰りました。あとで考へると、よそながら暇乞《いとまご》ひに来たらしいのです。それを思ふと、突然の発狂などでは無くて、前々から覚悟してゐたのでせう。その日はあひにくに、次郎も娘も留守だつたものですから、皆さんにお目にかゝれないのが残念だなどとも云つてゐました。

奥さんは更にこんなことを私に洩《も》らした。

「あなたゞからお話をしますけれど、多代子さんの死骸が海から引揚げられた時に、警察で検視をすると、左の二の腕に小さい蛇の刺青《ほりもの》があつたので、みんなも不思議に思つたさうです。立派な実業家の奥さんの腕に刺青《ほりもの》があつたのですから、誰でも意外に思ふ筈です。勿論、深見さんの方から警察へ頼んだので、刺青《ほりもの》のことなぞは一切《いつさい》発表されませんでしたから、その秘密を知つてゐるのは私達ぐらゐでせう。新聞社でも流石《さすが》に気がつかないやうでした。」

「多代子さんは何時《いつ》そんな刺青《ほりもの》をしたんでせう。」と、わたしも意外に思ひながら訊いた。

「それは判りません。」と、奥さんは答へた。「わたしの家《うち》にゐるときに、そんな刺青《ほりもの》のなかつたのは確かですから、深見さんへ縁付いてからのことに相違ありませんが、それを深見さんが彫《ほ》らせたのか、自分が内證《ないしよう》で彫つたのか、それは一切《いつさい》秘密です。深見さんもそれに就《つい》ては何《なん》にも云ひません。なにしろ深見さんはK町の出身で、それと結婚した多代子さんが訳《わけ》のわからない死方をして、その腕に蛇の刺青《ほりもの》が発見されたといふのですから、色々のことが又思ひ出されます。多代子さんの郷里の実家は両親ともに死んでしまつて、総領《そうりよう》の息子さんが——台湾で死んだ透さんの兄《あに》さんです。——相続してゐるのですが、こちらから多代子さんの死んだことを電報で知らせて遣《や》ると、都合《つごう》があつて上京できないから、万事よろしく頼むといふ返事をよこしました。」

鯉《こい》

一

日清戦争の終つた年といふと、かなりに遠い昔になる。もちろん私のまだ若い時の話である。夏の日の午後、五六人づれで向島《むこうじま》へ遊びに行つた。そのころ千住《せんじゅ》の大橋際《おおはしぎわ》に好《よ》い川魚《かわうお》料理の店があるといふので、夕飯《ゆうめし》をそこで食ふことにして、日の暮れる頃に千住へ廻つた。

広くはないが古雅《こが》な構《かま》へで、私たちは中二階の六畳の座敷へ通されて、涼《すず》しい風に吹かれながら膳《ぜん》に向つた。私は下戸《げこ》であるのでラムネを飲んだ。ほかにはビールを飲む人もあり、日本酒を飲む人もあつた。そのなかで梶田《かじた》といふ老人は、猪口《ちょく》をなめるやうにちびり〳〵と日本酒を飲んでゐた。たんとは飲まないが、非常に酒の好きな人であつた。

けふの一行は若い者揃ひで、明治生れが多数を占めてゐたが、梶田さんだけは天保《てんぽう》五年の生《うま》れといふのであるから、当年六十二歳の筈《はず》である。而《しか》も元気の好《い》い老人で、いつも若い者の仲間入りをして、そこらを遊びあるいてゐた。大抵《たいてい》の老人は若い者に敬遠されるものであるが、梶田さんだけは例外で、みんなからも親《したし》まれてゐた。実はけふも私が誘い出したのであつた。

「千住の川魚料理へ行かう。」

　この動議《どうぎ》の出たときに、梶田さんは別に反対も唱《とな》へなかつた。彼は素直に附いて来た。扨《さて》こゝの二階へあがつて、飯《めし》を食ふ時はうなぎの蒲焼《かばやき》といふことに決めてあつたが、酒のあひだには色々の川魚料理が出た。夏場のことであるから、鯉《こい》の洗肉《あらい》も運ばれた。

　梶田さんは例の如《ごと》くに元気好く喋《しやべ》つてゐた。旨《うま》さうに酒を飲んでゐた。而《しか》も彼は鯉の洗肉には一箸《ひとはし》も附けなかつた。

「梶田さん。あなたは鯉はお嫌ひですか。」と、私は訊いた。

「えゝ。鯉といふ奴は、ちよいと泥臭いのでね。」と、老人は答へた。

「川魚はみんなさうですね。」

「それでも鮒《ふな》や鯰《なまず》は構《かま》はずに喰べるが、どうもこの鯉だけは……。いや、実は泥臭いといふばかりでなく、ちつと訳《わけ》があるので……。」と、云ひかけて彼は少しく顔色を暗くした。

　梶田老人は色々のむかし話を知つてゐて、いつも私たちに話して聞かせてくれる。その老人が何か仔細《しさい》ありげな顔をして、鯉の洗肉に箸を附けないのを見て、私はかさねて訊いた。

「どんな訳があるんですか。」

「いや。」と、梶田さんは笑つた。「みんなが旨さうに喰べてゐる最中に、こんな話は禁物だ。また今度話すことにしよう。」

その遠慮には及ばないから話してくれと、皆《み》んなも催促した。今夜の余興《よきよう》に老人のむかし話を一席聴きたいと思つたからである。根《ね》が話し好きの老人であるから、たうとう私たちに釣り出されて、物語らんと坐《ざ》を構《かま》へることになつたが、それが余り明るい話でないらしいのは、老人が先刻《さつき》からの顔色で察せられるので、聴く者もおのづと形《かたち》をあらためた。

まだ其頃のことであるから、こゝらの料理屋では電燈《でんとう》を用ゐないで、座敷には台ランプが点《とも》されてゐた。二階の下には小さい枝川《しせん》が流れてゐて、芦《あし》や真菰《まこも》のやうなものが茂つてゐる暗いなかに、二三匹の蛍《ほたる》が飛んでゐた。

「忘れもしない、私は廿歳《はたち》の春だから、嘉永《かえい》六年三月のことで……。三月といつても旧暦だから、陽気はすつかり春めいてゐた。尤《もつと》もこの年の正月は寒くつて、一月十六日から三日つゞきの大雪、なんでも十年来の雪だとかいふ噂だつたが、それでも二月なかばからぐつと余寒が弛《ゆる》んで、急に世間が春らしくなつた。その頃、下谷《したや》の不忍《しのばず》の池浚《いけさら》ひが始まつてゐて、大きな鯉や鮒が捕《と》れるので、見物人が毎日出かけてゐた。

そのうちに三月の三日、恰度《ちようど》お雛《ひな》さまの節句《せつく》の日に、途法《とほう》もない大きな鯉が捕れた。

五月の節句に鯉が捕れたのなら目出たいが三月の節句ではどうにもならない。捕れた場所は浅草の新堀《しんぼり》――といつても今の人には判《わか》らないかも知れないが、菊屋橋《きくやばし》の川筋で、下谷に近い所。その鯉は不忍の池から流れ出して、この川筋へ落ちて来たのを、土地の者が見つけて騒ぎ出して、掬《すく》ひ網《あみ》や投網《とうあみ》を持ち出して、さんざん追ひまはした挙句《あげく》に、どうにか斯《こ》うにか生捕《いけど》つてみると、何《なん》とその長さは三尺《じやく》八寸《すん》、やがて四尺《しやく》に近い大物《おおもの》であつた。で、みんなもあつとおどろいた。

「これは池の主《ぬし》かも知れない。どうしよう。」

捕《と》りは捕つたものゝ、あまりに大きいので処分に困つた。

「このまゝ放《はな》して遣《や》つたら、大川《おおかわ》へ出て行くだらう。」

とは云つたが、この獲物を再び放して遣るのも惜《おし》いので、いつそ観世物《みせもの》に売らうかといふ説も出た。いづれにしても、こんな大物を料理屋でも買う筈がない。思ひ切つて放して仕舞《しま》へといふもの、観世物に売れといふもの、議論が容易に決着しないうちに、その噂を聞き伝へて大勢の見物人《けんぶつにん》が集まつて来た。その見物人をかき分けて一人の若い男があらはれた。

「大きい魚だな。こんな鯉は初めて見た。」

それは浅草の門跡前《もんぜきまえ》に屋敷をかまへてゐる桃井《もものい》彌十郎《やじゆうろう》といふ旗本《はたもと》の次男で、彌三郎といふ男、ことし二十三歳になるが然《しか》るべき養子先もないので、いまだに親や兄の厄介《やつかい》になつてぶら〳〵してゐる。その彌三郎がふところ手《で》をして、大きい鯉の鱗《うろこ》が春の日に光るのを珍《めずら》しさうに眺めてゐたが、やがて左右をみかへつて訊いた。

「この鯉をどうするのだ。」

「さあどうしようかと相談中ですが……。」と、傍《そば》にゐる一人が答へた。

「相談することがあるものか。喰つてしまへ。」と、彌三郎は威勢よく云つた。

大勢《おおぜい》は顔をみあはせた。

「鯉こくにすると旨いぜ。」と、彌三郎は又云つた。

大勢はやはり返事をしなかつた。鯉のこくしようぐらゐは誰でも知つてゐるが、何分《なにぶん》にも魚が大き過ぎるので、殺して喰ふのは薄気味が悪かつた。その臆病さうな顔色をみまはして、彌三郎はあざ笑つた。

「はゝ、みんな気味が悪いのか。こんな大きな奴は祟《たた》るかも知れないからな。おれは今までに蛇を喰つたこともある、蛙《かえる》を喰つたこともある。猫や鼠を喰つたこともある、鯉なぞは昔から人間の喰ふものだ。いくら大きくたつて、喰ふのに不思議があるものか。祟りが怖《こわ》ければ、おれに呉《く》れ。」

痩せても枯れても旗本の次男で、近所の者もその顔を知つてゐる。冷飯食《ひやめしく》ひだの、厄介者だのと、陰では悪口をいふもの丶、扨《さて》その人の前では相当の遠慮をしなければならない。さりとて、折角《せっかく》の獲物を唯《ただ》むざ〳〵と旗本の次男に渡して遣《や》るのも惜《おし》い。大勢は再び顔をみあはせて、その返事に躊躇《ちゆうちよ》してゐると、又もや群集をかき分けて、ひとりの女が白い顔を出した。女は彌三郎に声をかけた。

「あなた、その鯉をどうするの。」

「おゝ、師匠《ししよう》か。どうするものか、料《りよう》つて喰ふのよ」

「そんな大きいの、旨《うま》いかしら」

「うまいよ。おれが請合《うけあ》ふ」

女は町内《ちようない》に住む文字友《もじとも》といふ常磐津《ときわづ》の師匠で、道楽者の彌三郎はふだんから此《こ》の師匠の家《いえ》へ出這入りしてゐる。文字友は彌三郎よりも二つ三つ年上の二十五六で女のくせに大《おお》酒飲《ざけの》みといふ評判の女、それを聞いて笑ひ出した。

「そんなに旨ければ喰べてもいゝけれど、折角みんなが捕つたものを唯貰《ただもら》ひはお気の毒だから……。」

文字友は人々にむかつて、この鯉を一朱《いつしゆ》で売つてくれと掛合つた。一朱は廉《やす》いと思つたが、実はその処分に困つてゐる所であるのと、一方の相手が旗本の息子であるのとで、みんなも結局承知して、三尺八寸余《よ》の鯉を一朱の銀《ぎん》に代《か》へることになつた。文字友は家から一朱を持つて来て、みんなの見てゐる前で支払つた。

さあ、かうなれば煮《に》て喰はうと、焼いて喰はうと、こつちの勝手だといふ事になつたが、これほどの大鯉に跳《は》ねまはられては、とても抱《かか》へて行くことは出来ないので、彌三郎はその場で殺して行《ゆ》かうとして腰にさしてゐる脇差《わきざし》を抜いた。

「あゝ、もし、お待ちください。」

声をかけたのは立派な商人風《あきんどふう》の男で、若い奉公人を連れてゐた。而《しか》もその声が少し遅かつたので、留める途端に彌三郎の刃《やいば》はもう鯉の首に触れてゐた。それでも呼ばれて振返つた。

「和泉屋《いずみや》か。なぜ留める。」

「それほどの物をむざ〳〵お料理はあまりに殺生《せつしよう》でございます。」

「なに、殺生だ。」

「今日《こんにち》はわたくしの　志《こころざし》　の仏《ほとけ》の命日《めいにち》でございます。どうぞわたくしに免《めん》じて放生会《ほうじようえ》を、なにぶんお願ひ申します。」

和泉屋は蔵前《くらまえ》の札差《ふださし》で、主人の三右衛門《さんえもん》がこゝへ通りあはせて、鯉の命乞《いのちご》ひに出たといふ次第。桃井の屋敷は和泉屋によほどの前借《ぜんしやく》がある。その主人が斯《こ》うして頼むのを、彌三郎も無下《むげ》に刎付《はねつ》けるわけには行かなかつた。そればかりでなく、如才《じよさい》のない三右衛門は小判一枚をそつと彌三郎の袂《たもと》に入れた。一朱の鯉が忽《たちま》ち一両に変つたのであるから、彌三郎は内心大よろこびで承知した。

併《しか》し鯉は最初の一突《ひとつ》きで首のあたりを斬られてゐた。強い魚であるから、このくらゐの傷で落ちるやうな事もあるまいと、三右衛門は奉公人に指図して他《た》へ運ばせた。

こゝまで話して来て、梶田老人は一息《ひといき》ついた。

「その若い奉公人といふのは私だ。そのとき恰度《ちようど》二十歳《はたち》であつたが、その鯉の大きいには驚いた。まつたく不忍池《しのばずのいけ》の主《ぬし》かも知れないと思つたくらゐだ。」

二

新堀端《しんぼりばた》に龍宝寺《りゆうほうじ》といふ大きい寺がある。それが和泉屋の菩提寺《ぼだいじ》で、その寺参りの帰り道に彼《か》の大鯉《おおごい》を救つたのであると、梶田老人は説明した。鯉は覚悟《かくご》のいゝ魚で、一太刀《ひとたち》を受けた後《のち》は、もうびくともしなかつたが、それでも梶田さん一人の手には負へないので、そこらの人たちの助勢《じよせい》を借りて、龍宝寺まで運《はこ》び込んだ。寺内《じない》には大きい古池があるので、傷ついた魚《うお》はそこに放された。鯉はさのみ弱つた様子もなく、洋々《ようよう》と泳いで、やがて水の底に沈んだ。

仏《ほとけ》の忌日《きにち》に好《い》い功徳《くどく》をしたと、三右衛門はよろこんで帰つた。而《しか》も明《あ》くる四日の午頃《ひるごろ》に、その鯉が死んで浮き上つたといふ知らせを聞いて、彼はまた落胆《らくたん》した。龍宝寺の池は随分大きいのであるが、やはり最初の傷のために、鯉の命は遂《つい》に救はれなかつたのであらう。乱暴な旗本の次男の手にかゝつて、酷《むご》たらしく斬《き》り刻《きざ》まれるよりも、仏の庭で往生《おうじよう》したのが切《せ》めてもの仕合せであると、彼はあきらめるの外《ほか》はなかつた。

而《しか》もこゝに一つの怪《あや》しい噂が起《おこ》つた。彼《か》の鯉を生捕《いけど》つたのは新堀河岸《しんぼりがし》の材木屋の奉公人、佐吉《さきち》、茂平《もへい》、与次郎の三人と、近所の左官屋《さかんや》七蔵、桶屋《おけや》の徳助《とくすけ》で、文字友から貰つた一朱の銀《かね》で酒を買ひ、魚を買つて、景気よく飲んでしまつた。すると、その夜半《よなか》から五人がみな苦《くるし》み出して、佐吉と徳助は明《あ》くる日の午頃《ひるごろ》に息を引取つた。それが恰《あたか》も鯉の死んで浮かんだのと同じ時刻であつたといふので、その噂はたちまち拡がつた。二人は鯉に祟られたといふのである。なにかの食物《くいもの》に中《あた》つたのであらうと物識顔《ものしりがお》に説明する者もあつたが、世間一般は承知しなかつた。彼等は鯉に執殺《とりころ》されたに相違ないといふ事に決められた。他の三人は幸ひに助かつたが、それでも十日ほども起きることが出来なかつた。

その噂に三右衛門も心を痛めた。結局自分が施主《せしゆ》になつて、寺内《じない》に鯉塚を建立《こんりゆう》すると、この時代の習《ならい》誰が云ひ出したか知らないが、この塚に参詣《さんけい》すれば諸願成就《しよがんじようじゆ》すると伝へられて、日々の参詣人がおびたゞしく、塚の前には花や線香がうづ高く供《そな》へられた。四月二十二日は四十九日《にち》に相当するので、寺ではその法会《ほうえ》を営《いとな》んだ。鯉の七々忌《き》などといふのは前代未聞《みもん》であるらしいが、当日は参詣人が群集した。和泉屋の奉公人等はみな手伝ひに行つた。梶田さんも無論に働かされて、鯉の形をした打物《うちもの》の菓子を参詣人に配《くば》つた。

その時以来、和泉屋三右衛門は鯉を喰はなくなつた。主人ばかりでなく、店の者も鯉を喰はなかつた。実際あの大きい鯉の傷《きず》ついた姿を見せられては、総《すべ》ての鯉を喰ふ気にはなれなくなつたと、梶田さんは少しく顔をしかめて話した。

「そこで、その彌三郎と文字友はどうしました。」と、私たちは訊いた。

「いや、それにも話がある。」と、老人は話しつゞけた。「桃井《もものい》彌三郎は測《はか》らずも一両の金を握つて大喜び、これも師匠のお蔭だといふので、すぐに二人連れで近所の小料理屋へ行つて一杯飲むことになつた。文字友は前にもいふ通り、女の癖《くせ》に大酒飲みだから、好《い》い心持に小半日《こはんにち》も飲んでゐるうちに、酔つた紛《まぎ》れか、それとも前から思召《おぼしめし》があつたのか、こゝで二人が妙な関係になつてしまつた、つまりは鯉が取持つ縁《えん》かいなといふ次第。元来《がんらい》、この彌三郎は道楽者の上に、その後《あと》はいよ〳〵道楽が烈《はげ》しくなつて、結局は屋敷を勘当《かんどう》の身の上、文字友の家《いえ》へ転《ころ》げ込んで長火鉢《ながひばち》の前に坐り込むことになつたが、二人が毎日飲んでゐては師匠の稼《かせ》ぎだけでは遣切《やりき》れない。そんな男が這入り込んで来たので、好《い》い弟子はだん〳〵寄付《よりつ》かなくなつて内證《ないしよう》は苦しくなるばかり、さうなると、人間は悪くなるより外《ほか》はない。彌三郎は芝居で見る悪侍《わるざむらい》をそのまゝに、体《てい》のいゝ押借《おしが》りや強請《ゆすり》を働くやうになつた。

鯉の一件は嘉永《かえい》六年の三月三日、その年の六月二十三日には例のペルリの黒船が伊豆《いず》の下田《しもだ》へ乗込んで来るといふ騒ぎで、世の中は急にさう〳〵しくなる。それから攘夷論《じようい ろん》が沸騰《ふつとう》して、浪士《ろうし》等が横行《おうこう》するその攘夷論者には、もちろん真面目の人達もあつたが、多くの中《なか》には攘夷の名をかりて悪事を働く者もある。小《こ》ツ旗本や安御家人《やすごけにん》の次三男にも、そんなのが混つてゐた。彌三郎もその一人《いちにん》で、二三人の悪仲間と共謀《きようぼう》して、黒の覆面《ふくめん》に大小《だいしよう》といふ拵《こしら》へ、金《かね》のありさうな町人の家《うち》へ押込《おしこ》んで、攘夷の軍用金を貸せといふ。嘘だか本当だか判らないが、忌《いや》といへば抜身《ぬきみ》を突きつけて脅迫するのだから仕方がない。

かういふ荒稼《あらかせ》ぎで、彌三郎は文字友と一緒に旨《うま》い酒を飲んでゐたが、さういふことは長く続かない。町方《まちかた》の耳にも這入つて、だん〳〵に自分の身のまはりが危《あぶ》なくなつて来た。浅草の広小路に武蔵屋《むさしや》といふ玩具屋《おもちやや》がある。それが文字友の叔父《おじ》にあたるので、女から頼んで彌三郎をその二階に隠《かく》まつて貰ふことにした。叔父は大抵《たいてい》のことを知つてゐながら、どういふ料簡《りようけん》か、素直に承知してお尋ね者を引受けた。それで当分は無事であつたが、その翌年、即《すなわ》ち安政《あんせい》元年の五月一日《ついたち》、この日は朝から小雨《こさめ》が降つてゐる。その夕がたに文字友は内堀端《うちぼりばた》の家《いえ》を出て、広小路の武蔵屋へたづねて行くと、その途中から町人風の二人連れが番傘《ばんがさ》をさして附いて来る。

臑《すね》に疵《きず》持つ文字友はなんだか忌《いや》な奴等だとは思つたが、今更《いまさら》どうすることも出来ないので、自分も傘に顔をかくしながら、急ぎ足で広小路へ行《ゆ》き着くと、彌三郎は店さきへ出て往来《おうらい》をながめてゐた。

「なんだねえ、お前さん。うつかり店の先へ出て……。」と、文字友は叱《しか》るやうにいつた。なんだか怪《あや》しい奴がわたしのあとを附けて来ると教へられて、彌三郎も慌《あわ》てた。早々《そうそう》に二階へ駈け上《あが》らうとするのを、叔父の小兵衛《こへえ》が呼びとめた。

「こゝへ附けて来るやうぢやあ、二階や押入れへ隠れてもいけない。まあ、お待ちなさい。わたしに工夫《くふう》がある。」

五月の節句前であるから、玩具屋《おもちゃや》の店には武者人形や幟《のぼり》が沢山に飾つてある。吹流《ふきなが》しの紙鯉《かみこい》も金巾《かなきん》の鯉も積んである。そのなかで金巾《かなきん》の鯉の一番大きいのを探し出して、小兵衛は手早くその腹を裂《さ》いた。

「さあ、このなかにお這入りなさい。」

彌三郎は鯉の腹に這ひ込んで、両足を真直《まつすぐ》に伸ばした。さながら鯉に呑《の》まれた形だ。それを店の片隅《かたすみ》に転《ころ》がして、小兵衛はその上にほかの鯉を積みかさねた。

「叔父さん、うまいねえ。」と、文字友は感心したやうに叫んだ。

「叱《し》つ、静《しずか》にしろ。」

いふ中《うち》に、果《はた》して彼《か》の二人《ふたり》づれが店さきに立つた。二人はそこに飾つてある武者人形をひやかしてゐる風《ふう》であつたが、やがて一人が文字友の腕を捉《とら》へた。

「おめえは常磐津の師匠か。文字友か。彌三郎はこゝにゐるのか。」

「いゝえ。」

「え、隠すな。御用《ごよう》だ。」

ひとりが文字友をおさへてゐる間に、他《た》のひとりは二階へ駈けあがつて、押入れなぞをがたぴしと明けてゐるやうであつたが、やがて空《むな》しく降りて来た。それから奥や台所を探してゐたが、獲物《えもの》はたうとう見つからない。捕方《とりかた》は更《さら》に小兵衛と文字友を詮議したが、二人は飽《あく》までも知らないと強情を張る。彌三郎は一月《ひとつき》ほど前から家を出て、それぎり帰つて来ないと文字友はいふ。その上に詮議の仕様もないので、捕方は舌打《したうち》しながら引揚げた。

こゝまで話して、梶田さんは私たちの顔をみまはした。

「彌三郎はどうなつたと思ひます。」

「鯉の腹に隠れてゐるとは、捕方もさすがに気が注《つ》かなかつたんですね。」と、私は云つた。

「気が注かずに帰つた。」と、梶田さんはうなづいた。「そこで先《ま》づほつとして、小兵衛と文字友は彼《か》の鯉を引張り出してみると、彌三郎は鯉の腹のなかで冷たくなつてゐた。」

「死んだんですか。」

「死んでしまつた。金巾《かなきん》の鯉の腹へ窮屈《きゆうくつ》に押込まれて、又その上へ縮《ちり》めんやら紙やらの鯉をたくさんに積まれたので、窒息《ちつそく》したのかも知れない。併《しか》し彌三郎を呑んだやうな鯉は、ぎつしりと彌三郎のからだを絞め付けてゐて、どうしても離れない。結局ずたずたに引き破つて、どうにか斯《こ》うにか死骸《しがい》を取出して、色々介抱《かいほう》してみたが、もう取返しは付かない。それでもまだ未練《みれん》があるので、文字友は近所の医者を呼んで来たが、やはり手当の仕様はないと見放された。水で死んだ人を魚腹《ぎよふく》に葬《ほうむ》られるといふが、この彌三郎は玩具屋の店で吹き流しの鯉の魚腹に葬られたわけで、こんな死方《しにかた》はまあ珍しい。

龍宝寺のある所は今日の浅草栄久町《えいきゅうちょう》で、同町内に同名の寺が二つある。それを区別するために、一方を天台龍宝寺といひ、一方を浄土龍宝寺と呼んでゐるが、鯉の一件は天台龍宝寺で、その鯉塚は明治以後どうなつたか、私も知らない。」

若い者と附合つてゐるだけに、梶田さんは彌三郎の最後を怪談らしく話さなかつたが、聴いてゐる私たちは夜風が身にしみるやうに覚《おぼ》えた。

鼠

一

太田蜀山《しよくさん》の「壬戌紀行《じんじゆつ》」に木曾街道の奈良井《ならい》の宿《しゆく》のありさまを叙《じよ》して「奈良井の駅舎を見わたせば、梅、桜、彼岸《ひがん》ざくら、李《すもも》の花、枝をまじへて、春のなかばの心地せらる。駅亭に小道具をひさぐもの多し。膳《ぜん》、椀《わん》、弁当箱、杯《さかずき》、曲物《まげもの》など皆《みな》この辺の細工《さいく》なり。駅舎もまた賑《にぎ》はへり」云々《しかじか》とある。これ以上にわたしのくだ〳〵しい説明を加《くわ》へないでも、江戸時代における木曾路《きそじ》のすがたは大抵《たいてい》想像されるであらう。

蜀山がこゝを過ぎたのは、享和《きようわ》二年の四月朔日《ついたち》であるが、この物語りはその翌年《よくねん》の三月二十七日に始まると記憶してゐて貰《もら》ひたい。この年は信州の雪も例年より早く解《と》けて、旧暦三月末《すえ》の木曾路はすつかり春めいてゐた。

その春風に吹かれながら、江戸へ向う旅人の上下《じようげ》三人が今や鳥居峠《とりいとうげ》を降《くだ》つて、三軒屋《さんげんや》の立場《たてば》に休んでゐた。彼等は江戸の四谷忍町《よつやおしまち》の質屋渡世《しちやとせい》、近江屋《おうみや》七兵衛とその甥《おい》の梅次郎、手代《てだい》の義助《ぎすけ》であつた。

「おまへ様がたはお江戸の衆《しゆう》でござりますな」と、立場茶屋《たてばぢやや》の婆《ばあ》さんは茶をすゝめながら云つた。

「はい。江戸でございます」と、七兵衛は答へた。「若いときから一度はお伊勢《いせ》さまへお参りをしたいと思つてゐましたが、その念が叶《かな》つて、この春はやう〳〵お参りをして来ました。」

「それは好《よ》いことをなされました。」と、婆さんは首肯《うなず》いた。「お参りのついでにどこへかお廻りになりましたか。」

「お察しの通り、帰りには奈良から京大阪《きようおおさか》を見物《けんぶつ》して来ました。こんな長い旅はめつたに出来ないので、往《ゆ》きには東海道《とうかいどう》、帰りには中仙道《なかせんどう》を廻ることにして、無事にこゝまで帰つて来ました。」

「それではお宿《やど》へのおみやげ話も沢山《たくさん》出来ましたらう。」

「風《かぜ》も引かず、水中《みずあた》りもせず、名所も見物し、名物も食べて、かうして帰つて来られたのは、まつたくお伊勢さまのお蔭でございます。」

年ごろの念願もかなひ、愉快な旅行をつゞけて来て、七兵衛はいかにものびやかな顔をして、温《ぬる》い茶をのみながら四辺《あたり》の春げしきを眺めてゐると、先刻《せんこく》から婆さんと客の話の途《と》切《ぎ》れるのを待つてゐたらしく、店さきの山桜《やまざくら》の大樹《たいじゅ》のかげから、ひとりの男が姿をあらはした。彼は六十前後、見るから山国育ちの頑丈さうな大男で、小脇には二三枚の毛皮をかゝへてゐた。

「もし、お江戸のお客様。熊の皮を買つて下《くだ》さらんかな。」と、彼は見掛けによらない優《やさ》しい声でいつた。

熊の皮、熊の胆《い》を売るのは、そのころの木曾路の習《なら》ひで、この一行《いっこう》はこゝまで来るあひだにも、たびたびこの毛皮売に附きまとはれてゐるので、手代《てだい》の義助はまたかといふ顔をして無愛想《ぶあいそう》に断《ことわ》つた。

「いや、熊の皮なんぞは要《い》らない、いらない。おれ達は江戸へ帰れば、虎の皮を褌《ふんどし》にしてゐるのだ。」

「はゝ、鬼《おに》ぢやあるまいに……。」と、男は笑つた。「そんな冗談をいはないで、一枚おみやげに買つてください。だん〳〵暖かくなると毛皮も売れなくなる。今のうちに廉《やす》く売ります。」

「廉《やす》くつても高くつても断る。」と、梅次郎も口を出した。「わたし等《ら》は町人だ。熊の皮の敷皮《しきがわ》にも坐れまいぢやないか。そんな物はお武家を見かけて売ることだ。」

揃ひも揃つて剣もほろゝに断られたが、そんなことには慣れてゐるらしい男は、やはりにや〳〵と笑つてゐた。

「それぢやあ仕方がない。熊の皮が御不用ならば、熊の胆《い》を買つて下さい。これは薬だから、どなたにもお役に立ちます。道中の邪魔にもならない。どうぞ買つて下さい。」

「道中でうつかり熊の胆《い》などを買ふと、偽物《にせもの》を摑まされるといふことだ。そんな物もまあ御免だ。」と、義助はまた断つた。

「偽物を売るやうな私ぢやあない。それはこゝの婆さんも證人《しようにん》だ。まあ、見て下さい。」

男はうしろを見かへると、桜のかげからまたひとりが出て来た。それは年ごろ十七八の色白の娘で、手には小さい箱のやうなものを抱《かか》へてゐた。身なりは勿論粗末《そまつ》であつたが、その顔立といひ、姿といひ、この毛皮売の老人の道連れには何分不似合《なにぶんふにあ》ひに見えたので、三人の眼は一度に彼女の上にそゝがれた。

「江戸のお客様を相手にするには、おれよりもお前のはうがいゝやうだ。」と、男は笑つた。

「さあ、おまへからお願ひ申せよ。」

娘は恥かしさうに笑ひながら進み出た。

「今も申す通り、偽物などを売るやうな私等《わたしら》ではございません。そんなことをしましたら、福島のお代官所《だいかんしよ》で縛《しば》られます。安心してお求めください。」

梅次郎も義助も若い者である。眼のまへに突然にあらはれて来た色白の若い女に対しては、今までのやうな暴《あら》つぽい態度を執《と》るわけにも行《ゆ》かなくなつた。

「姐《ねえ》さんがさういふのだから、偽物でもあるまいが、熊の胆《い》はもう前の宿《やど》で買はされたのでな。」と義助は云つた。

　これはどの客からも聞かされる紋切型《もんきりがた》の嘘である。娘は押返して買つてくれと云つた。この道中で商売をしてゐる以上、それで素直に引下る筈のないのは判り切つてゐた。娘は押返して買つてくれと云つた。梅次郎と義助は買うやうな、買はないやうな、取留《とりと》めのないことをいつて、娘にからかつてゐた。梅次郎はことしは二十一で、本来はおとなしい生真面目《きまじめ》な男であつたが、長い道中のあひだに宿屋の女中や茶屋の女に親《したし》みが出来て、この頃では若い女に冗談の一つもいつてからかふやうになつたのである。義助は二つ違ひの二十三であつた。

　七兵衛は先刻《せんこく》から黙つて聴いてゐたが、その顔色が次第に緊張して来て、微笑を含んでゐるその口唇《くちびる》が固く結ばれた。彼は手に持つ煙管《きせる》の火の消えるのも知らずに、熊の胆《い》の押《おし》売《うり》をする娘の白い顔をぢつと眺めてゐたが、やがて突然に声をかけた。

「もし、おぢいさん。その子はおまへの娘かえ、孫かえ。」

「いえ……。」と、毛皮売の男は曖昧《あいまい》に答へた。

「おまへの身寄りぢやあないのかえ。」と、七兵衛はまた訊いた。

「はい。」

　七兵衛は無言で娘を招くと、娘はすこしく躊躇《ちゆうちよ》しながら、その人が腰をかけてゐる床《しよう》几《ぎ》の前に進み寄つた。七兵衛はやはり無言で、娘の右の耳の下にある一つの黒子《ほくろ》を見つめながら、探るやうにまた訊いた。

「おまへの左の二の腕に小さい青い痣《あざ》がありはしないかね。」

娘は意外の問《とい》を受けたやうに相手の顔をみあげた。

「あるかえ。」と、七兵衛は少しく急《せ》いた。

「はい。」と、娘は小声で答へた。

「店の先ぢやあ話は出来ない。」と、七兵衛は立ちあがつた。「ちよいと奥へ来てくれ。おぢいさん、おまへも来てくれ。」

その様子がたゞならず見えたので、男も娘もまた躊躇してゐたが、七兵衛にせき立てられて不安らしく続いて行つた。娘はよろめいて店の柱に突き当つた。

「旦那《だんな》はどうしたのでせうな。」と、義助も不安らしく三人のうしろ姿をながめてゐた。

「さあ。」

梅次郎も不思議さうに考へてゐたが、俄《にわか》に思ひ当つたやうに何事かを囁《ささや》くと、義助もおどろいたやうに眼をみはつた。二人は無言でしばらく顔を見あはせてゐたが、義助は茶屋の婆さんに向つて小声で訊いた。

「あの毛皮売のぢいさんは何といふ男だね。」

「その奈良井《ならい》の宿《しゆく》はづれに住んでゐる男で、伊平《いへい》と申します。」

「あの娘の名は……。」

「お糸《いと》といひます。」

それからだん〳〵詮議すると、お糸は伊平の娘でも孫でもなく、去年の秋ももう寒くなりかゝつた夕ぐれに、ひとりの若い娘が落葉《おちば》を浴《あ》びながら伊平《いへい》の門口《かどぐち》に立つて、今夜は泊めてくれと頼んだ。ひとり旅の女を泊めるのは迷惑だとも思つたが、その頼《たよ》りない姿が不憫《ふびん》でもあるので、伊平は宿《しゆく》の役人に届けた上で、娘に一夜のやどりを許すことになると、その夜なかに伊平は俄《にわか》に発熱して苦しみ出した。

伊平は独身者で、病気は風邪《かぜ》をこじらせたのであつたが、幸ひに娘が泊《とま》り合せてゐたので、彼は親切の介抱《かいほう》をうけた。独身の病人を見捨てゝは出られないので、娘はその次の日も留《とど》まつて看病してゐたが、伊平は容易に起《お》きられなかつた。さうして、三日を過ぎ、五日を送つて、伊平が元のからだになるまでには小半月《こはんつき》を過ぎてしまつた。そのあひだ彼《か》の娘は他人とは思へない程《ほど》にかひ〴〵しく立働《たちはたら》いて、伊平を感謝させた。近所の人達からも褒《ほ》められた。

娘は江戸の生れであるが、七つの時に京へ移《うつ》つて、それから諸国を流浪《るろう》して、しかも継母《まはは》にいぢめられて、云ひつくされない苦労をした末に、半分は乞食同様のありさまで、江戸の身寄を尋《たず》ねて下《くだ》る途中であるが、長いあひだ音信不通であつたので、その身寄も今はどこに住んでゐるか、よくは判らないといふのである。

さういふ身の上ならば、的《あて》もなしに江戸へ行くよりも、いつそこゝに足を留《と》めてはどうだと、伊平は云つた。近所の人たちも勧《すす》めた。娘もさうして下されば仕合せであると答へた。それ以来、お糸といふ娘は養女でもなく、奉公人でもなく、差当りは何といふこともなしに伊平の家に入込んで、この頃では商売の手伝ひまでもするやうになつた。お糸は色白の上に容貌《きりよう》も悪くない。小さいときから苦労をして来たといふだけに、人附合ひも悪くない。それやこれやで近所の評判も好く、伊平さんは好《い》い娘を拾ひ当てたと噂されてゐる。

婆さんの口からこんな話を聞かされてゐるうちに、七兵衛等三人は奥から出て来た。七兵衛の顔には抑《おさ》へ切れない喜びの色がかゞやいてゐた。

二

近江屋七兵衛がよろこぶのも無理はなかつた。彼はこの木曾の奈良井の宿で、一旦《いつたん》失つた手のうちの珠《たま》を偶然に発見したのである。

七兵衛は四谷の忍町《おしまち》に五代《ごだい》つゞきの質屋を営んでゐて、女房お此《この》と番頭庄右衛門《ばんとうしようえもん》のほかに、手代《てだい》三人、小僧二人、女中二人、仲働《なかばたら》き一人の十一人家内《かない》で、重《おも》に近所の旗本や御家人《ごけにん》を得意にして、手堅《てがた》い商売をしてゐた。ほかに地所家作なども持つてゐて、町内でも物持《ものもち》の一人にかぞへられ、何《なん》の不足もない身の上であつたが、たゞひとつの不足――といふよりも、一つの大きい悲しみは娘お元《もと》のゆくへ不明の一件であつた。

今から十一年前、寛政《かんせい》四年の暮春《ぼしゅん》のゆふがたに、今年七つのひとり娘お元が突然そのゆくへを晦《くら》ました。最初は表《おもて》へ出て遊んでゐるものと思つて、誰も気に留めずにゐたのであるが、夕飯《ゆうめし》頃になつても戻らないばかりか、近所にもその姿が見えないといふので、家内は俄《にわか》にさわぎ出した。七兵衛夫婦は気ちがひのやうになつて、それ〴〵に手分けをして探させたが、お元のゆくへは遂《つい》にわからなかつた。

この時代には神隠《かみかく》しといふことが信じられた。人攫《ひとさら》ひといふこともしば〳〵行はれた。お元は色白《いろじろ》の女の子であるから、悪者《わるもの》の手にかどはかされたのかも知れないといふ説が多かつた。いづれにしても、ひとり娘を突然に失つた七兵衛夫婦の悲しみは、こゝに説明するまでもない。女房のお此《この》はその後《ご》三月《みつき》ほどもぶら〳〵病《やまい》で床《とこ》についたほどであつた。七兵衛も費用を惜《お》しまずに、出来るかぎりの手段をめぐらして、娘のゆくへを探り求めたが、飛び去つた雛鳥《ひなどり》は再び元の籠《かご》に帰らなかつた。

そのうちに、一年を過ぎ、二年を過ぎて、近江屋の夫婦は諦《あきら》められないながらに諦めるのほかはなかつた。それでも何時《なんどき》どこから戻つて来るかも知れないといふ空頼《そらだの》みから、近江屋ではその後にも養子を貰はうとはしなかつた。お元が無事であれば、ことしは十八の春を迎へることになる。ゆくへの知れない子供の年をかぞへて、お此《この》は正月早々から涙をこぼした。

七兵衛が今度の伊勢まゐりは四十二の厄《やく》除《よ》けといふのであるが、そのついでに伊勢から奈良、京大阪を見物してあるく間《あいだ》に、もしや我子《わがこ》にめぐり逢ふことがないとも云へない。そんな果敢《はか》ない望みも手伝つて、長い道中をつゞけて来たのであるが、ゆく先々でそれらしい便《たよ》りも聞かず、望みの綱《つな》もだん〳〵に切れかゝつて、もう五六日の後《のち》には江戸入りといふことになつた。その木曾街道で測《はか》らずも熊の胆《い》を売る娘に出逢つたのである。七つのときに別れたのであるが、その幼顔《おさながお》が残つてゐる。年ごろも恰度《ちようど》同様である。気をつけて見ると、右の耳の下に證拠《しようこ》の黒子《ほくろ》がある。更に念のために詮議すると、左の二の腕に青い痣《あざ》があるといふ。もう疑ふまでもない、この娘はわが子であると、七兵衛は思つた。彼は喜んで涙を流した。

正直な伊平は思ひもよらぬ親子のめぐり逢ひに驚いて、異議《いぎ》なく彼女を実の親に引渡すことになつたので、七兵衛は多分の礼金を彼にあたへて別れた。お糸といふ名は誰に附けられたのか好《よ》く判らないが、娘はむかしのお元《もと》にかへつて、十一年目に再会した父と共に奈良井の宿を立去つた。甥の梅次郎も、手代の義助も、不思議の対面におどろきながら、これも喜び勇んで附いて行つた。

江戸を出るときには男三人であつた此《こ》の一行《いつこう》に、若い女ひとりが加はつて帰つたのを見た時に、近江屋の家《いえ》は引つくり返るやうな騒ぎであつた。女房も番頭も嬉《うれ》し泣《な》きに泣いた。近江屋からは町役人《まちやくにん》にも届け出て、お元は再びこの家《や》の娘となつた。この話もこれで納《おさ》まれば、筆者もめでたく筆《ふで》をおくことが出来るのであるが、事実はそれを許さないで、更《さら》に暗い方面へ筆者を引《ひ》き摺《ず》つて行《い》くのであつた。

お元が無事に戻つて来たのを聞いて、親類達もみな喜んで駈けつけた。町内の人々も祝ひに来た。その喜ばしさと忙しさに取紛《とりまぎ》れて、当座はたゞ夢のやうに日を送るうちに、四月も過ぎて五月もやがて半《なかば》となつた。このごろは家内《かない》もおちついて、毎日ふり続くさみだれの音も耳に附くやうになつた。その五月末のある夕がたに、お元が仲働《なかばたら》きのお国《くに》と共に近所の湯屋へ行つた留守をうかゞつて、お此《この》は夫にささやいた。

「おまへさんはお元について、なにか気が附いたことはありませんかえ。」

「気が附いたこと……。どんなことだ。」と、七兵衛は少しく眉をよせた。女房の口ぶりが何やら仔細《しさい》ありげにも聞《きこ》えたからである。

「実はお国が妙なことをいひ出したのですが……。」と、お此はまたさゝやいた。「お元には鼠が附いてゐるといふのです……。」

「なんでそんなことを云ふのだ。」

「お国のいふには、お元さんのそばには小さい鼠がゐる。始終《しじゆう》は見えないが、時々にその姿を見ることがある。お元さんが縁側なぞを歩いてゐると、そのうしろからチヨロ〳〵と附いて行く……。」

「本当か。」と、七兵衛はそれを信じないやうに微笑《ほほえ》んだ。

「まつたく本当ださうで……。お国だつて、まさかにそんな出たらめを云やあしますまいと思ひますが……。」

「それもさうだが……。若い女なぞといふものは、飛んでもないことをいひ出すからな。そんな鼠が附いてゐるならば、お国ばかりでなく、ほかにも誰か見た者がありさうなものだが……。」

自分たち夫婦は別としても、ほかに番頭もゐる、手代もゐる、小僧もゐる、女中もゐる。それ等《ら》が誰も知らない秘密を、お国ひとりが知つてゐるのは不審である。ほかの奉公人どもについて、それとなく詮議してみろと、七兵衛は云つた。併《しか》し多年他国を流浪して来たのであるから、人は兎《と》かくに詰まらない噂を立てたがるものである。迂濶《うかつ》なことをして、大事の娘に瑕《きず》を附けてはならない。お前もその積《つも》りで、秘密に詮議しろと、彼は女房に云ひ含めた。

それから三四日の後《のち》に、甥《おい》の梅次郎がたづねて来た。梅次郎は七兵衛の姉の次男で、やはり四谷の坂町に越前屋《えちぜんや》といふ質屋を開いてゐる。万一お元のゆくへがどうしても知れない暁《あかつき》には、この梅次郎を養子にしようかと、七兵衛夫婦も内々《ないない》に相談したことがある。お元が今度発見されると、その相談がいよいよ実現されて、梅次郎をお元の婿《むこ》に貰《もら》はうといふことになつた。勿論それは七兵衛夫婦の内相談《ないそうだん》だけで、まだ誰にも口外したわけではなかつたが、お此のはうにはその下心があるので、けふ尋ねて来た甥を愛想よく迎へた。

梅次郎は奥へ通されて、庭のわか葉を眺めながら云つた。

「よく降りますね。叔父さんは……。」

「叔父さんは商売の用で、新宿のお屋敷まで……。」

「お元《も》ツちやんは……。」

「お国を連れて赤坂まで……。」と、いひかけてお此は声をひくめに、「ねえ、梅ちやん。すこしお前に訊きたいことがあるのだが……。お前、木曾街道からお元と一緒に帰つて来る途中で、なにか変つたことでもなかつたかえ。」

「いゝえ。」

それぎりで、話はすこし途切れたが、やがて梅次郎のはうから探るやうに訊きかへした。

「叔母さん、なにか見ましたか。」

お此はぎよつとした。それでも彼女は素知らぬ顔で答へた。

「いゝえ。」

話はまた途切れた。庭の若葉にそゝぐ雨の音も一《ひ》としきり止《や》んだ。この時、梅次郎は何を見たか、小声に力をこめてお此を呼んだ。

「叔母さん。あ、あれ……。」

彼が指さす縁側には、一匹の灰色の小鼠《こねずみ》が迷ふやうに走り廻つてゐたが、忽《たちま》ち庭さきに飛び降りて姿を消した。叔母も甥も息をつめて眺めてゐた。

叔母が云はうとすること、甥が云はうとすること、それが皆この一匹の鼠によつて説明されたやうにも思はれた。しばらくして、二人はほうと溜息をついた。お此の顔は蒼ざめてゐた。

「お前、誰に聞いたの。そんなことを……。」と、彼女は摺寄《すりよ》つて訊いた。

「実は、お国さんに……。」と、梅次郎は吶《ども》りながら答へた。

堅く口留めをして置いたにも拘《かかわ》らず、お国は鼠の一件を梅次郎にも洩《も》らしたとみえる。お此はそのおしやべりを憎むよりも、その報告の嘘でないのに驚かされた。考へやうによつては、鼠が縁側に上《あが》るぐらゐのことは別に珍しくもない。縁の下から出て来て、縁側へ飛びあがつて、再び縁の下へ逃げ込む。それは鼠として普通のことであるかも知れない。それをお元に結びつけて考へるのは間違つてゐるかも知れない。而《しか》もこの場合、お此も梅次郎も彼《か》の鼠に何かの仔細があるらしく思はれてならなかつた。

「ほんたうに江戸へ来る途中には、なんにも変つたことはなかつたのかねえ。」と、お此はかさねて訊いた。

「まつたく変つたことはありませんでした。たゞ……。」と、梅次郎は躊躇《ちゆうちよ》しながら云つた。「あの義助と大変に仲が好かつたやうで……。」

「まあ。」

お此はあきれたやうに、再び溜息をついた。それを笑ふやうに、どこかで枝蛙《えだかわず》のから〳〵と鳴く声がきこえた。

三

けふの鼠の一件がお此《この》の口から夫に訴へられたのはいふまでもない。而《しか》も七兵衛は半信半疑であつた。一家《いつか》の主人で、分別盛りの七兵衛は、単にそれだけの出来事で、その怪談を一途《いちず》に信じるわけには行《い》かなかつた。

お此はそれ以来、お元の行動に注意するは勿論、お国にもひそかに云ひ含めて、絶えず探索の眼をそそがせてゐたが、店の奉公人や女中達のあひだには、別に怪しい噂も伝はつてゐないらしかつた。

「義助さんと仲好《なかよ》くしてゐるやうな様子もありません。」と、お国は云つた。

七兵衛に取つては、このはうが寧《むし》ろ大問題であつた。梅次郎を婿《むこ》にと思ひ設《もう》けてゐる矢先に、娘と店の者とが何かの関係を生じては、その始末に困るのは見え透《す》いてゐる。さりとて取留《とりと》めた證拠もなしに、多年無事に勤めてゐる奉公人、殊《こと》に先頃は自分の供《とも》をして長い道中をつゞけて来た義助を、無雑作《むぞうさ》に放逐《ほうちく》することも出来ないので、たゞ無言のうちに彼等を監視するのほかはなかつた。

うしなつた娘を連れ戻つて、一旦は俄《にわか》に明るくなつた近江屋の一家内《いつかない》には、またもや暗い影がさして、主人夫婦は兎かくに内所話《ないしょばなし》をする日が多くなつた。この年は梅雨《つゆ》が長く続いて、六月の初めになつても毎日じめ〳〵してゐるのも、近江屋夫婦の心をいよ〳〵暗くした。

その六月はじめの或夜《あるよ》である。奥の八畳の間《ま》に寝てゐたお此がふと眼をさますと、衾《よぎ》の襟《えり》のあたりに何か歩いてゐるやうに感じられた。枕もとの有明行燈《ありあけあんどう》は消えてゐるので、その物のすがたは見えなかつたが、お此は咄嗟《とつさ》のあひだに覚《さと》つた。

「あ、鼠……。」

息を殺してうかゞつてゐると、それは確かに小鼠で、お此の衾の襟から裾《すそ》のあたりをちよろ〳〵と駈けめぐつてゐるのである。お此は俄《にわか》にぞつとして少しく我身を起《おこ》しながら、隣の寝床《ねどこ》にゐる七兵衛の衾の袖《そで》をつかんで、小声で呼び起した。

「お前さん……。起きて下さいよ。」

眼ざとい七兵衛はすぐに起きた。

「なんだ、何《なん》だ。」

「あの、鼠が……。」

云ふうちに、鼠はお此の衾の上を飛び降りて、蚊帳《かや》の外へ素早く逃げ去つた。暗いなかではあるが、畳《たたみ》を走る足音を聞いて、それが鼠であるらしいことを七兵衛も察した。

「おまへさん。確かに鼠ですよ。」と、お此は気味悪さうに囁《ささや》いた。

「む、。さうらしい。」

それぎりで夫婦は再び枕につくと、やがてお此は再び夫をゆり起して、今度は鼠が自分の顔や頭の上をかけ廻《まわ》るといふのである。それが夢でもないことは、今度も七兵衛の耳に鼠の足音を聞いたのである。もう打捨てゝは置かれないので、七兵衛は床《とこ》の上に起き直つて、枕もとの燧石《ひうちいし》を擦《す》つた。有明行燈の火に照らされた蚊帳の中には、鼠らしい物の姿も見出《みいだ》されなかつた。念のために衾や蒲団《ふとん》を振つてみたが、いたづら者はどこにも忍んでゐなかつた。

「行燈を消さずに置いてください。」

いひ知れない恐怖に襲はれたお此は、夜の明けるまで一睡《いつすい》も出来なかつた。七兵衛もそのお相伴《しようばん》で、おち〳〵眠られなかつた。この頃《ごろ》の夜《よ》は短いので、侘《わび》しい雨の音のうちに雨戸の隙間が薄明るくなつたかと思ふと、ぬき足をして縁側の障子《しようじ》の外へ忍び寄る者があつた。お此ははつとして耳を傾けると、外からそつと呼びかけた。

「おかみさん。お眼ざめですか。」

それはお国の声であつたので、お此は安心したやうに答へた。

「あい。起きてゐます。なにか用かえ。」

「這入つても宜《よろ》しうございますか。」

「お這入り。」

許しを受けて、お国は又そつと障子をあけた。彼女は寝まきのまゝで、蚊帳の外へ這ひ寄つた。

「おかみさん。ちよいとお出《い》で下さいませんか。」

「どこへ行くの。」

「お元さんのお部屋へ……。」

お此は又はつとしたが、一種の好奇心もまじつて、これも寝まきのまゝで蚊帳から抜け出した。お元の部屋は土蔵前《くらまえ》の四畳半《よじようはん》で、北向きに一間《けん》の肱《ひじ》かけ窓が附いてゐた。その窓の戸を洩れる朝の光をたよりに、お此は廊下の障子を細目《ほそめ》にあけて窺《うかが》ふと、部屋一ぱいに吊られた蚊帳のなかに、お元は東枕《ひがしまくら》に眠つてゐる。その枕もとに一匹の灰色の小鼠が、あたかもその夢を守るやうにうづくまつてゐた。

「御覧になりましたか。」と、お国は小声で云つた。

お此はもう返事が出来なかつた。彼女は半分夢中でお国の手をつかんで、ふるへる足を踏《ふ》みしめながら、自分の八畳の間《ま》へ戻つて来ると、七兵衛も待ちかねたやうに声をかけた。

「おい、どうした。」

鼠の話を聞かされて、七兵衛は起きあがつた。彼もぬき足をして、お元の寝床《ねどこ》を覗きにゆくと、その枕もとに鼠らしい物のすがたは見えなかつた。お国も鼠を見たといひ、お此も確かに見たといふのであるが、自分の眼で見届けない以上、七兵衛はやはり半信半疑であるので、むやみに騒いではならないと女達を戒《いまし》めて、お国を自分の部屋へ退《さが》らせた。

夫婦はいつもの時刻に寝床を出て、何気《なにげ》ない顔をして朝飯《あさめし》の膳《ぜん》にむかつたが、お此の顔は蒼かつた。お元も今朝《けさ》は気分が悪いといつて、碌々《ろくろく》に朝飯を食はなかつた。その顔色も母とおなじやうに蒼ざめてゐるのが、七兵衛の注意をひいた。

その日も降《ふ》り通して薄暗い日であつた。午過《ひるす》ぎにお元は茶の間へしよんぼりと這入つて来て、両親の前に両手をついた。

「まことに申訳《もうしわけ》がございません。どうぞ御勘弁をねがひます。」

だしぬけに謝られて、夫婦も煙《けむ》にまかれた。それでも七兵衛はしづかに訊いた。

「申訳がない……。お前は何か悪いことでもしたのか。」

「恐れ入りました。」

「恐れ入つたとは、どういふわけだ。」

「わたくしは……。お家《うち》の娘ではございません。」と、お元は声を沈ませていつた。

夫婦は顔をみあはせた。取分けて七兵衛は自分の耳を疑ふほどに驚かされた。

「家《うち》の娘ではない……。どうしてそんなことを云ふのだ。」

「わたくしは江戸の本所《ほんじよ》で生まれまして、小さい時から両親と一緒に近在《きんざい》の祭や縁日《えんにち》をまはつて居《お》りました。お糸といふのが矢《や》はり本名《ほんみよう》でございます。わたくし共《ども》の一座には蛇づかひもをりました。鶏娘《とりむすめ》といふ因果物《いんがもの》も居りました。わたくしは鼠を使ふのでございました。芝居でする金閣寺の雪姫《ゆきひめ》、あの芝居の真似事《まねごと》をいたしまして、わたくしがお姫様の姿で桜の木にくゝり付けられて、足の爪先《つまさき》で鼠をかきますと、沢山の鼠がぞろ〳〵と出て来て、わたくしの縄《なわ》を食ひ切るのでございます。芝居ならばそれだけですが、鼠を使ふのが観世物《みせもの》の山《やま》ですから、その鼠がわたくしの頭へ上つたり、襟首《えりくび》へ這入つたり、懐《ふところ》へ飛び込んだりして、見物《けんぶつ》にはら〳〵させるのを藝当《げいとう》としてゐたのでございます。」

お元と鼠との因縁《いんねん》は先《ま》づこれで説明された。彼女は更《さら》に語りつゞけた。

「さうして居《お》りますうちに、江戸ばかりでも面白くないといふので、両親はわたし共《ども》を連れて旅かせぎに出ました。先《ま》づ振出しに八王子《はちおうじ》から甲府《こうふ》へ出まして、諏訪《すわ》から松本、善光《ぜんこう》寺《じ》、上田などを打つて廻り、それから北国《ほつこく》へ這入つて、越後路《えちごじ》から金沢《かなざわ》、富山《とやま》などを廻つて岐阜《ぎふ》へまゐりました。一口に申せばさうですが、そのあひだに足掛け三年の月日が経《た》ちまして、旅先では色々の苦労をいたしました。さうして、去年の秋のはじめに岐阜まで参りますと、そこには悪い疫病《やくびょう》が流行《はや》つてゐまして、一座のうちで半分ほどばた〳〵と死んでしまひました。わたくしの両親もおなじ日に死にました。もうどうすることも出来ないので、残る一座の者は散《ち》り〳〵ばら〳〵になりましたが、そのなかにお角《かく》といふ三味線《しやみせん》ひきの悪い奴がありまして、わたくしを欺《だま》してどこへか売らうと企《たく》らんでゐるらしいので、うか〳〵してゐると大変だと思ひまして、着のみ着のまゝでそつと逃げ出しました。東海道を下《くだ》ると追つ掛けられるかも知れないので、中仙道《なかせんどう》を取つて木曾路《きそじ》へさしかゝつた頃には、わづかの貯《たくわ》へもなくなつてしまつて、もうこの上は乞食でもするよりほかはないと思つてゐますと、運好く伊平さんの家《いえ》に引取られて、まあ何《なに》といふことなしに半年余りを暮してゐたのでございます。」

お元は怪《あや》しい女でなく、不幸の女である。その悲しい身の上ばなしを聞かされて、気の弱いお此は涙ぐまれて来た。

四

これからがお元の懺悔《ざんげ》である。

「まつたく申訳のないことを致しました。この四月のお朔日《ついたち》に、伊平さんの商売の手伝ひをして、三軒屋《さんげんや》の立場茶屋《たてばぢやや》へ熊の皮や熊の胆《い》を売りに行きますと、あなた方にお目にかゝりました。そのときに旦那様が仔細ありさうに、わたくしの顔をぢつと眺《なが》めておいでなさるので、なんだか、をかしいと思つてをりますと、やがてわたくしを傍《そば》へ呼んで、おまへの左の二の腕に青い痣《あざ》はないかとお訊きになりました。さてはこの人は娘か妹か、なにかの女をさがしてゐるに相違ないと思ふ途端に、ふつと悪い料簡《りようけん》が起《おこ》りました。こんな木曾の山の中に、いつまで暮してゐても仕様がない。こゝで何とか胡麻《ごま》かして……。かう思つたのがわたくしの誤《あや》まりでございました。奥へ連れて行かれる時に、店の柱へ二の腕をそつと強く打ちつけて、急ごしらへの痣《あざ》をこしらへまして……。わたくしはまた何といふ大胆《だいたん》な女でございませう。旦那さまの口占《くちうら》を引きながら、好《い》い加減の嘘八百をならべ立て、表《おもて》に遊んでゐるところを見識《みし》らない女に連れて行かれたの、それから京へ行つて育てられたの、継母《ままはは》にいぢめられたのと、真《まこと》しやかな作りごとをして、旦那様をはじめ皆さんを好《い》いやうに欺《だま》してしまつて、たうとうこのお家《うち》へ乗込んだのでございます。思へば、一から十までわたくしが悪かつたのでございます。どうぞ御勘弁をねがひます。」と、彼女は前髪を畳にすり付けながら泣いた。

こゝらでも人に知られた近江屋七兵衛、四十二歳の分別盛《ふんべつざか》りの男が、いかに我子恋しさに眼が眩《くら》んだとはいひながら、十七八の小娘にまんまと一杯食はされたかと思ふと、七兵衛も我ながら腹が立つやら、馬鹿々々しいやらで、しばらくは明いた口が塞《ふさ》がらなかつた。それでもまだ腑に落ちないことがあるので、彼は気を取直して訊いた。

「そこで、鼠はどうしたのだ。おまへが持つて来たのか。」

「それが不思議でございます。」と、お元は湿《うる》んだ眼をかゞやかしながら答へた。「岐阜の宿《やど》をぬけ出すときに、商売道具は勿論、鼠もみんな置去《おきざ》りにして来たのでございますが、途中まで出て気がつきますと、一匹の小鼠がわたくしの袂《たもと》に這入つてゐたのでございます。どうして紛《まぎ》れ込んでゐたのか、それともわたくしを慕《した》つて来たのか、なにしろ捨てるのも可哀さうだと思ひまして、懐《ふところ》に忍ばせたり、袂《たもと》に入れたりして、木曾路までは一緒に連れて来ましたが、伊平さんの家《うち》に落付くやうになりました時に、因果《いんが》をふくめて放して遣りました。鼠はそれきり姿を見せませんので、どこかの縁の下へでも巣を食つてしまつたものと思つてゐますと、旦那さまと御一緒に江戸へ帰る途中、碓氷峠《うすいとうげ》を降《くだ》つて坂本の宿《しゆく》に泊《とま》りますと、その晩、どこから附いて来たのか、その鼠がわたくしの袂《たもと》のなかに這入つてゐるのを見つけて、実にびつくり致しました。それほど自分に馴染《なじ》んでゐて、かうしてこゝまで附いて来たかと思ふと、どうも捨てる気にもならないので、そつと袂《たもと》に入れて来ました。それを梅次郎さんや義助さんに見付けられて、ずゐぶん困つたこともありましたが……。まあ、旦那さまには隠して置いて貰ふことにして、無事に江戸まで帰つてまゐりますと、その鼠はどこへか姿を隠してしまひました。まあ、よかつたと思つてをりますと、この頃《ごろ》になつてまたどこからか出て来まして、時々にわたくしの部屋へも姿をみせます。しかも、ゆふべはわたくしの夢に、その鼠が枕もとへ忍んで来まして、袖《そで》をくはへてどこへか引つ張つて行かうとするらしいのです。こつちが行くまいとしても、相手は無理にくはへて行かうとする。おなじやうな夢を幾《いく》たびも繰返して、わたくしもがつかりしてしまひました。そのせゐか、今朝《けさ》はあたまが重くつて、何をたべる気もなしにぼんやりしてゐますと、仲働《なかばたら》きと女中の話し声が聞えまして……。」

あまりに気分が悪いので、お元は台所へ水を飲みにゆくと、女中部屋で仲働きのお国が女中のお芳《よし》に何か小声で話しかけてゐる。鼠といふ言葉が耳について、お元はそつと立聴《たちぎ》きすると、ゆふべは彼《か》の鼠がおかみさんの蚊帳《かや》のなかへ入込《いりこ》んだこと、お元の枕もとにも坐つてゐたこと、それ等《ら》をお国が不思議さうに囁《ささや》いてゐるのであつた。

もう仕方がないとお元も覚悟した。娘に化けて近江屋の家督《かとく》を相続する――その大願《だいがん》成就《じようじゆ》はおぼつかない。うか〳〵してゐると化《ば》けの皮を剝《は》がれて、騙《かた》りの罪に問はれるかも知れない。いつそ今のうちに何《なに》も彼《か》も白状して、七兵衛夫婦に自分の罪を詫《わ》びて、早々にこゝを立去るのほかはないと、彼女は思ひ切りよく覚悟したのである。

「重々《じゆうじゆう》憎い奴と、定《さだ》めてお腹《はら》も立ちませうが、どうぞ御勘弁下さいまして、今日《こんにち》お暇《いとま》を頂きたうございます。」と、お元はまた泣いた。

その話を聴いてゐるあひだに、七兵衛も色々かんがへた。憎いとはいふもの丶、欺《だま》されたのは自分の不覚である。当人の望み通りに、早々《そうそう》追ひ出してしまへば仔細はないのであるが、親類の手前《てまえ》、世間の手前、奉公人の手前、それを何と披露してい丶か。正直にいへば、まつたくお笑ひ草である。近江屋七兵衛はよく〳〵の馬鹿者であると、自分の恥を内外《うちそと》に晒《さら》さなければならない。その恥がそれからそれへと拡まると、近江屋の暖簾《のれん》にも瑕《きず》が付く。それらのことをかんがへると、七兵衛も思案にあぐんだ。

女房のお此《この》も夫とおなじやうに考へた。殊《こと》にお此は女であるだけに、自分の前に泣いて詫《わ》びてゐるお元のすがたを見ると、またなんだか可哀さうにもなつて来た。たとひ偽者《にせもの》であるにもせよ、今朝《けさ》までは我子と思つてゐたお元をこのま丶直《す》ぐに追出すに忍びないやうな弱い気にもなつた。「まあ、お待ちなさい丶よ。」と、お此はお元をなだめるやうに云つた。

「さうことが判《わか》れば、わたし達のはうにも又なんとか考へやうがある。兎《と》も角《かく》も今すぐに出て行《ゆ》くのはよくない。もうちつとの間《あいだ》、知らん顔をしてゐておくれよ。」

「それがいゝ。」と、七兵衛も云つた。「いづれ何《なん》とか処置を附けるから、もうちつと落付《おちつ》いてゐてくれ。私のはうでも自分の暖簾《のれん》にかゝはることだから、決してこれを表沙汰《おもてざた》にして、おまへを騙《かた》りの罪に落とすやうなことはしない。まあ安心して待つてゐてくれ。」

夫婦から色々に説得されて、お元もおとなしく承知した。

「それでは何分《なにぶん》よろしく願ひます。」

自分の部屋へ立去るお元のうしろ姿を見送つて、深い溜息が夫婦の口を洩《も》れた。いかにお此が弱い気になつたからと云つて、已《すで》に偽者の正体があらはれた以上、それを我子として養つて置くことは出来ない。さりとて、その事実をありのまゝに世間へ発表することも出来ない。所詮《しよせん》はお元に相当の手切れ金をあたへて、人知れずにこの家《うち》を立退《たちの》かせ、表向きは家出と披露するのが一番無事であるらしい。勿論それも外聞《がいぶん》にかゝはることではあるが、偽物と知らずに連れ込んだといふよりは優《ま》しである。一旦《いつたん》かどはかされた娘をやう〳〵連れ戻して来たところ、その悪者どもが附けて来て、再びかどはかして行つたのであらうと云ふことにすれば、こちらに油断の落度があつたにもせよ、世間からは気の毒だと思はれないこともない。兎も角も大きな恥を晒《さら》さないで済みさうである。夫婦の相談は先《ま》づそれに一致した。

「それにしても、梅ちやんも義助もあんまりぢやありませんか。」と、お此は腹立たしさうに云つた。

「江戸へ帰る途中で、お元の袂《たもと》の鼠を見付けたことがあるなら、誰かゞそつと知らせてくれてもいゝぢやありませんか。お国が話してくれなければ、私達はいつまでも知らずにゐるのでした。このあひだも梅ちやんに訊いたら、途中ではなんにも変つたことはなかつたなぞと白《しら》ばつくれてゐるんですもの。」

「まあ、仕方がない。梅次郎や義助を恨《うら》まないが好《い》い。誰よりも彼よりも、私が一番悪いのだ。わたしが馬鹿であつたのだ。」と、七兵衛は諦《あきら》めたやうに云つた。「そんな者にだまされたのが重々《じゆうじゆう》の不覚で、今さら人を咎《とが》めることはない。みんな私が悪いのだ。」

さすがは大家《たいか》の主人だけに、七兵衛は一切《いつさい》の罪を自分にひき受けて、余人を責めようとはしなかつた。

それから二日目の夜《よ》の更《ふ》けた頃に、お元は身拵《みごしら》へをして七兵衛夫婦の寝間へ忍び寄ると、それを待つてゐた七兵衛は路用《ろよう》として十両の金《かね》をわたした。彼は小声で云ひ聞かせた。

「江戸にゐると面倒だ。どこか遠いところへ行くが好《い》い。」

「かしこまりました。おかみさんにも色々御心配をかけました。」と、お元は蚊帳《かや》の外に手をついた。

「気をつけておいでなさいよ。」

お此の声も曇つてゐた。それをうしろに聞きながら、お元は折からの小雨《こさめ》のなかを庭先へぬけ出した。横手の木戸を内《うち》から明けて、彼女のすがたは闇に消えた。

あくる朝の近江屋はお元の家出におどろき騒いだ。主人夫婦も表《うわ》べは驚いた顔をして、人々と共に立騒いでゐた。

その予定の筋書《すじがき》以外に、彼等夫婦を本当におどろかしたのは、四谷からさのみ遠くない青山の権太原《ごんだはら》の夏草《なつぐさ》を枕にして、二人の若い男が倒れてゐるといふ報知《ほうち》であつた。男のひとりは近江屋の手代義助で他のひとりは越前屋の梅次郎である。義助は咽喉《のど》を絞《し》められてゐた。梅次郎は短刀で脇腹を刺されてゐた。その短刀は近江屋の土蔵《くら》にある質物を義助が持ち出したのである。死人に口なしで勿論確かなことは判らないが、検視の役人等《ら》の鑑定によれば、彼等はこの草原《くさばら》で格闘をはじめて、梅次郎が相手を捻《ね》ぢ伏せてその咽喉《のど》を絞め付けると、義助も短刀をぬいて敵の脇腹を刺し、双方が必死に絞めつけ突き刺して、つひに相討《あいうち》になつたのであらうといふ。

お元の家出と二人の横死《おうし》と、そのあひだに何かの関係があるかないか、それも判らなかつた。もし関係があるとすれば、お元と義助と諜《しめ》しあはせて家出をしたのを、梅次郎があとから追ひ着いて格闘を演ずることになつたのか。或《あるい》はそれと反対に、お元と梅次郎が家出したのを、義助が追つて行つたのか。彼等は何がゆゑに闘《たたか》つたのか、お元はどうしたのか。それ等の秘密は誰にも判らなかつた。

お元が江戸へ帰る途中、その袂に忍ばせてゐる鼠を梅次郎と義助に見付けられて、ずゐぶん困つたこともあつたといふから、或はその秘密を守る約束の下に、二人の若い男はお元に一種の報酬を求めたかも知れない。その情交の縺《もつ》れがお元の家出にむすび附いて、こんな悲劇を生み出したのではないかと、七兵衛夫婦はひそかに想像したが、もとより他人にいふべきことではなかつた。

ふたりの死骸を初めて発見したのは、そこへ通りかゝつた青山百人組の同心で、死骸のまはりを一匹の灰色の小鼠が駈けめぐつてゐたとのことであるが、それはそこらの野鼠が血の匂ひをかいで来たので、お元の鼠とは別種のものであらう。

お元の消息《しようそく》はわからなかつた。

夢のお七《しち》

一

前にも太田蜀山《しよくさん》の「壬戌《じんじゆつ》紀行」を引合に出したが、同じ蜀山の「一話一言《いちわいちげん》」を読んだ人は、そのうちに斯《こ》ういふ話のあることを記憶してゐるであらう。

八百屋《やおや》お七《しち》の墓は小石川の圓乗寺《えんじようじ》にある。妙栄禅定尼《みようえいぜんじように》と彫られた石碑《せきひ》は古いものであるが、火災のときに中程《なかほど》から折られたので、そのまゝ上に乗せてある。然《しか》るに近頃それと同様の銘《めい》を切つて、立像《りつぞう》の阿弥陀《あみだ》を彫刻した新しい石碑が、その傍《かたわ》らに建《た》てられた。ある人がその仔細《しさい》をたづねると、圓乗寺の住職はかう語つた。

駒込《こまごめ》の天沢山龍光寺《てんたくざんりゆうこうじ》は京極佐渡守高矩《きようごくさどのかみたかのり》の菩提寺《ぼだいじ》で、屋敷の足軽《あしがる》がたび〳〵墓掃除《はかそうじ》に通《かよ》つてゐた。その足軽がある夜《よ》の夢に、いつもの如く墓掃除に通ふこゝろで小石川の馬場のあたりを夜《よ》ふけに通りかゝると、暗い中《なか》から鶏《にわとり》が一羽《いちわ》出て来た。見ると、その首は少女で、形《かたち》は鶏《にわとり》であつた。鶏《にわとり》は足軽の裾《すそ》をくはへて引くので、なんの用かと尋《たず》ねると、少女は答へて、恥かしながら自分は先年火あぶりのお仕置を受けた八百屋の娘お七である。今もなほ此《こ》のありさまで浮ぶことが出来ないから、どうぞ亡《な》きあとを弔《とむら》つてくれと云つた。頼まれて、足軽も承知したかと思ふと、夢はさめた。

不思議な夢を見たものだと思つてゐると、その夢が三晩もつゞいたので、足軽も捨てゝは置かれないやうな心持になつて、駒込の吉祥寺《きちじようじ》へたづねて行《ゆ》くと、それは伝説のあまりで、お七の墓は小石川の圓乗寺にあると教へられて、更《さら》に圓乗寺をたづねると、果《はた》してそこにお七の墓を見出《みいだ》した。その石碑は折れたまゝになつてゐるが、無縁の墓であるから修繕《しゆうぜん》する者もないと云ふ。そこで、足軽は新しい碑を建立《こんりゆう》し、若干の法事料《ほうじりよう》を寺に納めて無縁のお七の菩提《ぼだい》を弔《とむら》ふことにしたのである。いかなる因縁《いんねん》で、お七が彼《か》の足軽に法事を頼んだのか、それは判らない。足軽もその後再び尋《たず》ねて来ない。

以上が蜀山手記《しゆき》の大要《たいよう》である。案ずるに、この記事を載せた「一話一言」の第三巻は天明《てんめい》四五年ごろの輯録《しゆうろく》であるから、その当時のお七の墓はよほど荒廃してゐたらしい。お七の墓が繁昌《はんじよう》するやうになつたのは、寛政年中《かんせいねんちゆう》に岩井半四郎がお七の役で好評を博した為に、圓乗寺内に石塔を建立したのに始まる。要するに、半四郎の人気がお七の人気を煽《あお》つたのである。お七のために幸ひで無いとは云へない。

お七の墓のほとりにある阿弥陀像の碑について、圓乗寺の寺記《じき》には「又かたはらに弥陀尊像の塔あり。これまたお七の菩提《ぼだい》のために後人《こうじん》の建立しつる由《よし》なれど、施主《せしゅ》はいつの頃いかなる人とも今明白《めいはく》に考へ難《がた》し。或《あるい》はいふ、北国筋《ほっこくすじ》の武家何某《なにがし》、夢中《むちゅう》にお七の亡霊《ぼうれい》告げて云ふ、わが墳墓《ふんぼ》は江戸小石川なる圓乗寺といふ寺にあれども、後世《こうせい》を弔《とむら》ふもの絶《た》えて、安養《あんよう》世界に常住《じょうじゅう》し難《がた》し。されば彼《か》の地に尊形《そんけい》の石塔を建て、給《たま》はゞ、必ず得脱成仏《とくだつじょうぶつ》すべしと。これによつて遥々来《はるばるきた》りて、形《かた》の如《ごと》く営《いとな》みけるといへり。云々《しかじか》。」

　この寺記は同寺第二十世の住職が弘化《こうか》二年三月に書き残したもので、蜀山の「一話一言」よりも六十年余の後《あと》である。同じ住職の説くところでも、天明時代の住職と弘化時代の住職との話のあひだには可《か》なりの相違がある。而《しか》もお七の亡霊が武家に仕《つか》へる者の夢に入つて、石碑建立の仏事を頼んだといふことは一致してゐるのである。いづれにしても武家に縁のある人が何かの事情でお七の碑を建立《こんりゅう》するに就《つい》て、あからさまにその事情を明《あ》かし難《がた》く、夢に托《たく》して然《しか》るべく取計《とりはか》らつたものであらうと察《さつ》せられる。

　私がこんなことを長々と書いたのは、お七の石碑の考證《こうしょう》をする為ではない。さういふ考證や研究は他に相当の専門家がある。私が今これだけのことを書いたのは、ある老人からそれに因《ちな》んだ昔話を聞かされたからである。その話の受売《うけうり》をする前提として、昔もかういふ事があつたと説明を加へて置いたに過ぎない。

　そこで、その話は「一話一言」よりも八十余年の後《のち》、更《さら》に圓乗寺の寺記よりも二十三年の後、即《すなわ》ち慶応《けいおう》四年五月の出来事で、私にそれを話した老人は石原治三郎《じさぶろう》（仮名）といふ三百五十石《こく》の旗本である。治三郎はその当時二十八歳で、妻のお貞《てい》は二十三歳、夫婦のあひだにお秋《あき》といふ今年四歳になる娘があつた。慶応四年――それが如何《いか》なる年であるかは今更《いまさら》説明するまでもあるまい。石原治三郎が四谷の屋敷を出て、上野の彰義隊《しようぎたい》に加はつたのは、その年の四月中旬であつた。

彰義隊等《など》とは成《な》るべく衝突を避けて、無事に鎮撫解散《ちんぶかいさん》させるのが薩長《さつちよう》側の方針であつたから、直《す》ぐには攻《せ》めかゝつて来ない。彰義隊士も一方には防禦《ぼうぎよ》の準備をしながら、そのあひだには徒然《とぜん》に苦しんで市中《しちゆう》を徘徊《はいかい》するのもある。芝居《しばい》や寄席《よせ》などに行くのもある。よし原《わら》などに入込むのもある。而《しか》し自分の屋敷へ立寄るものは殆《ほとん》ど無かつた。殊《こと》に石原の家では、主人が家を出ると共に、妻子は女中を連《つ》れて上総《かずさ》の知行所《ちぎようしよ》へ引込《ひきこ》んでしまつて、その跡《あと》は明屋敷《あきやしき》になつてゐたので、もう帰るべき家もなかつた。

五月二日は治三郎の父の祥月命日《しようつきめいにち》である。この時節、もちろん仏事などを営んでゐるべきではないが、せめては斯《こ》うして生きてゐる以上、墓参《ぼさん》だけでもして置かうと思ひ立つて、治三郎はその日の朝から上野山《うえのやま》を出た。菩提寺は小石川の指ケ谷町《さすやちよう》にあるので、型《かた》のごとくに参詣を済ませ、寺にも幾《いく》らかの供養料《くようりよう》を納《おさ》め、あはせて自分が亡きあとの回《え》向《こう》をも頼んで帰つた。その帰り道に、彼《か》の圓乗寺の前を通りかかつた。

「あの時はどういふ料簡《りようけん》だつたのか、今では判りません。」と、治三郎老人は我ながら不思議さうに語るのであつた。

まつたく不思議と思はれるくらゐで、治三郎はその時ふいとお七の墓が見たくなつたのである。彰義隊と八百屋お七と固《もと》より関係のあるべき筈《はず》はないが、彰義隊の一人《いちにん》石原治三郎は唯《ただ》なんとなくお七の墓に心を惹《ひ》かれたのである。彼は圓乗寺の門内《もんない》に這入つて、お七の墓をたづねて行つた。墓のほとりの八重桜《やえざくら》はもう青葉《あおば》になつてゐた。痩せても枯れても三百五十石の旗本の殿様が、縁《えん》の無い八百屋のむすめなどに頭《あたま》を下げる理窟《りくつ》もないが、相手が墓のなかの人であると思ふと、治三郎の頭はおのづと下《さが》つた。

寺を出て、下谷《したや》の方角へ戻つて来ると、池《いけ》の端《はた》で三人の隊士に出逢つた。

「午飯《ひるめし》を食ひに行かう。」

「雁鍋《がんなべ》へ行かう。」

四人が連れ立つて、上野広小路の雁鍋へあがつた。この頃は世の中がおだやかでない。殊《こと》に彰義隊の屯所《とんしょ》の上野界隈《かいわい》は、昼でも悠々《ゆうゆう》と飯《めし》を食つてゐる客は少かつた。四人は広い二階を我物顔に占領して飲みはじめた。明日にも寄手《よせて》が攻めて来れば討死《うちじに》と覚悟してゐるのであるから、いづれも腹一杯に飲んで食つて、酔つて歌つた。相当に飲む治三郎も仕舞《しま》ひには酔ひ倒れてしまつた。

大仏《だいぶつ》の八《や》つ（午後二時）の鐘《かね》が山の葉桜《はざくら》のあひだから近く響いた。

「もう帰らう。」と、一同は立上《たちあが》つた。

治三郎は正体もなく眠つてゐるので、無理に起すのも面倒である。山は眼の前であるから、酔がさめれば勝手に帰るであらうと、他《た》の三人はそのまゝにして帰つた。置去《おきざ》りにされたのも知らずに、治三郎はなほ半時《はんどき》ばかり眠りつゞけてゐると、彼は夢を見た。

その夢は「一話一言《いちわいちげん》」と同じやうに、八百屋お七が鶏《にわとり》になつたのである。首だけは可《か》憐《れん》の少女で、形は鶏《にわとり》であつた。

「お断り申して置きますが、わたしが蜀山《しよくさん》の一話一言を読んだのは明治以後のことで、その当時はお七の鶏《にわとり》のことなぞは何《なん》にも知らなかつたのです。」と、治三郎老人はこゝで註《ちゆう》を入れた。

治三郎は勿論お七の顔などを知つてゐる筈はなかつたが、その少女がお七であることを夢のうちに直覚《ちよつかく》した。先刻《せんこく》参詣して遣《や》つたので、その礼に来たのであらうと思つた。場所はどこかの農家の空地《あきち》とでも云ひさうな所で、お七の鶏《にわとり》は落穂《おちぼ》でも拾ふやうに徘徊《はいかい》してゐた。彼女は別に治三郎の方を見向きもしないので、彼はすこしく的《あて》が外《はず》れた。なんだか忌々《いまいま》しいやうな気にもなつたので、彼はそこらの小石《こいし》を拾つて投げ付けると、鶏《にわとり》は羽《は》搏《ばた》きをして姿を消した。

夢は唯《ただ》それだけである。眼がさめると、連れの三人はもう帰つたといふので、治三郎も早々に帰つた。山へ帰れば一種の籠城《ろうじよう》である。八百屋お七の夢などを思ひ出してゐる暇《ひま》はなかつた。

十五日はいよ〳〵寄手《よせて》を引受けて戦ふことになつた。彰義隊は敗《やぶ》れた。その日の夕七《ゆうなな》つ頃（午後四時）に、治三郎は根岸《ねぎし》から三河島《みかわしま》の方角へ落ちて行つた。三四人の味方には途中で失《はぐ》れてしまつて、彼ひとりが雨のなかを湿《ぬ》れて走つた。而《しか》も方角をどう取違《とりちが》へたか、彼は千住《せんじゅ》に出た。千住の大橋《おおはし》は官軍が固《かた》めてゐる。よんどころなく引返《ひきかえ》して、箕輪田圃《みのわたんぼ》の方へ迷つて行つた。

二

蓮田《はすた》を前にして、一軒の茅葺屋根《かやぶき》が見えたので、治三郎は兎《と》も角《かく》もそこへ駈け込んだ。彼は飢《う》ゑて疲《つか》れて、もう歩かれなかつたのである。こゝは相当の農家であるらしかつたが、けふの戦《たたか》ひにおどろかされて雨戸《あまど》を厳重《げんじゅう》に閉め切つてゐた。

治三郎は雨戸を叩《たた》いたが、容易《ようい》に明《あ》けなかつた。続いて叩いてゐるうちに、四十前後の男が横手《よこて》の竹窓《たけまど》を細目《ほそめ》にあけた。

「おれは上野から来たのだ。一晩泊めてくれ。」と、治三郎は云つた。

「上野から……。」と、男は不安さうに相手の姿をながめた。「お気の毒ですが、どうぞほかへお出でを願《い》ひたうございます。」

言葉は叮嚀《ていねい》であるが、頗《すこぶ》る冷淡な態度をみせられて治三郎はやゝ意外に感じた。こゝらに住むものは彰義隊の同情者で、上野から落ちて来たといへば、相当の世話をしてくれると思つてゐたのに、彼は情《すげ》なく断《ことわ》るのである。

「泊めることが出来なければ、少し休息させてくれ。」

「折角《せつかく》ですが、それがどうも……。」と、彼はまた断つた。

たとひ一泊を許されないにしても、暫時《ざんじ》こゝに休息して、一飯《いつぱん》の振舞《ふるまい》にあづかつて、それから踏み出さうと思つてゐたのであるが、それも断られて治三郎は腹立たしくなつた。

「それもならないといふのか。そんなら雨戸を蹴破《けやぶ》つて斬込《きりこ》むから、さう思へ。」

戦ひに負けても、疲れてゐても、こちらは武装の武士である。それが眼を瞋《いか》らせて立ちはだかつてゐるので、男も気怯《きおく》れがしたらしい。一旦引込《いつたんひきこ》んで何か相談してゐる様子であつたが、やがて渋々に雨戸をあけると、そこは広い土間になつてゐた。治三郎を内《うち》へ引入れると、彼はすぐに雨戸をしめた。家内《かない》の者はみな隠れてしまつて、その男ひとりがそこに立つてゐた。

治三郎は水を貰《もら》つて飲んだ。それから飯《めし》を食はせてくれと頼むと、男は飯に梅干《うめぼし》を添へて持出した。彼は恐れるやうに始終《しじゆう》無言であつた。

「泊《と》めてはくれないか。」

「お願ひでございますから、どうぞお立退《たちの》きを……。」と、彼は嘆願《たんがん》するやうに云つた。

「詮議《せんぎ》がきびしいか。」

「さきほども五六人、お見廻《みまわ》りにお出《い》でになりました。」

「さうか。」

上野から来たか、千住から来たか、落武者《おちむしや》捜索の手が案外に早く廻つてゐるのに、治三郎はおどろかされた。こゝの家《いえ》で自分を追ひ払はうといふのも、それが為《ため》であると覚《さと》つた。

「では、ほかへ行つてみよう。」

「どうぞお願ひ申します。」

追ひ出すやうに送られて、治三郎は表《おもて》へ出ると、雨はまだ降《ふ》りつゞけてゐる。飯を食つて休息して飢《うえ》と疲れはいさゝか救はれたが、扨《さて》これから何処《どこ》へゆくか、彼は雨のなかに突つ立つて思案した。

捜索の手がもう廻つてゐるやうでは、こゝらにうか〳〵してはゐられない。どこの家《うち》でも素直に隠《かく》まつて呉《く》れさうもない。どうしたものかと考へながら、田圃路《たんぼみち》をたどつて行《ゆ》くうちに、彼は不図《ふと》思ひついた。彼《か》の農家の横手《よこて》には可《か》なり広い空地《あきち》があつて、そこに大きい物置小屋がある。あの小屋に忍んで一夜《いちや》を明かさう。あしたになれば雨も止《や》むであらう。探索の手も弛《ゆる》むであらう、自分の疲労も完全に回復するであらう。その上で奥州《おうしゆう》方面にむかつて落ちてゆく、差当《さしあた》りそれが最も安全の道であらうと思つた。

治三郎は又引返《ひきかえ》した。雨にまぎれて足音をぬすんで、彼《か》の農家の横手へまはつて、型《かた》ばかりの低い粗《あら》い垣根を乗り越えて、物置小屋へ忍び込んだ。雨の日はもう暮れかゝつてゐるのと、母屋《おもや》は厳重に戸を閉め切つてゐるのとで、誰も気の注《つ》く者はないらしかつた。

薄暗いのでよくは判らないが、小屋のうちには農具や、瓦落多《がらくた》道具や、何《なに》かの俵《たわら》のやうな物が積み込んであつた。それでも身を容《い》れる余地は十分《じゆうぶん》にあるので、治三郎は荒《あら》むしろ二三枚をひき出して土間に敷《し》いて、疲れた体を横《よこた》へた。先刻までは折々にきこえた鉄砲の音ももう止《や》んだ。そこらの田では蛙《かわず》がさう〴〵しく啼《な》いてゐた。

雨の音、蛙の声、それを聴きながら寝転《ねころ》んでゐるうちに、治三郎はいつかうと〳〵と眠つてしまつた。その間《あいだ》に幾たびかお七の鶏《にわとり》の夢をみた。時々に醒《さ》めては眠り、いよ〳〵本当に眼をあいた時は、もう夜《よ》が明けてゐた。夜《よ》が明けるどころか、雨はいつの間《ま》にか止《や》んで、夏の日が高く昇《のぼ》つてゐるらしかつた。

「寝過《ねすご》したか。」と、治三郎は舌打ちした。

夜が明けたら早々にぬけ出す筈であつたのに、もう昼になつてしまつた。捜査の手が弛《ゆる》んだと云つても、落武者の身で青天白日《せいてんはくじつ》の下《した》を往来《おうらい》するわけには行かない。なんとか姿を変へる必要がある。もう一度こゝの家《いえ》の者に頼んで、百姓の古着でも売つて貰はなければなるまい。さう思つて起き直る途端《とたん》に、小屋の外で鶏《にわとり》の啼《な》く声が高くきこえた。治三郎は不図《ふと》お七の夢を思ひ出した。

又その途端《とたん》に、物置の戸ががらりと明いて、若い女の顔がみえた。はつと思つてよく視《み》ると、それは夢に見たお七の顔ではなかつた。而《しか》もそれと同じ年頃の若い女で、恐らくこゝの家《うち》の娘であらう。内《うち》を覗《のぞ》いて彼女もはつとしたらしかつた。

「早く隠れてください。」と、娘は声を忍ばせて早口《はやぐち》に云つた。

隠れる場所もないのである。捜索隊に見付かつたら百年目と、予《かね》て度胸を据ゑてゐたのであるが、扨《さて》この場合に臨《のぞ》むと、治三郎はやはり隠れたいやうな気になつて、隅《すみ》の方に積んである何《なに》かの俵《たわら》のかげに這ひ込んだ。而《しか》もこれで隠《かく》れ負《おお》せるか何《ど》うかは頗《すこぶ》る疑問であるので、素破《すわ》といはゞ飛び出して手あたり次第に斬散《きりち》らして逃げる覚悟《かくご》で、彼はしつかりと大小《だいしょう》を握《にぎ》りしめてゐた。娘は慌《あわ》て戸をしめて去つた。

鶏《にわとり》の声が又きこえた。表《おもて》に人の声もきこえた。

「物置はこゝだけだな。」

捜索隊が近づいたらしく、四五人の足音がひゞいた。家内《かない》を詮議して、更《さら》にこの物置小屋をあらために来たのであらう。治三郎は片唾《かたず》を嚥《の》んで窺《うかが》つてゐた。

「さあ、戸をあけろ。」といふ声が又きこえた。

家内の娘が戸をあけると、二三人が内《うち》を覗いた。俵《たわら》のかげから一羽の雌鶏《めんどり》がひらりと飛び出した。

「むゝ、鳥か。」と、彼等は笑つた。さうして、そのまゝ立去つてしまつた。

治三郎はほつとした。頼朝《よりとも》の伏木《ふしき》隠《かく》れといふのも恐らく斯《こ》うであつたらう。彼等は鶏《にわとり》の飛び出したのに油断して、碌々《ろくろく》に小屋の奥を詮議せずに立去つたらしい。鳥はどうしてこゝにゐたか。娘が最初に戸をあけた時に、その袂《たもと》の下をくゞつて飛び込んだのかも知れない。

娘が治三郎にむかつて、早く隠れろと教へたのは、彼に厚意《こうい》を持つたといふよりも、こゝで彼を召捕《めしと》らせては自分たちが巻添《まきぞ》ひの禍《わざわい》を蒙《こうむ》るのを恐れた為であらう。鶏《にわとり》が飛び込んだのは偶然であらうが、今の治三郎には何かの因縁《いんねん》があるやうにも考へられた。彼は又もやお七の夢を思ひ出した。

「お話はこれぎりです。」と、治三郎老人は云つた。「その場を運よく逃《のが》れたので、今日《きょう》まで斯《こ》うして無事に生きてゐるわけです。雁鍋《がんなべ》でお七の夢をみたのは、その日の午前に圓乗寺へ墓まゐりに行つたせゐでせう。前にもいふ通り、なぜ其時《そのとき》にお七の墓を見る気になつたのか、それは自分にも判りません。又その夢が「一話一言《いちわいちげん》」の通りであつたのも、不思議といへば不思議です。私はそれまで確《たしか》に「一話一言」なぞを読んだことは無かつたのです。箕輪《みのわ》の百姓家《ひやくしようや》に隠れてゐる時に、どうして二度目の夢をみたのか、それも判りません。まさかにお七の魂《たましい》が鶏《にわとり》に宿《やど》つて、わたしを救つて呉《く》れたわけでもありますまいが、何《なん》だか因縁《いんねん》があるやうに思はれないでも無いので、その後も時々にお七の墓まゐりに行《ゆ》きます。夢は二度ぎりで、その後に一度も見たことはありません。」

眼科病院の話

一

これは梶澤《かじさわ》ドクトルの直話《じきわ》であると、A君は語る。

もう四五年前のことだつたよ。僕の病院の筋向《すじむこ》う——と云つても、小半町《こはんちょう》は距《はな》れてゐるが、兎《と》にかくに向う側の少し引込《ひっこ》んだところに眼科専門の病院がある。その病院の薬《やっ》局生《きょくせい》が僕の医務室へ突然に駈け込んで来て、すぐに自分の病院へ来て呉《く》れといふ。入院患者に何か急病人でも出来たのかと訊くと、まあ何《なん》でも好《い》いからすぐに来て貰《もら》ひたいと云ふ。その薬局生は小室《こむろ》といふ廿二三《にじゅうにさん》の男で、僕も前から識《し》つてゐるが、中々怜悧《なかなかりこう》な人間であるらしい。その怜悧《りこう》な奴が訳《わけ》も云はずに僕を引張《ひっぱ》り出すのは少し変だとは思つたが、専門こそ違へ、兎《と》もかくも同業者の病院から迎へに来たのを無下《むげ》に断《ことわ》る訳《わけ》にも行《ゆ》かないのと、もう一つには副院長たる僕を名《な》ざして呼びに来たのは、何か別に仔細《しさい》のあることだらうとも考へたので、僕は素直に彼と一緒に出て行つた。

それは何《なん》でも四月はじめの月夜で、もう彼是《かれこ》れ八時を過ぎた頃であつたやうに記憶してゐる。君達に云はしたら朧夜《おぼろよ》とか云ふのであらう、何となく薄い絹《きぬ》につゝまれたやうなぼんやりした生暖《なまあたたか》い空気の中《なか》を、二人は急いで歩き出すと、小室はまた俄《にわ》かに足を停めて僕に囁《ささや》いた。

「ねえ、先生。実は折入《おりい》つてお願ひがあるんですが……。これから先生に診《み》ていたゞく患者のことは誰にもお話しなさらないやうに、一切秘密にして頂《いただ》きたいんですが、如何《いかが》でせうかしら。」

「さあ。」と、僕も少しその返事に躊躇《ちゆうちよ》してゐた。

「いゝえ、決してあなたに御迷惑をかけるやうなことはないんですが。……それは私が保《ほ》證《しよう》します。」と彼は小声に力を籠《こ》めて云つた。

「それは君のところの院長も承知してゐるのかね。」

「無論知つてゐます。」

「それぢやあ先《ま》づ君のところの院長に逢つてからの事にしようぢやないか、どんな患者か、どんな事情か、それをよく聞糺《ききただ》した上でなければ返事は出来ない。」

「さうですか。」

小室はそれきり黙つてしまつた。どんな事情が潜《ひそ》んでゐるのか知らないが、そんな交渉は院長自身から僕の前に提出すべき筈であつて、薬局生の彼等が途中で兎《と》やかう云ふべき問題ではない。僕はますます可怪《おか》しく思つたが、深い詮議もしないで再び足早《あしばや》に歩き出すと、小室はなにか思案に迷つてゐるらしく、兎かく遅れ勝《がち》に僕のあとに附いて来た。

病院に行き着くと、小室は先に立つて僕を二階の奥まつた病室に案内した。この病院には床《ゆか》に寝台を置いた西洋風の病室と、普通の畳《たたみ》を敷《し》いた日本風の病室と、二様の設備のあることは僕はかねて知つてゐたが、今案内されたのは日本風の病室で、十畳ぐらゐかと思はれる小綺麗《こぎれい》な部屋のまん中に、雪のやうに白い蒲団《ふとん》が敷いてあつた。

「おや。」と、小室は驚愕《おどろき》の叫びをあげた。「どうしたんだらう。」

彼はあわてゝ白い蒲団と白い毛布とを引剝《ひきめく》つてあらためたが、寝床は藻《も》ぬけの殻《から》で、一匹の蚤《のみ》すらも飛び出さなかつた。僕も呆気《あつけ》に取られて眺めてゐると、小室は口早《くちばや》に説明した。

「どうしたんでせう。たしかにこの蒲団の上に寝かして置いたんですが……。少し待つてください。」

彼は病室の外《そと》へあたふたと出て行つた。こゝに寝てゐる筈の患者がどこへか形を隠したらしい。何だか狐につまゝれたやうな心持で、僕はぼんやりと少時《しばらく》そこに坐つてゐると、約十五分の後《のち》に小室は不安らしい顔をして戻つて来た。

「実に不思議です。方々《ほうぼう》を調べたんですけれども姿が見えません。」

「そりや可怪《おか》しい。一体どういふ患者なんだ。」

小室は黙つてゐた。

「院長も知らないのかね。」

「実は其《その》……。」と、小室は渋《しぶ》りながら云つた。「院長は今夜ゐないんです。」

院長はゐると云ひながら、今になつて俄《にわか》に居ないと云ふ。小室は明《あきら》かに僕をあざむいてゐるのである。それとも院長は実際居合はせながら、何かの面倒を恐れて俄に不在と詐《いつわ》るのかも知れない。いづれにしても、こんなところにぼんやりしてゐるのは不愉快であるので、僕はすぐに帰ると云ひ出すと、小室もよんどころないと云ふやうな顔をして、おとなしく僕を入口まで送つて来た。

「なんだ。馬鹿々々しい。」

ひとり言を云ひながら僕は二三間《げん》歩き出すと、電信柱のうす暗い蔭から一人の女が窃《そっ》と出て来て、低い声で僕を呼び止めた。

「あの、先生。……病人はどうなりましたでございませう。」

それは色の白い、廿一二《にじゆういちに》の痩《やせ》ぎすな女で、夜目《よめ》には藝妓《げいしや》か何ぞであるらしい姿に見えた。

不愉快の八《や》つ中《あた》りといふ気味《きみ》で、僕は冷《ひやや》かに答へた。

「病人はゐませんよ。どこへか出て行つてしまひましたよ。」

この返事を聞かされて、相手はどんな風に感じたか、その様子をも見とゞけないで、僕は其儘《そのまま》にすたすた立去つてしまつた。その晩の話はそれぎりで、その後どうなつたか、その患者といふのは何者か、僕に取つては何《なん》の交渉《こうしよう》もないことであつたが、あくる日の午後六時頃、僕がいつもの通りに近所の珈琲店《カフエー》へ夕飯《ゆうめし》を食ひに行《ゆ》かうとして、ステッキを振りながら自分の病院を出てゆくと、表《おもて》はもう薄暗くなつてゐたが、白い事務服を着た小室の細《ほそ》い立姿《たちすがた》が病院の入口に見えた。彼は人目を忍《しの》ぶやうに若い女と立話をしてゐるらしかつた。

女はゆふべの藝妓《げいしや》ではなかつた。庇髪《ひさしがみ》に結《ゆ》つた十八九ぐらゐの令嬢風《れいじようふう》で、手には小さいオペラバックのやうなものを持つてゐた。その時にふと僕の胸にうかんだのは、あれが昨夜《ゆうべ》の患者ではないかしらと云ふことであつたが、別に取留《とりと》めた理窟がある訳《わけ》でもないので、そのまゝに見過《みすご》して行《ゆ》かうとすると、恰《あたか》もそこへ一台のタクシーが来た。その自動車が眼についたので、僕は向う側から遠目にうかゞつてゐると、小室は労《いた》はるやうにその令嬢の手をひいて、自動車の中へ連れ込んだかと思ふと、やがてまた出て来て運転手に何か囁《ささや》いてゐるらしかつた。運転手は心得《こころえ》てすぐに走り出すのを、小室はいつまでも見送つてゐた。

うす暗い夕暮、しかも遠目に見たのであるが、彼《か》の令嬢は眼の不自由な人であることを僕はすぐに発見した。そこが眼科の病院の前であることゝ、彼女の探るやうな足取りとで、大抵《たいてい》の人にも恐らくその想像は付くであらうが、僕はもう一歩進んで彼女は殆《ほとん》ど盲目に近い不幸な患者であるらしいことを確《たし》めた。併《しか》し眼病の患者が眼科の病院に通つて来るといふのは別に不思議でも何《なん》でもない。それに対して気の毒の感は起《おこ》つても、疑惑の念は起らない。僕はその時もそのまゝ通り過ぎてしまつたが、珈琲店《カフェー》へ行《ゆ》き着《つ》いてテーブルに向つてゐる間《あいだ》に、ゆふべの藝妓《げいしゃ》のことが偶然に思ひ出された。かうなると理窟の問題ではない。単に一種の好奇心から僕はゆふべの藝妓と今日の令嬢とを結び付けて考へたくなつた。

僕は先《ま》づ小室の病院のことを考へた。病院と云ふと、左《さ》も宏大な建物であるらしくも聞《きこ》えるが、実は単に医院と称して然《しか》るべき程度の小さい家《いえ》で、二階の病室は五六室に過ぎないらしい。診察室は下の入口に近いところにあつて、それにつゞいて薬局や看護婦の詰所《つめしょ》がある。その奥に院長津幡賢郎《つばたけんろう》の居間があるらしいが、そこは何《ど》うなつてゐるか僕も知らない。要するに、病院とは云ふもの、外来の患者を主として取扱つてゐるのは明白《めいはく》で、院長の津幡はまだ三十前後ではあるが、その腕前はなか〱確《たしか》だといふ評判である。そのほかに亀井といふ助手がゐる。薬局には小室のほかに既《も》う一人の若い男がゐる。看護婦は廿四五の女と、見習《みならい》らしい十七八の若い女とが詰めてゐるが、僕はどちらの名も知らない。台所の方にはどんな人間が働いてゐるか勿論《もちろん》知らう筈がない。津幡の眼科病院に就《つい》て僕が知つてゐるのは単にこれだけのことで、彼《か》の小室の身の上すらも好《よ》くは知らないのである。僕の病院に勤めてゐる薬局生の一人が彼と同郷であり、且《かつ》は近所でもあるといふ関係から、彼はしばしば僕の病院へ遊びに来るので、僕は自然に彼と心安《こころやす》くなつたといふに過ぎない。

これだけのことを知つてゐたところで、昨夜《ゆうべ》の藝妓と今日の令嬢との関係を手繰《たぐ》り出すのは不可能である。考へても無駄だと諦《あきら》めて、僕は止《や》めてしまつた。

この晩の話も先《ま》づこれぎりである。と云つたら、何だ馬鹿々々しいと云ふかも知れないが、僕が話さうとするのは是《こ》れからの事件だと思つて貰《もら》ひたい。それから三日目の朝、僕が新聞紙を五六枚読みつゞけてゐると、その中《うち》の一枚に某華族《ぼうかぞく》家の令嬢の家出《いえで》といふ記事が見出《みいだ》された。それは牛込辺《うしごめへん》に住んでゐる某華族家の令嬢で、今年十九歳になる國子《くにこ》といふのが二三日前家出をして行方不明になつたが、その実家では世間の外聞を憚《はばか》つて秘密に捜索中であると云ふのであつた。この記事を読んで、僕は又この間《あいだ》の夕方の令嬢のことを思ひ出したが、彼《か》の令嬢は殆《ほとん》ど盲目に近い眼病である。それが無断で家出をする筈もあるまい。これも考へたところで何《ど》うにもなりさうもないので、僕はまた止《や》めてしまつた。

それから又三日ほど経つて、僕は下谷《したや》の某《ある》料理店へ行つた。我々の同窓会がこゝで春季大会を催《もよお》すといふので、僕もその幹事の一人に狩出《かりだ》されたのであるが、何分《なにぶん》にも病院の方《ほう》の仕事が忙がしいので、開催の時刻よりも一時間ほど後《おく》れて申訳《もうしわけ》ばかりに顔を出すと、三十人ばかりの友達はもう集まつてゐた。すぐに膳《ぜん》の前に坐らせられて、さて一杯飲まうとする時に、お銚子《ちょうし》を持つて僕の前にあらはれた一人の藝妓が僕の顔を見て、何だか不思議さうな眼付をしてゐた。

僕の方でも何だか見覚えのある女だと思つてゐると、やがて気が注《つ》いた。彼女はこのあひだの晩、眼科病院の外で僕に声をかけた女であつた。

二

女の方でもやう〳〵思ひ出したとみえて、僕にむかつて先夜《せんや》の挨拶をした。それから話がだん〳〵に打解《うちと》けて来て、女は僕の膳《ぜん》の前を離れない。いや、僕はこの通りのお饒舌《しゃべり》であるから、先方《むこう》も外《はず》してゆく機会を失つて、よんどころなしに話相手になつてゐたのかも知れないが、いづれにしても彼女と僕とが余り親密《しんみつ》らしい話《はなし》してゐるといふことが一座の注意を惹《ひ》いて、梶澤《かじさわ》は実に怪《け》しからんとか、幹事の癖《くせ》に藝妓《げいしゃ》を独占するのは不都合だとか云ふやうな、岡焼《おかやき》半分の攻撃の声が方々《ほうぼう》から起つて来たが、僕のことであるからびくともしない。これ見よがしに其《その》藝妓を自分の前に引付けて平気で話《はな》しつゞけてゐた。と、かう云ふと、実際僕は怪《け》しからん奴だと云ふことにもなるが、実はこのあひだの晩の一件が胸の底に蟠《わだか》まつてゐるので、なぜあの時にこの藝妓が病院の門前にうろ付いてゐたのか、その秘密を探り出したいといふ例の好奇心から、色々にかまをかけて彼女の口から何かの新事実を吐《は》かせようと試みてゐるのであつた。

併《しか》しこの試みは巧《うま》く成功しさうもなかつた。彼女は僕が望むまゝに紙入《かみい》れから小さい名刺を出して、新鶴《しんつる》の家《や》の小関《こせき》といふ名前だけは明かしてくれたが、この間《あいだ》の晩のことに就《つい》てはいづれ後《あと》でお話し申しますとばかりで、なか〳〵素直に白状しさうな気色《けしき》も見せなかつた。僕も根負《こんま》けがして好加減《いいかげん》に手を引いてしまふと、小《こ》せきも何時《いつ》の間《ま》にか僕の出《まえ》から姿を消した。そのうちに座敷はだん〳〵乱軍《らんぐん》になつて来て、なにか大きな声で怒鳴《どな》つて騒ぐ者がある。三人五人寄り集まつて何か怪《あや》しげな二次会の相談をしてゐる者がある。下戸《げこ》党《とう》はもう飯《めし》を食ひ始める。僕もそろ〳〵逃げ仕度《じたく》にかゝつて、先《ま》づその前に便所に行《ゆ》かうとして二階の階子《はしご》を降りかゝると、途中で恰《あたか》も小せきに出逢つた。

「おや、もうお帰りですか。」

「いや、便所《べんじょ》だ。」

小せきは引返して僕のあとに附いて来た。便所を出ると、あまり広くもない庭の垣根を越えて、不忍池《しのばずのいけ》が薄明るく見えた。

「先夜《せんや》はほんたうに失礼いたしました。」と、彼女は又あらためて挨拶した。「あの、あなたは御近所でもあり、御同業でもあるんですから、あの津幡《つばた》病院のことを能《よ》く御存じでございませうね。」

「実際近所でもあり、同業でもあるんだが、何分《なにぶん》専門が違ふんでね。」

「でも、院長さんにお逢ひなすつたことはあるでせう。」

「む、そりや四五回逢つたこともある」

「あの方、奥さんはないんでせう。」

「無いさうだ。」

云ひかけて、僕は思はず笑ひ出した。津幡君は医師としての腕も好《い》い、年も若い、男《おとこ》振《ぶ》りも好い、その若い医師とこの藝妓との間には、なにかの因縁《いんねん》が絆《まつわ》つてゐさうにも思はれたので、僕は戯《からか》うやうに云つた。

「けれども、何《なん》だか近いうちに美人の細君《さいくん》を貰うといふ噂もある。」

「あ、やつぱり本当ですか。」

女の顔色が俄《にわか》に緊張したので、僕は内心《ないしん》面白くもあり、また気の毒にもなつて来たので、やはり冗談らしく斯《こ》う云つた。

「僕はよく知らないが、何《なん》でもその新しい細君といふのは下谷《したや》にゐるさうだ。」

小せきは莞爾《にっこり》ともしなかつた。彼女は飽《あく》までも真面目で、僕に摺寄《すりよ》りながら小声で訊いた。

「ねえ、あなた。その奥さんといふのは、牛込辺《へん》の華族のお嬢さんぢやありませんか。名前はたしか國子さんといふ、十九か二十歳《はたち》ぐらゐの……。」

今度は僕の方でおどろかされた。小せきは恐らく彼《か》の新聞記事を読んでゐないのであうか。その令嬢の名前といひ、年頃と云ひ、その邸《やしき》のありかといひ、それは先頃ゆくへ不明になつて秘密に捜索中と伝へられてゐる無断家出の令嬢に符合《ふごう》してゐるらしかつた。小せきが何《ど》うしてそれを知つてゐるのか、僕の好奇心は俄《にわか》に高まつた。

「君は一体どうして其《その》令嬢を知つてゐるんだ。逢つたことがあるのか。」

「えゝ。あの病院で……。あたしも此《こ》の間中《あいだじゆう》は少し逆上眼《のぼせめ》で、一週間ばかりあの病院へ通つたことがあるんですが、その時にその令嬢も来てゐたんです。いゝえ、外来ぢやない入院してゐたんです。可怪《おかし》いぢやありませんか。」

「なぜ可怪《おかし》い。」

「だつて、そんな立派な華族の令嬢ならば、ほかに大きい病院が幾《いく》らもあるぢやありませんか。博士《はかせ》の所へでも何処《どこ》へでも行くが好《い》いぢやありませんか。」

他人は格別、僕に対しては其《その》理窟は殆《ほとん》ど問題にならなかつた。たとひそれが小さい新しい病院であらうとも、医師の手腕《しゆわん》を信頼する以上、華族の子女を入院させたとて何の不思議があらうか。僕は笑ひながらすぐに打消した。

「だつて、その医師が上手《じようず》だと思つたからだらう。玄関構《げんかんがま》へばかり大きくつても、下手《へた》ぢや仕様がないからね。」

「そりや然《そ》うですけれども……。」と、小せきはまだ腑《ふ》に落ちないやうな顔をしてゐた。

「何《なん》だか大して悪くも無いやうだのに、小一月《こひとつき》も入院してゐるんですもの。あたしは何時《いつ》でも朝のうちに行きましたけれど、その令嬢といふのは平気で廊下なんか歩いてゐて、どつちの眼だつて些《ち》つとも悪いやうな様子はありませんでしたわ。どう考へても眼が悪いんぢやない、ほかに何か仔細《しさい》があるんだと思はれますわ。」

「眼が悪くない、平気で廊下を歩いてゐた……。誰にも手をひかれずに……。」

「え丶、平気で一人でぶら〳〵歩いてゐるんですもの。どつちの眼にも繃帯《ほうたい》をあて丶ゐる訳《わけ》ぢや無し、あんな眼病があるもんですか」と、彼女は意味ありげに嘲笑《あざわら》つてゐた。

その口吻《くちぶり》から推量すると、彼女はその令嬢國子と津幡院長との関係について一種の疑ひを懐《いだ》いてゐるらしい。さうして、その疑ひが更に一種の強い嫉妬《しつと》を生み出してゐるらしい。先刻《さつき》からの様子で、彼女と津幡院長との関係の問題は僕にもまだ判然と解決が付かない。併《しか》し僕は唯《ただ》これだけのことを小せきに説明した。

「眼が悪いからと云つて、屹《きつ》と繃帯をしてゐるとは限らない。入院までしてゐる以上は、どこにか悪いところがあるんだらうさ。」

「さうですかしら。」

「君はその國子といふ令嬢と口でも利《き》いたのかね。」

「い丶え、先方様《むこうさま》ぢやあつんとして、お高《たか》く止《と》まつてゐらつしやるんですもの。何で我々風情《ふぜい》にお詞《ことば》なんぞを下《くだ》し置《お》かれるんですか。」

彼女は飽《あく》までも國子に対して敵意を持つてゐるらしい。而《しか》もその國子が五六日前から行方不明《ゆくえふめい》になつてゐることを全く知らないらしい。迂濶《うかつ》にそんなことを教へるのも良くないと思つて、彼女の知らないがま丶に僕は打捨《うつちや》つて置くと、小せきは又こんなことを云ひ出した。

「五六日前の晩に、あたしは公園の中《なか》であの令嬢に逢つたんですよ。ほら、東照宮《とうしようぐう》の前の広い大通りがあるでせう。あすこを一人でぶら〳〵歩いてゐると、広小路の方から一台の自動車が駈けて来て……。あたしは少し酔つてゐる上《うえ》に考へ事をしてゐたもんですから、あぶなくその自動車に突き当りさうになつて、あわてゝ避《よ》けるはづみに車の中《なか》をふいと覗《のぞ》くと……。いゝえ、あすこには大きい瓦斯燈《ガスとう》が立つてゐますから、うす暗い時でもちやんと見えました。その自動車の上に乗つてゐたのは、たしかにあの令嬢でした。それがまあ憎らしいぢやありませんか、もう少しで人を轢《ひ》きさうになつても、平気な顔をして正面を切つてゐるんですもの。あたし腹が立つて、よつぽど其処《そこ》らにある石塊《いしころ》でも拾つて、自動車のうしろから叩き付けて遣《や》らうかと思つたんですよ。あの時にあたしが轢殺《ひきころ》されたら何《ど》うでせう。恰度好《ちようどい》いと思つて、手を叩いて喜ぶんでせうよ。」

「ひどく悪く云ふぢやないか。可哀想《かわいそう》に……。その令嬢はそんなに悪い人かしら。」

「小室さんの話ぢやあ、何《なん》でも質《たち》がよくないんですつて……。」

「小室がさう云つたかね。」

斯《こ》ういふところへ、二三人がどや〳〵と此方《こつち》へよろけて来た。彼等は小せきと僕とを見付けて又からかひ始めた。実際我々の立話《たちばなし》は可なりに長かつたので、皆んなから戯《からか》はれる材料が殖《ふ》えたに相違ない。もう斯《こ》うなつては、この上に小せきを詮議してゐる余裕もないので、僕も好加減《いいかげん》に打切つて二階へ引きあげた。

いよ〳〵帰るといふ時にも、小せきは入口まで送つて来て、何だかまだ話のありさうな顔をして僕に別れた。

「おい、梶澤。どうしてくれるんだ。」

何にも知らない友達に僕は背中を一つ撲《どや》された。僕はちよつと好《い》い男になり済ましたやうな顔をして、あはゝゝゝと得意らしく笑つてゐた。二次会に誘はれたのを、やう〳〵断つて友達に別れたが、表《おもて》に出ると、春の夜風は酔つてゐる頰《ほお》を快《こころよ》く吹いた。このまゝ真直《まつすぐ》に電車に乗るのも何だか惜《お》しいやうな心持になつて、僕は上野公園の方へぶら〳〵歩いて行つた。

歩いてゐる間にも、僕は今夜彼《か》の小せきから聴き取つた材料を、それからそれへと頭の中《なか》で繰《く》りひろげた。さうしてその材料を巧みに繋《つな》ぎ合はせてみると、この間《あいだ》の夕方、小室に扶《たす》けられて自動車に乗り込んだ盲目らしい令嬢は、やはり彼《か》の國子に相違ないやうに思はれた。時日《じじつ》も恰度《ちようど》符合してゐるのから考へると、國子は恐らくあの夕方から行方不明になつたのではあるまいか。さうすると、彼《か》の小室といふ人間もそれに何かの関係を有《も》つてゐるのではあるまいか。こゝまで漕《こ》ぎつけて来ると、その前の晩に小室が僕を突然呼びに来て、さて行つて見ると其姿はもう見えなくなつてゐたと云ふ不思議な患者も、矢《や》はり彼《か》の國子ではあるまいか。國子は小せきが疑ひ嫉《ねた》んでゐるやうに、果《はた》して津幡院長とのあひだに何等《なんら》かの恋愛関係が結び付けられてゐるのか。彼女は何のために行方《ゆくえ》を晦《くら》ましたのか。小せきも何のために病院の近所をさまよつてゐたのか。

僕も平素《ふだん》から探偵小説でも少し読んでゐたら、このくらゐの問題は無雑作《むぞうさ》に解決されるのかも知れなかつたが、生憎《あいにく》にそんな予備知識の持合せがないので、僕は唯《ただ》うつかりと考へ耽《ふけ》りながら徐《しず》かに歩いてゐると、大仏前《だいぶつまえ》の鐘が恰《あたか》も十時を撞《つ》き出した。

三

その鐘の音《ね》を聴いてゐるうちに、僕は何だか山の方へ行つて見たくなつて来た。僕はその鐘の音に引き寄せられたやうに、ふら〳〵と大仏前の方へ歩いてゆくと、旧暦では何日《いつか》頃《ごろ》だか知らないが、今夜も薄い月の光が大きい桜の梢《こずえ》をおぼろに隈取《くまど》つて、東照宮《とうしようぐう》の高い塔は墨絵のやうに薄黒く霞んでゐた。

「小《こ》せきが自動車に轢《ひ》かれさうになつたと云ふのは、こゝらだな。」

そんなことを考へながら、僕は東照宮の華表前《とりいまえ》へ足を向けた。春の夜だけに、まだ其処《そこ》らをうろ付いてゐる人があるらしく、どこかで琵琶歌《びわうた》を唄ふ声などが遠く聞えた。僕は好《い》い心地で唯何《ただなに》がなしにぶら〳〵歩いてゐると、誰かの話声《はなしごえ》がふと耳に這入つた。それが何《なん》だか聞き覚えのあるやうにも思はれたので、僕は窃《そつ》とあたりを見廻すと、声の主《ぬし》は大きい石燈籠《いしどうろう》のかげに潜《ひそ》んでゐるらしかつた。

「好《い》いかい。大丈夫かね。邸《やしき》の方でも十分に手を廻してゐるんだから、なか〳〵油断は出来ない。きのふも親父《おやじ》が秘密探偵社へ行つて、何か又特別に頼んで来たらしいからね。」

「大丈夫。滅多に知れる気遣ひはないよ。」

「そこで、君の方はうまく進行してゐるのかい。なにしろ一日も早く片附けてしまはないと、色々の妨害が起るからね。」

「だから、そこは君にうまく頼むよ。親父を何《なん》とか説伏《ときふ》せてくれたまへ。ほかの者には何《ど》うにもならないから。」

「その親父がなか〳〵頑強《がんきよう》なんだからね。」

「君も腕がないな。」

二人は低い声で笑つた。それだけの話を聴いてゐる中《うち》に、僕は思ひ出した。石燈籠のかげに隠されて、その人間の姿は勿論見えなかつたが、一人の声はたしかに津幡《つばた》病院の小室《こむろ》薬局生に相違ないことが判つた。もう一人は誰だか判らないが、兎にかくに彼等の密議が何か不正の事件であるらしいことは大抵想像されたので、僕も石甃《いしだたみ》のまん中に突つ立つてゐるのを避《さ》けて、反対の側の石燈籠のかげに隠れた。ところが、これは僕の失策で、双方の距離が少しく遠くなつた為に、彼等の話声がどうも判然《はつきり》と聴き取れなくなつてしまつた。と云つて、無暗《むやみ》に出たり這入つたりして、彼等に足音を覚《さと》られては拙《まず》いと思つたので、焦《じれ》つたいのを我慢して少時呼吸《しばらくいき》を潜《ひそ》めてゐると、彼等の一人はやがて華表《とりい》の外へ立去つた。それが小室でないらしいことは朧夜《おぼろよ》の光で窺《うかが》はれた。

恰《あたか》もそれと摺れ違ひに、四五人連れの書生が何か大きな声で話しながら此方《こつち》へどゝやゝ〱と歩いて来たので、後《あと》に残つた一人も徐《しず》かにそこを立去つてしまつたらしく思はれた。僕も燈籠の蔭を出て、今まで彼等の忍んでゐた処《ところ》を窃《そつ》と窺《うかが》ふと、そこにはもう人影は見出されなかつた。小室もどこかへ姿を消したのである。酔《よい》はだん〱に醒《さ》めて来て、僕の探偵的興味ももう薄らいだので、暗い杉の林をぬけて横手の石段を降りかゝつた。池《いけ》の端《はた》から広小路《ひろこうじ》へ出て、もう真直《まつすぐ》に電車に乗るつもりで、長い石段をやう〱降《お》り尽《つく》すと、明るい瓦斯燈《ガスとう》の下で一人の女に行《ゆ》き逢《あ》つた。

女は黙つて立停《たちど》まつた。それは半時間前に僕を料理店の玄関まで送り出して来た彼《か》の小せきであつた。

「やあ、又逢つたね。宴会はもう済んだの。」と、僕は立停まつて訊いた。

「えゝ。」と、彼女は曖昧《あいまい》な返事をした。「あなたは何《ど》うして此処《ここ》へいらつしたの。真直にお帰りにならなかつたんですか。」

「むゝ、山の中を少し歩いて来た。東照宮の中をぬけて、此方《こつち》の方角へ今降りて来たところさ。」

「さう。」と、彼女はなんだか妙な眼附をして僕の顔をぢつと見つめてゐた。

「君はどこへ行くんだ。」

「え、、何。唯《ただ》ぶら〳〵歩いてゐるんです。」

「また自動車に突《つ》き当《あた》るぜ。」

小せきは忌《いや》な顔をして淋《さび》しく笑つた。

「どうだい」と、僕は冗談半分に彼女の肩を叩いた。「用がなければこれから何処《どこ》かへ行かう。」

「どこへ行くんです。」

「大抵《たいてい》判つてるぢやないか。藝妓《げいしや》を連れてどこへ行《ゆ》く奴があるもんか。そこらに行《ゆ》く先は幾らもあるぢやないか。」

僕はステツキで池の南側を指した。小せきは首肯《うなず》いた。

「あなた。ほんたうに行きますか。」

「行くさ。嘘ぢやない。」

「ぢや、行きませう。」と、彼女はすぐに足の向きを変へた。

今更《いまさら》冗談だとも云ひ難《にく》くなつたのと、この小せきと云ふ女が何かの秘密を抱《かか》へ込んでゐるらしいのと、この機会にもう一度委《くわ》しく探り出して遣《や》らうと云ふやうな、例の好奇心が又むら〳〵と湧《わ》き出したのとで、僕は幾らかの散財《さんざい》を覚悟《かくご》の上で彼女と一緒に歩きはじめた。ほかに野心があつたわけではない。彼女と津幡君との特別の関係を知つてゐる以上、僕はそれを横取りする程《ほど》の手腕《しゆわん》も勇気も二つながら欠《か》いてゐることを明白《めいはく》に自認してゐた。

僕のゆく家《うち》はどこだと小せきは訊いた。どこと云つて馴染《なじみ》はないから、どこでも勝手に連れて行つてくれと答へると、彼女はほんたうですかと幾たびか念を押した上で、池の端の某待合《あるまちあい》の奥二階へ僕を案内した。横六畳《よころくじよう》か何かで、忌《いや》に陰気な座敷であつたが、そんなことは何《ど》うでも構《かま》はないから、何か料理をあつらへて、二人は先《ま》づゆつたりと差向ひになつた。

「あたし此頃《このごろ》は毎晩寝られないんですよ。どうしたんでせうねえ。」と、小せきは突然に云ひ出した。

突然とは云ひながら、僕の職業を已《すで》に承知してゐる以上、彼女がこの質問を出すのも左《さ》のみに不思議とも思はれないので、僕は黙つて笑つてゐた。

「疳《かん》のせゐでせうか。時候《じこう》のせゐでせうか。」

「時候のせゐかも知れない。」と、僕はやはり笑つてゐた。「この頃《ごろ》は誰でも頭の工合《ぐあい》が悪いもんだ。殊《こと》に色々の苦労のある人間は猶更《なおさら》だよ。」

「あたし全く苦労があるんですよ。」と、小せきはしみ〴〵云つた。「頭がなんだか滅茶苦茶に纏《こぐら》かつてしまつて、寧《いつ》そもう不忍《しのばず》の池《いけ》へでも飛び込んでしまはうかと思ふことがあるんですよ。どうしたら好《い》いでせう。」

「そりや危い。僕も医師《いしや》だが、その療治法《りようじほう》は判らない。それは津幡君に相談した方が好《よ》さゝうだね。津幡君なら屹《きつ》とその根本《こんぽん》療法を心得てゐる筈だよ。」

「その津幡さんがあやふやだから、こんなにやきもきしてゐるんですわ。あなた後生《ごしよう》ですから、あたしを助けてください。」

「どう助けるんだ。」

「あの人とあたしを夫婦にしてください。」

　彼女が一種のヒステリー症に罹《かか》つてゐるらしいことを僕は発見した。彼女は津幡といふ男に逆上《のぼ》せあがつて、それに又何かの苦労が絡《から》み付いて、かういふ職業の婦人に有勝《ありがち》な強度のヒステリーに罹《かか》つてゐるらしい。可哀さうでもあるが、差当《さしあた》り僕の力で彼女と津幡君とを結び付けることは出来さうにも思はれなかつた。

「そこで、津幡君の方ぢや何《ど》う云つてゐるんだ。君を嫌つてゐる訳《わけ》ぢやあるまい。」

「口ぢや何《なん》と云つてゐたつて、男の心は判りませんわ。あんまり口惜《くやし》いから、寧《いつ》そのこと、あの人が世間に顔向けの出来ないやうにして遣らうかとも思つてゐるんですけれど……。」

と、彼女は罵《ののし》るやうにいつた。

「そんなことをしない方が好《い》い。まあ、落着いて其訳《そのわけ》を話して聞かせたまへ。事情に因《よ》つては僕も相当に尽力するから。」

　親切ごかしと云つては語弊《ごへい》があるが、僕はこんなことを云ひながら彼女をだん〱に本筋の方へ引張《ひつぱ》つてゆくと、小せきも安々と誘ひ出されて、結局なにも彼《か》も正直に打明けた。

彼女が津幡君と親しくなつたのは座敷の馴染《なじみ》ではない。彼女は子供の時にトラホームに罹《かか》つたことがある。それがために今でも時々に眼科の医師の厄介《やつかい》になることがあつて、去年の春の頃に初めて津幡眼科病院へ診察を受けに行つた。そのときは三週間ほど通《かよ》つて全治したが、毎日優しく自分を治療してくれた津幡君と病院以外の場所で逢ひたくなつて、彼女はたうとう津幡君を池の端の某待合《あるまちあい》へ誘ひ出した。その待合は今夜僕が連れ込まれた此《この》家《うち》であつた。

幾《いく》たびか逢つてゐる中《うち》に、男よりも女の方の熱度《ねつど》が高くなつた。彼女は津幡眼科病院の奥さんになることに決めてしまつた。男の方でも承知した。かうして彼女は楽《たのし》い未来を夢みてゐる中《うち》に、思ひも寄らない悪魔が二人のあひだに割《わ》つて這入つた。それは牛込《うしごめ》の某男《ぼうだん》爵家《しやくけ》の令嬢國子で、彼女も津幡病院へ眼病の治療をうけに来てゐるうちに、院長の津幡君と特別に親しくなつて、差《さ》したる重い眼病でもないのに結局入院することになつた。この秘密を小せきに逸早《いちはや》く密告してくれたのは、薬局生の小室であつた。小室は先生の使《つかい》で、それまでにも時々に小せきの家《うち》へ来たことがある。小せきも其都度《そのつど》に幾らかの煙草銭《たばこせん》を遣《や》つたことがある。かういふ関係から、小室はあつぱれの忠義顔《ちゆうぎがお》をして、彼《か》の一条《いちじよう》を小せきに密告したのであつた。その報告を受取つた彼女は、身も焦《こ》げるばかりに嫉妬《しつと》の火焔《ほむら》を燃《もや》して、彼等の挙動を偵察する為に、これも差したる眼病でもないのに毎日津幡病院へ通つて行つた。

小室は小せきの味方になつて、色々の情報を伝へてくれた。さうして、その都度《つど》に幾らかづつの密告料を彼女から貰つてゐた。小せきはだん〳〵に逆上《のぼ》せて来て、彼が来るたびに五円紙幣《さつ》一枚ぐらゐを惜気《おしげ》もなしに遣つた。

「悪い奴だ。」と、この話を聴きながら僕は窃《ひそか》に思つた。「主人と情婦とのあひだに水をさして、自分の小遣ひ取りをしてゐる。怪《け》しからん奴だ。」

四

併《しか》し小せきは飽《あく》までも小室を信用して、彼の齎《もたら》す報告を一から十まで疑《うたが》はないらしかつた。

「さうしてゐる中《うち》に、今から恰度《ちようど》一週間前の晩のことでした。」と、彼女は語りつゞけた。「あたしは何《なん》だか急に頭が苛々《いらいら》して、居ても立つてもゐられないやうな気になつて、どうしても家《うち》にはぢつとしてはゐられないんで、ふら〳〵と飛び出して津幡病院へ押掛けて行つたんです。やつぱり虫が知らすとでも云ふんでせうね。病院の前まで行くと、そこには人力《じんりき》が待つてゐて、津幡さんがその令嬢を送つて出て、左《さ》も親切さうに女の手を把《と》つて人力に乗せて遣つてゐるんです。そりや本当に見てゐられないんですよ。あんまり人を馬鹿にしてゐるから、あたしはもう赫《かつ》となつて、だしぬけにそこへ駈けて行つて病院の前で津幡さんに武者《むしゃ》振《ぶ》り着いて遣つたんです。」

「乱暴だな。」

「乱暴も何《な》にもあつたもんですか。あたし本当に咬《く》ひ殺してゞも遣らうかと思ひましたわ。そのうちに人力は行つてしまふ。内《うち》からは小室さんが飛び出して来て、まあ〱とか何《なん》とか云つて、無理にあたしを病院のなかへ連れ込んだから、あたしは勝手を知つてゐるコック場《ば》へ駈け込んで、そこにあつたナイフを持ち出して来て、津幡さんを殺してしまうと騒いだんです。」

「そりや大変だ。みんなも驚いたらう。」と、僕も思はず顔をしかめた。

「その時はほんたうに津幡さんを殺して遣る気だつたんです。」と、小せきは僕の顔を睨《にら》みながら云つた。

「けれども、皆んなが妾《わたし》をつかまへて、無理に刃物をもぎ取つて二階の病室へ押籠《おしこ》めて仕舞つたんです。それでもあたしが暴れるもんですから、薬だか水だか持つて来て飲ませたやうですけれど、よくも覚えちやゐません。津幡さんはあたしを皆《み》んなに任《まか》せて、自分はどこへか姿を隠してしまひました。皆んなはあたしを病人あつかひにして、蒲団《ふとん》の上に寝かせて毛布なんぞを被《かぶ》せるんです。ばか〱しいとは思ひましたけれど、肝腎《かんじん》の相手はもう居ないし、あたしも少しがつかりしたもんですから、どうとも勝手にしろと不貞腐《ふてくさ》つて、そのまゝ蒲団の上におとなしく寝転《ねころ》んでゐたんですが、一時間も経《た》つと又何だか苛々《いらいら》して来たもんですから、急に小室さんを呼んで、さあ唯《た》つた今すぐに院長さんをこゝへ連れて来てくれと云ふ。院長さんはどこかへ出たと云ふ。いゝえ、そりや嘘だ、院長さんは隠れてゐるに相違ない。どうしても逢はしてくれないなら、あたしは今こゝで死んでしまふから、モルヒネでも出刃庖丁《でばぼうちよう》でもナイフでも持つて来てくれと暴れる。小室さんも既《も》う手が着けられなくなつたと見えて、窃《そつ》と部屋の外へ出て行つてしまひました。さうして、急に階子段《はしごだん》を駈け降りて表《おもて》へ出て行くらしいんです。こりや屹《きつ》と巡査を呼びに行くんだらうと、あたしは鑑定しました。なんぼ何《なん》でも巡査の御厄介《ごやつかい》になつちやあ恥晒《はじさら》しだと思ひましたから、あたしもその後《あと》からすぐに部屋を抜け出して、誰にも覚《さと》られないやうに表《おもて》へ逃げ出してしまつたんです。けれども、それから何《ど》うするかと思つて路傍《みちばた》に隠れて様子をうかゞつてゐると、あたしの鑑定は大外《おおはず》れで、小室さんはやがてあなたを連れて来たんです。」

「ぢやあ其時《そのとき》の患者といふのは君だつたのか。」

僕も少し呆気《あつけ》に取られてゐると、小せきは頭を軽く下げた。

「先生、堪忍《かんにん》してください。それでもまだ何《なん》だか気になるので、いつまでも忍んで窺《うかが》つてゐると、あなたがやがて又出ていらしつたから、此方《こつち》からづう〳〵しく声をかけて……。」

「いよ〳〵人が悪い。つまり僕にからかつて見たといふ訳《わけ》なんだね。」

「だから、あやまつてゐるぢやありませんか。全くあやまります。堪忍《かんにん》、堪忍。この通り。」と、彼女は笑ひながら拝《おが》む真似《まね》をした。「もうお話はそれぎりでほかには包《つつ》み隠《かく》しははないんですから。」

「その後、君は津幡君に逢つたのか。」

「二度ばかり……。実はゆふべも逢ひました。けれども、その華族《かぞく》の令嬢と自分とは決して何にも関係はない。その訳《わけ》は今に判る。さうして、お前は私を疑《うたが》つたことを屹《きつ》と後悔する時節が来るなんて、うまいことを云つて胡麻《ごま》かしてゐるんですもの。ほんたうに憎らしくつて……。ねえ、先生。どうしたらいいでせう。先生の御親切を見込んでお願ひ申します。後生《ごしよう》ですからあたしの味方になつてください。」

魅《みこ》まれたのが災難、飛んだ好奇心が禍《わざわい》をなして、僕は到頭《とうとう》この女の味方に引摺《ひきず》り込まれることになつた。僕は彼女のために出来るだけの尽力をしようと約束した。

併《しか》し國子嬢が家出の一件に就《つい》ては、彼女に何《なん》にも話して聞かせなかつた。小室ならば、巧《たく》みにそれを報告して、また幾らかの小遣ひ銭に有付くところであらうが、僕にはそれほどの慾心もなかつた。

その晩はそれで別れて、更に四日ばかりは無事に過ぎた。小せきに頼まれた一条を忘れたといふ訳でもなかつたが、どうも正面から津幡君をたづねて、斯《こ》ういふ問題を真面目に切り出すことも出来ないのと、自分の仕事が忙がしいのとで、つい等閑《なおざり》になつてゐると、四日の朝になつて僕の病院の薬局生のところへ小室がたづねて来て、何かしばらく話して帰つた。帰つたあとで、僕は薬局生を呼んで訊いた。

「あの小室といふ男は一体どういふ人間だね。」

「小室は津幡病院から突然に解傭《かいよう》されたさうです。」と、彼は云つた。

「何か不都合でもしたのかね。」と、僕はなんにも知らない顔をして又訊いた。

「当人は別にそんなことも云ひませんでしたけれど、何か訳があるんでせう。さうして、急に朝鮮か台湾へでも行《ゆ》くらしいやうなことを云つてゐました。」

彼が解傭された原因は大抵判つてゐるので、僕もその以上に深く詮議もしなかつた。すると、その晩に津幡君が突然たづねて来た。小せきは僕に逢つたことを津幡君に洩《も》らしたらしく、顔を見ると直《す》ぐにそれを云ひ出して、津幡君は極《きま》り悪さうに頭を掻《か》いてゐた。

「飛んだことをお耳に入れて実に赤面《せきめん》しました。また其上《そのうえ》に小室までが御迷惑をかけまして、重々《じゅうじゅう》申訳がありません。」と、津幡君はひどく恐縮したやうに云つた。「そればかりでなく、ほかにも不都合なことがあるので、小室は断然放逐《だんぜんほうちく》することにしました。或《あるい》は警察の手にかゝるかも知れません。」

小室は小せきから小遣銭《こづかいせん》を巻上げた以外に、なにかの罪悪を犯《おか》してゐるらしい。それは津幡君から詳しく説明された。

「小せきからもお聞きになつたでせうが、男爵家の令嬢の國子といふ人、あれは全くわたくしと何《なん》にも関係はないのです。あなたですから打明けてお話し申しますけれど、あの令嬢は同族の若い軍人と二三年前《ぜん》から婚約が出来てゐて、この秋頃にはいよ〳〵結婚することになつてゐるんです。ところが、不幸にして先頃から眼病に罹《かか》つて、日暮方《ひぐれかた》からは盲目も同様、彼の雀盲《とりめ》になつてしまつたんです。併《しか》しそれが先方に聞えると、あるひは破約になるかも知れないと云ふ虞《おそ》れがあるので、秘密にわたくしの所へ治療を頼みに来て、一時は入院してゐたのです。御承知の通り、雀盲《とりめ》などは面倒《めんどう》な病症ではなく、肝油《かんゆ》を飲ませて置いても自然に癒《なお》るくらゐなのですが、それがどうも捗々《はかばか》しく全治しないので、今でも退院して自邸から通つてゐます。単にそれだけのことを色々に捏造《ねつぞう》して、小室はたび〳〵小せきから金《かね》を強請《いたぶ》つてゐたやうです。いや、それだけならば別にむづかしい問題にもならないのですが、彼はそのほかにも不都合を働いてゐることが発覚しました。彼は令嬢の雀《とり》盲《め》を種《たね》にして、男爵家から多額の金をゆすり取らうと企《くわだ》てゝゐたのです。」

「つまりその秘密を世間へ発表するとでも云ふんですか。」

「さうです、〳〵。」と、津幡君はうなづいた。「その男爵家の家扶《かふ》の忰《せがれ》にも不良青年があつて、小室はそれと結托《けつたく》して仕事をしようと巧《たく》らんだのですが、その家扶といふ人物はなかなかしつかりしてゐて、容易にその手に乗りさうもないので、二人は先《ま》づ威嚇《いかく》のために令嬢の家出といふやうな記事を各新聞社に投書しました。勿論、令嬢は静養の目的で、先頃から牛込の自邸を出て根岸の別邸に引移つてゐるのは事実ですが、彼等はそれを無断家出と吹聴《ふいちょう》して、男爵家では秘密に其のゆくへを捜索してゐるなどと跡方《あとかた》もないことを附《つけ》加《くわ》へたのです。それが二三の新聞に掲載されたもんですから、男爵家でも非常に困つてゐる。その弱り目に附け込んで、今度は更に令嬢が雀盲《とりめ》だといふことを発表するといふ脅迫状を男爵家へ送つて、家扶《かふ》の悴《せがれ》と内外相呼応《あいこおう》してその目的を遂《と》げようとしてゐることが、秘密探偵社の手で発見されたのです。雀盲《とりめ》だつてすつかり全治してしまへば何《なん》でもないのですが、男爵家ではそれがために結婚に障害を来《きた》しはしないかと甚《ひど》く懸念《けねん》してゐる。そこを附込んで彼等はうまい仕事をしようと企てたので、主人の男爵は結局千円ぐらゐの金を出さうと決心したらしいのですが、家扶《かふ》がなか〳〵承知しない。そんなことをすると却《かえ》つて後日《ごじつ》の累《わざわ》ひになると云ふので、秘密探偵社に頼んで捜索して貰ふと、その本人は小室、一方の共謀者は自分の悴といふことが判つたので、悴はすぐに邸《やしき》を放逐《ほうちく》、同時にわたくしの方へも其顚末《そのてんまつ》を詳しく通知して来ましたから、一日も打捨《うつちや》つて置くわけには行《ゆ》きません。それで今朝《けさ》すぐに解傭《かいよう》してしまつたのです。小室は小怜悧《こりこう》な人間でわたくしも平生《へいぜい》信用してゐたのですが、いや飛んでもないことを仕出来《しでか》して、男爵家に対しても申訳がありません。あなたにも御迷惑をかけて相済《あいす》みません。何事も皆わたくしの油断から起《おこ》つたのです。」

その年十月初めの諸新聞は、男爵家令嬢國子の結婚の記事を掲《かか》げ、新郎新婦の写真までも麗々《れいれい》しく現《あらわ》れてゐた。その写真に対して、僕は一種の安心を得たやうな微笑《びしょう》を洩らしてゐると、一人の若い女が下谷《したや》からたづねて来た。

「先生。今朝《けさ》の新聞を御覧になりましたか。」

彼女は一枚の新聞を出して、彼《か》の新郎新婦の列《なら》んでゐる写真をみせた。

「むゝ。見た、〳〵。今度は君の番だぜ。」と、僕は笑つた。

「それでお願ひに出たんです。先生はこの春の御約束をお忘れになりやしないでせう。是《ぜ》非媒酌人《ひなこうど》になつて下さい。」

「津幡君はもう承知してゐるのか。」

女は莞爾《につこり》と笑ひながら首肯《うなず》いた。

怪談一夜草紙

一

お福《ふく》さんといふ老女は語る。

わたくしのやうな年寄に何か話せと仰《おつ》しやつても、今時のお若い方々のお耳に入れるやうな、珍《めずら》しい変つたお話もございません。それでも長いあひだには、自分だけには珍しいと思ふやうなことが無いでもございません。これもその一つでございます。

わたくしが十七の年――文久《ぶんきゆう》二年でございます。その頃、わたくしの家《うち》は本郷《ほんごう》の千駄木坂下町《ぎさかしたまち》、どなたも御存じの菊人形《きくにんぎよう》で名高い団子坂《だんござか》の下で、小さい酒屋を開いてゐました。昔はあの坂に団子を焼いて売る茶店があつたので、団子坂といふ名が残つてゐるのださうでございます。今日とは違ひまして、その頃の根津《ねづ》や駒込辺《こまごめへん》は随分さびしい所で、わたくし共《ども》の住んでゐる坂下町には、小笠原《おがさわら》様の大きいお屋敷と、妙蓮寺《みようれんじ》といふお寺と、お旗《はた》本屋敷《もと》が七八軒ありまして、そのほかは町家《まちや》でございましたが、団子坂の近所には植木屋もあれば百姓の畑地もあると云ふやうなわけで、今日の郊外よりも寂しいくらゐでございました。

その妙蓮寺といふお寺の前に、浅井宗右衛門《あさいそうえもん》といふ浪人のお武家《ぶけ》が住んでゐました。なんでも奥州《おうしゆう》の白河《しらかわ》とか二本松《にほんまつ》とかの藩中であつたさうですが、何かの事で浪人して、七八年前から江戸へ出て来て、親子ふたりでこゝに店借《たなが》りをしてゐました。宗右衛門といふ人は、そのころ四十四五で、御新造《ごしんぞう》には先年死別《せんねんしにわか》れたといふので独身でした。ひとり息子の余一郎といふのは廿歳《はたち》ぐらゐで、色の白い、おとなしやかな人でした。

浪人ですから、これといふ商売もないのですが、近所の子ども達をあつめて読み書きを教へたりして、云はゞ手習師匠《てならいししよう》のやうなことをしてゐました。勿論それだけでは活計《かつけい》が立ちさうもないのですが、幾らか貯《たくわ》へのある人とみえて、無事に七八年を送つてゐた、お父さんは寝酒《ねざけ》の一合《いちごう》ぐらゐを毎晩欠さずに飲んでゐました。

この親子の人たちが初めてこゝへ越して来た時は、わたくしもまだ子供でしたから、詳しいことはよく知りませんが、近所の者はこんな噂をしてゐたさうです。

「あの人たちも今に驚いて立退《たちの》くだらう。」

それには仔細のあることで、その家《うち》に住む人には何《なに》かの祟《たたり》があるとかいふので、五六年のあひだに十人ほども変つたさうです。なかには一月《ひとつき》も経《た》たないうちに早々立退《そうそうたちの》いてしまつた人もあると云ふことでした。一体どんな祟《たたり》があるのか、わたくしもよく知りませんが、兎《と》もかくも五六年のあひだに、その家《うち》からお葬式が三度出たのは、わたくしも確《たしか》に知つてゐます。浅井さんの親子もそれを承知で借りたのです。そんなわけですから、家賃は無論廉《やす》かつたに相違ありません。家賃の廉いのに惚れ込んで、あんな化物屋敷のやうな家《うち》へ住み込んでは、いくらお武家でも今に驚くだらうと、皆《み》んなが蔭で噂をしてゐたのです。

「世の中に物の祟《たたり》などのあらう筈がない。」と、宗右衛門といふ人は笑つてゐたさうです。尤《もつと》もこの人は顔に黒あばたのある大柄の男で、見るから強さうな浪人でしたから、まつたく物の祟などを恐れなかつたのかも知れません。

論より證拠で、今に何事か起るだらうと噂をされながら、浅井さんの親子は平気でこゝに住み通してゐたのですから、悪い噂も自然に消えてしまつて、近所の人たちも安心して自分の子どもを稽古《けいこ》に遣るやうにもなつたのです。七年も八年も無事に住んでゐる以上、まつたく宗右衛門さんの云ふ通り、世のなかに物の祟などは無いのかも知れないと、わたくしの両親も時々に話してゐました。

さうすると、今までの人達はなぜ無暗《むやみ》に立退いたのでせう。大かた近所の噂をきいて、唯《ただ》なんとなく気味が悪くなつて、眼にも見えない影に嚇《おど》されて、早々《そうそう》に逃げ出したのかも知れません。お葬式が三度出たのも、自然の廻《まわ》り合せかも知れません。今の人なら無論にさう考へるでせう。昔の人もまあそんな風に考へて仕舞つたのでございます。

浅井さんも最初は手習の師匠だけでしたが、後《のち》には剣術も教へるやうになりました。別に道場のやうなものは無いのですが、裏のあき地で野天稽古《のてんけいこ》をするので、わたくし共《ども》もたび〳〵見に行つたことがあります。その頃は江戸もう末《すえ》で、世の中がだん〳〵に騒がしくなつて来たものですから、町人でも竹刀《しない》などを振りまはす者も出来て、浅井さんにお弟子入りをしてゐる若い衆が十人ぐらゐはありました。

扨《さて》これからが本文《ほんもん》のお話でございます。最初に申上げました文久二年、この年はお正月の元日に大雪が降りまして、それから毎日風が吹きつゞけて、方々《ほうぼう》に火事がありました。正月の晦日《みそか》には小石川指《さす》ケ谷町《やちょう》から火事が出て、わたくし共の近所まで焼けて来ました。その春から上野の中堂《ちゅうどう》が大修繕《だいしゅうぜん》の工事に取りかゝりましたので、お花見差止めと云ふわけでもありませんでしたが、大抵は遠慮して上野のお花見には出ませんでした。向島《むこうじま》にはお武家の乱暴が流行《はや》りまして、酔つた紛《まぎ》れに抜身《ぬきみ》を振りまはす者が多いので、こゝへも女子供は迂濶《うかつ》に出られません。その上に辻斬《つじぎり》は流行り、押込みは多い。まことに物騒な世のなかで、わたくし共のやうな若い者は何が何やら無我夢中で、唯々《ただただ》忌《いや》な世の中だと怯《おび》え切つてゐました。

ところが、又さういふ時節が勿怪《もっけ》の幸ひで、今日で申せば失業者の浪人達が色々の方面へ召抱《めしかか》へられて、御扶持《ごふち》にあり付くことにもなりました。浅井さんもその一人で、一旦浪人した旧藩主のお屋敷へ帰参《きさん》することになつたので、お父さんも息子も大喜び、近所の人たちもお目出たいと云つて祝ひました。

「就《つい》ては長年お世話になつたお礼も申上げたく、心ばかりの祝宴も開きたいと存ずるから、御迷惑でもお越しを願ひたい。」

かう云つて、浅井さんは不断懇意《ふだんこんい》にしてゐる近所の人たちを招待しました。家《うち》が広くないので、招待を二日に分けまして、最初の晩は近所の人達をあつめ、次の晩は剣術のお弟子たちを集めることにしたのです。わたくしの父も最初の晩に招かれまして、主人も満足、客も満足、みんながお目出たいを繰返して、機嫌《きげん》よく帰つて来ました。

扨《さて》その次の晩に、不思議な事件が出来《しゆつたい》したのでございます。

二

それは五月なかばの暗い晩で、とき〴〵に細《こま》かい雨が降つてゐました。一方は高台で、近所には森が多いので、若葉の茂つてゐる此頃は、月夜でも随分暗いのですから、こんな晩は猶更《なおさら》のことでございます。

浅井さんの家《うち》には十人ばかりの若い衆があつまりました。なにしろ親子ふたりの男世帯《おとこせたい》で、女の手が無いのですから、こんな時にはお給仕《きゆうじ》にも困ります。そこで、近所のお豊《とよ》さんお角《かく》さんといふ娘ふたりが手伝ひを頼まれまして、ゆふべも今夜も詰めてゐました。

お料理は近所の仕出《しだ》し屋から取寄せたのですが、それでも十人からのお客ですから、お座敷と台所とを掛持《かけもち》で、お豊さんもお角さんもなか〳〵忙がしかつたのです。

若い人達ばかりが集まつたのですから、今夜は猶《なお》さら賑《にぎ》やかで、だん〳〵にお酒が廻《まわ》るに連れて、陽気な笑ひ声が表《おもて》までも聞えました。そのうちに主人の浅井さんがこんなことを云ひ出しました。

「月日は早いもので、わたしがこゝへ来てから足かけ八年になる。世間の噂では、こゝの家《うち》には何かの祟《たたり》があるといふ。それを承知で引移つて来たのであるが、その後に一度も怪《あや》しいことは無かつた。わたしも悴《せがれ》もこれといふ病気に罹《かか》つたことも無く、災難に出逢つたことも無く、無事に年月《としつき》を送つて来た上に、今度は測らずも元の主人の屋敷へ帰参が叶《かな》ふやうになつた。私に取つてはこんな目出たいことはない。最初に誰が云ひ出したのか知らないが、こゝの家《うち》に祟《たたり》があるなどといふのは嘘の皮で、祟どころか、却《かえ》つて福の神が宿つてゐると云つても好《い》いくらゐだ。」

浅井さんも目出たい席ではあり、今夜はいつもよりもお酒を過《すご》してゐるので、自分の云つたことに間違ひの無かつたのを誇《ほこ》るやうに、声高々と笑ひながら話しました。聴いてゐる人達も皆《みん》な口を揃へて仰せの通りと笑つてゐました。

これで無事に済めば、まつたく仰《おお》せの通りですが、主人も客も面白さうに飲みつゞけて、今夜もやがて四《よ》つ（午後十時）に近いかと思ふ頃に、裏口の戸をとん〳〵と軽く叩く音がきこえたので、座敷にお給仕《きゆうじ》をしてゐたお角さんが台所の方へ出て行きました。つゞいて表の戸を同じやうにとん〳〵と軽く叩く音がきこえたので、今度は息子の余一郎さんが出て行きました。

裏も表もひつそりして、その後は物音もきこえません。お角さんも余一郎さんもそれきり帰つて来ないので、他の人達も少し不思議に思つて、二三人がばら〳〵と起《た》つて表と裏へ出てみると、外は一寸先《いつすんさき》も見えないやうな真暗闇《まつくらやみ》で、そこらに人のゐるやうな気配《けはい》も無いのです。いよ〳〵不思議に思つて、内《うち》から灯《ひ》を把《と》つて出て見ましたが、やはり其処《そこ》らに人の影は見えないのです。

「はて、どうしたのだらう。」

皆《み》んなも顔を見合はせました。初めに裏口から出たお角さん、次に表へ出た余一郎さん、どつちも其儘《そのまま》ゆくへ不明になつて仕舞つたのですから、皆んなが不思議がるのも無理はありません。一体、裏と表の戸を叩《たた》いたのは誰でせう。二人はどこへ行つたのでせう。この場合、そんな詮議をするよりも、先《ま》づその二人のゆくへを探す方が近道ですから、五六人の若い衆が提灯《ちようちん》を照らして裏と表へ駈け出しました。年の若い人達ではあり、不断から剣術でも習はうといふ人達ですから、小雨《こさめ》の降る暗いなかを皆《み》んな急いで出かけたのです。出ては見たが、見当が付かない。思ひ〳〵に右と左へ分れて、的《あて》も無しに其処《そこ》らを呼んで歩きました。

「お角さん……。お角さん……。」

「余一郎さん……。」

その声におどろかされて、近所の人たちも出て来ました。わたくしの店の者なども出て行つて、一緒になつて探し歩きましたが、二人のゆくへは何《ど》うしても判らないので、どの人もたゞ不思議だ不思議だと云ふばかりで、なんだか夢のやうな、狐にでも化かされたやうな、訳の判らないやうな心持になつて仕舞つたのでございます。

お角さんは町内の左官屋《さかんや》のひとり娘でした。お父さんの藤吉《とうきち》といふのは相当に腕のある職人で、弟子ふたりと小僧ひとりを使ひまはして、別に不自由もなく暮らしてゐるのでした。お角さんは今年十六で、浅井さんへ手習の稽古に来てゐた関係から、ゆふべも今夜も手伝ひに来てゐたのです。阿母《おっか》さんはお時と云つて、ふだんから病身の人でした。

不思議とはいひながらも、かうなると誰の胸にも先《ま》づ浮ぶのは、余一郎さんとお角さんとの関係です。若い同士のあひだに何かの縁《えん》が結ばれてゐて、屋敷へ帰参が叶《かな》ふことになれば、二人は逢ふことが出来ない。万一お国詰《くにづ》めにでもなれば一生の縁切《えんき》れです。そこで、二人が相談して駈落をした。――と、まあ考へられるのですが、それならば今夜のやうな時を択《えら》ばずとも、もつと都合《つごう》のいゝ機会があつたらうと思はれます。いかに年が若いと云つても、二人ともに子供では無し、駈落と決心した以上は相当の支度《したく》をして出る筈です。この雨のふる晩に、着替《きが》への一枚も持たずに、どこへ飛び出したのでせう。

さう考へて来ると、二人の駈落も少しく理窟に合はないやうに思はれます。さりとて、まさかに心中《しんじゆう》する程のこともありますまい。二人の家出を別々に考へてい丶のか、一緒に結び付けてい丶のか、それが第一の疑問です。もう一つの疑問は、裏口の戸を叩いたのは誰であるか、表の戸を叩いたのは誰であるか、それも一人の仕業か、別人の仕業か、一向に見当が附かないのでございます。

夜が明けても、二人は帰つて来ませんので、騒ぎはいよ〳〵大きくなるばかりです。けふも細かい雨が時々に降り出して、なんだか薄暗い陰気な日でした。

その日の午頃《ひるごろ》に、わたくしの店の若い者がこんなことを聞き出して来ました。三崎町《みさきちよう》の大仙寺《だいせんじ》といふお寺の納所《なつしよ》が檀家《だんか》の法要に呼ばれて帰る途中、恰度《ちようど》その時刻に坂下町を通りか丶ると、谷中《やなか》の方角から十歳《とお》か十一ぐらゐの女の子が長い振袖を着て、折からの小《こ》雨《さめ》にそぼ濡れながら歩いて来るのに出逢ひました。この夜ふけに、小さい女の子が何処《どこ》へ行くのかと、振返つて見送つてゐると、その子のすがたは浅井さんの家《うち》のあたりで見えなくなつて仕舞つたといふのです。勿論、前にも申す通りの暗い晩ですから、その子のすがたが消えてしまつたのか、闇に隠されて仕舞つたのか、確《たしか》なことは判りません。納所の方でもそれ程不思議にも思はないで、そのま丶行き過ぎてしまつたのですが、今朝になつて浅井さんの一件を聞いて、若《もし》やその女の子が戸を叩いたのでは無いかと云ひ出したのです。

若い者の報告を聞いて、わたくしの父は首をかしげてゐました。

「坊さんなぞと云ふものは、兎角《とかく》にそんな怪談めいたことを云ひたがるものだからな。本当か嘘か判らない。」

併《しか》しそれを聞いたのは、わたくしの店の者ばかりでは無いとみえて、その噂が忽ちに近所へ拡がつて、駈落の噂が一種の怪談に変りました。

「やつぱりあの家《うち》には祟《たたり》があつたのだ。今まで何事もなかつたが、浅井さんがいよ〳〵立退くといふ真際《まぎわ》になつて、不思議の祟が起つたのだ。」

息子の余一郎さんは兎《と》もあれ、他人のお角さんまでが何《ど》うして巻き添へを喰つたのでせう。お角さんまでがなぜ祟られたのでせう。それが呑み込めないと、わたくしの父はやはり強情《ごうじょう》を張つてゐました。父がいくら強情を張つたところで、二人がゆくへ不明になつたのは争《あらそ》はれない事実で、駈落か怪談か、二つに一つと決めるより外《ほか》は無いのでございます。

前夜の事情から考へると、一途《いちず》に駈落とも決められず、さりとて怪談も疑はしく、皆んなもその判断に迷つて仕舞つたのです。

三

それに就《つ》いて、お父さんの浅井さんの意見はと訊《たず》ねますと、最初はなんにも判らぬと云つてゐましたが、仕舞にこんなことを打明けたさうです。

「大仙寺《だいせんじ》の納所《なつしよ》が見たといふ、年のころは十歳《とお》か十一で長い振袖を着た女の子――実はそれに就《つ》いて少しく心あたりが無いでもない。私がこゝへ引移《ひきうつ》つた日の夕がたに、それらしい女の子が裏口から内《うち》を覗いてゐたことがある。大かた近所の子供であらうと思つてゐたが、その後こゝらにそんな子のすがたを見かけたことは無かつた。私もそれぎりで忘れてゐたが、今度の話で思ひ出した。納所が出逢つたといふ怪《あや》しい女の子は、どうもそれであるらしい。」

かうなると、確《たしか》に怪談です。お角《かく》さんのお父さんの藤吉《とうきち》は大事のひとり娘がゆくへ不明になつたのですから、職人達と手分けをして、気ちがひ眼《まなこ》で心あたりを探しあるいて、明《あく》る日のゆふ方にがつかりして帰つて来ると、右の怪談です。可哀さうに、お父さんはいよ〳〵がつかりして、顔の色も真蒼《まつさお》になつて仕舞ひました。さなきだに病身の阿母《おかあ》さんはどつと床《とこ》に就《つ》くといふ始末です。お角さんと一緒に働いてゐたお豊さんも、その話を聴くと顫《ふる》へあがつて、これも俄《にわか》に気分が悪くなつて寝込んでしまひました。雨のふる晩に、長い振袖を着た女の子が戸を叩きに来て、若い男と女とを誘ひ出して行つた――寄れば障《さわ》ればその噂で、何の祟《たたり》か知りませんけれども、浅井さんも到頭祟《とうとうたた》られたと云ふことに決まつてしまひました。今まで近所の評判も好《よ》く、殊《こと》に今度の帰参を祝つてゐる最中に、こんな騒ぎが出来《しゆつたい》したのですから、町内の人たちも一層気の毒に思ひましたが、かういふ怪談になつては何《なん》とも手の着け様《よう》がありません。今まで広言《こうげん》を吐《は》いてゐたゞけに、近所の手前面《めん》目《ぼく》ないと思つたのかも知れません。浅井さんは誰にも無断で、その晩のうちに何処《どこ》へか立去りました。家財はそのまゝに残してあつて、机の上にこんな置手紙がありました。

前略《ぜんりやく》。このたびは意外の凶事《きようじ》出来《しゆつたい》、御町内中をさわがせ申し候条《そうろうじよう》、何《なん》とも申訳も無之候《これなくそうろう》。取分けて藤吉どのには御気の毒に存じ申し候《そうろう》。就《つい》ては其後《そのご》の詮議仕《つかまつ》りたく存じ候《そうら》へ共、何分《なにぶん》にも帰参の日限切迫《せつぱく》いたし居り候《そうろう》まゝ、其意《そのい》を得ず候《そうろ》ふこと残念至《し》極《ごく》に存じ候《そうろう》。少々の家財、そのまゝに捨《す》て置《お》き申し候間《そうろうあいだ》、よろしく御取計《おとりはから》ひ被下度《くだされたく》候《そうろう》。早々《そうそう》。

五月十六日　浅井宗右衛門

御《ご》町《ちよう》内《ない》御《おん》中《ちゆう》

今日と違ひまして、その当時のことですから、お話はこれでお仕舞ひです。併《しか》し怪談の噂はなか〳〵消えないで、ゆふべも振袖を着た女の子を見た者があつたとか、どこの家《うち》の戸を叩かれたとか、色々のことを云ひ触《ふ》らす者があるので、気の弱いわたくし共は日が暮れると外へも出られず、雨のふる晩などは小さくなつて悚《すく》んでゐる位《くらい》でございます。

その噂を聞込んだのでせう、それから四五日の後《のち》に、岡《おか》つ引《ぴき》の親分が手先を連れて、この町内へ乗り来んで来ました。町内の人達から詳しい話を聴取つて、その岡つ引は舌打しました。

「畜生、風《かぜ》を喰《くら》つて高飛びしやあがつたな。」

だん〳〵聴いてみると、何《なん》とまあ驚いたことには、浅井といふ人は浪人あがりの強盗だつたのださうです。これには皆んなも呆気《あつけ》に取られました。さう云へば浅井は余り人相のよくない人でしたが、息子の余一郎といふ人は色白のおとなしさうな顔をしてゐながら、親子連れで斬取《きりと》り強盗を働いてゐたのかと思ふと、実に二度びつくりでございました。全く人は見掛けに依《よ》らないものです。それでも余程《よほど》上手に立廻つてゐたと見えて、その悪事が久しく知れずにゐたのですが、何かの事から足が附いて、此頃《このごろ》は自分達のからだが危《あぶな》くなつて来たので、親子相談の上で怪談を仕組んだらしいのです。

もとの屋敷へ帰参などは勿論嘘で、夜逃げなどをしては人に怪《あやし》まれると思つたからでせうが、なぜそんな怪談を仕組んだのでせう。岡つ引の人達の鑑定では、おそらくお角さんをかどはかす手段であつたらうと云ふのです。お角さんと余一郎と関係があつたか無かつたか判《わか》りませんが、もし関係があつたならば誘《さそ》ひ出す方法は幾らもありましたらうから、多分は無関係で、行きがけの駄賃《だちん》にお角さんかお豊さんかを引つ攫《さら》つて行つて、どこかの宿場女郎《しゆくばじよろう》にでも売り飛ばす積《つも》りであつたらうと云ふのです。

裏口の戸を叩いたのは浅井の仲間か手下で、何心なく出て行つたお角さんに猿轡《さるぐつわ》でも嵌《は》めて担《かつ》ぎ出したのでせう。お豊さんの方は運よく助かつたわけです。余一郎までがなぜ出て行つたか判《わか》りませんが、お角さんを遠いところへ連れて行くのに、一人では些《ち》つと手に余るので、その加勢に行つたのかも知れません。なにしろ唯《ただ》の家出では詮議がやかましいので、こんな怪談めいた事を仕組んで、世間の人たちを迷はせようとしたのでせう。大仙寺《だいせんじ》の納所《なつしよ》がその晩に怪《あや》しい女の子を見たといふので、これも寺社方《じしやがた》の調《しら》べを受けました。納所がこんな事を云つた為に、いよ〳〵怪談と決められて仕舞つたわけですが、納所は確《たしか》に見たといふだけのことで、浅井の一件には何のかゝり合ひも無いことが判つて、そのまゝ無事に帰されました。したがつて、その振袖の女の子の正体はわかりません。浅井も振袖の女の子の事なぞは最初から考へてゐなかつたのでせうが、そんな噂が広まつたのを幸ひに、当座の思ひつきで、「実は引越しの日の夕がたに」なぞと、いよ〳〵物凄《ものすご》く持ち掛けたのでせう。今の人間ならば容易にその手に乗らないでせうが、何と云つても昔の人たちは正直であつたと見えます。

かへす〴〵も気の毒なのはお角さんの親達で、阿母《おつか》さんはそれから一年ほど寝付いたまゝで到頭《とうとう》死んでしまひました。浅井親子はそれから何《ど》うしたか知りません。奥州筋《おうしゆうすじ》で召捕《めしと》られたとかいふ噂もありましたが、確《たしか》なことは判りませんでした。それから三四年の後に、お角さんは日光近所《につこうきんじよ》の宿場女郎に売られてゐるといふ噂を聞きましたが、これも噂だけのことで、ほんたうの事は判りませんでした。

小説や芝居ならば、浅井親子の捕物や、お角さんの行末《ゆくすえ》や、色々の面白い場面があるのでせうが、実録は龍頭蛇尾《りゆうとうだび》とでも申しませうか、その結末がはつきりしないのが残念でございます。どうも御退屈《ごたいくつ》さまで――。

附録

まぼろしの妻

成田治左衛門《なりたじざえもん》といふ武士《さむらい》は一種の幻《まぼろし》に悩まされた。その幻の影は十八歳の美しい女で、彼が都《みやこ》で娶《めと》つた妻であつた。

妻の名は伝へられてゐない。併《しか》し彼の妻は髪の長い、色の白い、美しい女であつたと云ふことは書物にも記《しる》されてゐる。治左衛門がその美しい妻と睦《むつま》じかつたことは云ふまでもない。而《しか》も三年と経《た》たない中《うち》に、所謂《いわゆる》「鴛鴦《おし》の番《つがい》」は無残に引裂かれてしまつた。妻は病気で死んだのである。その臨終の際《きわ》に、妻は斯《か》ういふことを夫に囁《ささや》いた。

「わたくしは寿命とあきらめて、死ぬのを悲しいとは思ひませせぬ。唯《ただ》あなたに別れてゆくのが悲しうございます。たとひ妾《わたくし》の形は土ともなれ、烟《けむり》ともなれ、魂はいつまでもあなたのお傍《そば》を離れませせぬ。よく覚えてゐて下さりませ。」

彼女《かれ》は鶴の頸《くび》のやうに痩せた手で、夫の手首を緊《しか》と握りしめて目を瞑《と》ぢた。治左衛門も男泣《おとこなき》に泣いて、兎《と》も角《かく》も式《かた》の通りに妻の亡骸《なきがら》を鳥辺野《とりべの》へ送ると、それから三日目の夜深《よふけ》に妻の姿が彼の枕辺《まくらもと》にあらはれた。妻は生きてゐた時と同じやうに、長い髪と白い顔とを有《も》つてゐた。

「死んだ者が再び現世《このよ》へ来る道理がない。おのれは定めて魔性《ましよう》の者であらう。」

治左衛門は枕辺《まくらもと》にある太刀《たち》を引寄せたが、流石《さすが》に抜くのを躊躇《ちゆうちよ》した。たとひ妖魔《ようま》にもせよ、狐狸《きつねたぬき》にもせよ、仮にも最愛の妻の形《かたち》を現《げん》じてゐるものを、彼は無残に斬つて捨てるほどの勇気がなかつた。彼は一旦引寄せた太刀を膝《ひざ》の下に置いて、唯《ただ》ぢつと睨みつめてゐると、妻はほろ〳〵と涙を流した。

「最期《いまわ》の際《きわ》に申上げたことをお忘れなされたか。形は消え失《う》せても魂《たましい》は残りまする。その魂が斯《こ》うして迷うてまゐりしものを、お斬りなさるか、お突きなさるか。」と、彼女は夫のそばへする〳〵と寄つて来た。

その動くのは烟《けむり》のやうであるが、その形は正《まさ》しく生ける人であつた。治左衛門もこれを処分して可《い》いか判《わか》らなくなつた。妻は夜もすがら夫の枕辺《まくらもと》におとなしく坐つてゐた。さうして、暁《あかつき》の鶏《とり》の声におどろかされたやうに消えてしまつた。併《しか》し治左衛門はどうしてもそれを真実《ほんとう》の妻の魂と信じることが出来なかつた。人の悲嘆《なげき》に附込《つけこ》んで、狐狸が誑《たぶら》かすのであらうと思ふに付けても、今夜は屹《きつ》と其《その》正体を見あらはして遣《や》らうと待構《まちかま》へてゐると、あくる晩にも同じ時刻に同じ姿であらはれた。治左衛門は太刀を抜かうとして又躊躇した。最愛の妻が涙を垂《た》れてしよんぼりと坐つてゐるのである。何《ど》う見直しても、それが確実《たしか》に妻の姿である以上、治左衛門は矢はりこれに向つて酷《むご》たらしい刃《やいば》をあてる気にはなれなかつた。妻は夜《よ》の明けるまで夫の枕辺《まくらもと》を離れなかつた。

斯《こ》うした不思議が幾晩もつゞく中《うち》に、治左衛門もだん〳〵と馴れて来て、彼が寝床《ねどこ》へ入る前に必ず斯《こ》ういふことを考へるやうになつた。

「今夜も女房が来るかしら。」

さう思つてゐると、妻は屹《きつ》と来た。どうかして、その姿のあらはれるのが少し後《おく》れた晩には、今夜は何《ど》うしたのかと心待《こころまち》に待たれるやうになつて来た。やがてその姿がいつものやうに現《あらわ》れると、彼はほつとした。雨風の烈《はげ》しい晩などには、今夜は来ないかも知れないと心さびしく思はれた。それが三月《みつき》となり、半年とつゞく中《うち》に、治左衛門もいよ〳〵馴れて来て、彼は妻が生きてゐた昔のやうに冗談などを云ひかけることもあつた。妻は嬉しさうに笑つて其《その》相手になつた。

「お前はなぜ二度添《にどぞい》をお貰《もら》ひなされぬ。」と、妻は云つた。

「お前といふものが斯《こ》うして毎夜通《まいよかよ》つて来て呉《く》れる。二人の女房は要《い》らぬものだ。」と、治左衛門は笑つた。

こんなことから話はいよ〳〵打解《うちと》けて、妻はむかしの妻になつて了《しま》つた。治左衛門の閨《ねや》には二つの枕が用意されるやうになつた。妻は生きてゐる時と些《ちつ》とも変つたことはない、たゞ昼の中《うち》は彼のそばを離れてゐるだけであつた。生きてゐる人と亡き人とが斯《こ》うして自由に交通が出来る以上、別に何《なん》の不足もない訳《わけ》であつたが、治左衛門の心の底には云ひ知れない不安が忍《しの》んでゐた。

彼女《かれ》は狐狸でない、正《まさ》しく妻の魂である。斯《こ》う思ひ極めてゐながらも、治左衛門はその魂と交際してゐると云ふことが何《なん》となく不安であつた。いかに最愛の妻でも、それが幽霊であるかと思ふと、彼は何となく怖《おそ》ろしいやうにも思はれてならなかつた。おまけに妻は斯《こ》ういふことを云つて、彼を脅《おびや》かしたのである。

「このことを必ず余人《よじん》に洩《もら》して下さるな。万一この誓を破られたら、お前をもう此世《このよ》には置かれませぬぞ。」

この秘密を他言したら憑殺《とりころ》すと云ふのである。治左衛門はいよ〳〵怖ろしくなつた。もとより自分は誰にも洩《もら》すまいと思つてゐた、又うつかりと他《ひと》に洩《もら》すべき筋《すぢ》でもないが、それを口外《こうがい》すれば憑殺すといふ恐ろしい約束を守らなければならないかと思ふと、彼はどうも落付いてゐられなかつた。自分が固く口を結んでさへゐれば可《い》いのであるが、その口をあくと直《すぐ》に生命《いのち》が無い、斯《こ》ういふ約束に縛られてゐることが如何《いか》にも窮屈《きゆうくつ》であつた。不安であつた。それが嵩《こう》じて、彼は何《ど》うかして妻の魂から遠く離れたいと思ふやうになつた。彼は一年の後《のち》に京都を立去つて、駿府《すんぷ》へ行つた。それは慶長四年の秋であると伝へられてゐる。すると其晩、駿府の宿《やど》に妻の形がまざ〳〵とあらはれた。

「たとひ生《しょう》を隔《へだ》てゝも、心に隔てはないものを、なぜお前はお嫌ひなさるゝ。情《つれ》ない人や。」

治左衛門は免《ゆる》してくれと謝《あやま》つた。さうして、何処《どこ》からか毎晩通つて来る妻と、今までの通りに睦《むつま》じく語らつてゐた。併《しか》し既《も》う斯《こ》うなると、彼は妻の愛情よりも妻の執念《しゅうねん》の方が怖ろしくなつて来たので、どうかして此処《ここ》からも逃《のが》れたいと考へた。

「海路《かいろ》を隔《へだ》てたらば、よもや追つては来《こ》まい。」

一月《ひとつき》ばかりの後《のち》に、彼は又引返して大阪へ行つて、そこから船に乗つて九州へ渡つた。福岡の城下に知己《しるべ》があるので、一先《ひとま》づそこに足を停《とど》めてゐると、まだ三日と過ぎない中《うち》に、妻の姿が又あらはれた。

「たとひ千万里の大洋《おおうみ》でも、魂の通はぬ所はございませぬ。日本中《にっぽんじゅう》は愚《おろ》か、高麗唐土《こまもろこし》の果《はて》までも屹《きっ》とお跡《あと》を慕《した》つてまゐりまする。」

妻は唯《ただ》それだけのことを云つて、別に夫の薄情を責めようとはしなかつたが、その執念の強いのを知れば知るほど、治左衛門の恐怖《おそれ》もいよ〳〵強くなつた。それでも既《も》う逃げられないものと諦《あきら》めて、彼は半年ばかりをこゝで暮した。妻は勿論毎晩通つて来た。治左衛門は顔容《かおかたち》も優しい、温和《おとなし》やかな男であるので、死んだ妻ばかりでなく、生きてゐる女にも慕《した》はれて、諸方から縁談の申込もなか〳〵あつたが、独身者《どくしんもの》のやうで其実は独身者でない彼は、どんなに都合の好《い》い縁談も一切受付けることが出来なかつた。彼は自分の不運をつく〴〵悔んだ。

彼は僧に頼んで回向《えこう》をして貰つたこともあつた。山伏に頼んで祈禱《きとう》をして貰つたこともあつた。併《しか》し妻はなか〳〵成仏《じようぶつ》しさうもなかつた。そこで、彼はある夜《よ》しみ〴〵と妻に語つた。

「お身《み》の情《なさけ》のほどは私も身にしみて嬉しく思つてゐる。併《しか》しお身といふものに附纏《つきまと》はれてゐては、私の出世が出来ぬ。察してくれ。」

ゆく先々で寄食者《かかりうど》の身となつてゐては、実際《まつたく》世に出る見込がない。さりとて仕官《しかん》する以上、相当の年頃の者はどうしても妻帯しなければならない。人からも屹《きつ》と勧《すす》められるに相違ない。さりとて自分には彼世《あのよ》の妻があると云ふことを口外する訳《わけ》にも行かない。結局自分はいつまでも日蔭者で暮《くら》さなければならない。お前がほんとうに私を可愛いと思ふならば、もう諦《あきら》めて成仏してくれ。さうして、草葉《くさば》の蔭《かげ》から私の出世を祈つてくれと、彼は繰返して妻に頼んだ。

妻は黙つて起《た》つたかと思ふと、その姿は消えてしまつた。さては聞き分けて帰つたのかと嬉しく思つていると、妻はあくる晩も矢はり例《いつも》の通りに来た。

その中《うち》にこゝで親昵《ちかづき》になつた尾関源右衛門《おぜきげんえもん》といふ武士《さむらい》が主人の用で江戸へゆくことになつた。これを好機会《いいきかい》だと思つて、治左衛門は一緒に連れて行つて貰ふことを相談すると、源右衛門も承知した。二人は九州を発《た》つて江戸へ下つた。何処《どこ》へ行つても妻が附纏つて来るとは万々察《ばんばんさつ》してゐながらも、治左衛門は一つ場所に落付いてゐられなかつた。場所を換へたらば或《あるい》は妻から離れることが出来るかも知れないと云ふよもやに引かされて、彼はそれからそれへと居所を変へるのが一種の癖になつて了《しま》つたのである。二人は船で大阪に着いた。それから陸路を辿つて東海道を下つてゆくと、道中の日数《ひかず》も積《つも》つて、明日は箱根を越えるといふ前夜である。二人は三島《みしま》の宿《しゆく》に泊つた。

この時代には今日《こんにち》のやうな宿屋《やどや》はなかつた。宿屋は所謂《いわゆる》木賃宿《きちんやど》である。旅人は薪《たきぎ》の代《だい》を払つて、自分の携帯行糧《こうりよう》を勝手に焼いて煮て食ふのである。二人も糒《ほしい》を湯に浸《ひた》して夜食を済ませた。五月の初旬《はじめ》で、宵から細《こまか》い雨がしと〳〵と降つてゐた。

「今は五月雨《さみだれ》の時節だ。兎角《とかく》に雨が多い。明日の箱根越も雨かも知れぬ。」と、源右衛門は雨の音を聴きながら侘《わび》しげに云つた。

治左衛門は返事をしなかつた。彼は坐つたまゝでこくり〳〵と居睡《いねむり》をしてゐるのであつた。源右衛門は書きかけてゐた旅日記の筆を措《お》いて、治左衛門の脊中《せなか》を一つ叩いた。

「治左衛門、しつかりせぬか。」

叩かれて彼は眼をあけた。

「これ、治左衛門。」と、源右衛門は重ねて云つた。「どうも合点《がてん》のゆかぬことがある。これまでの道中に、お身《み》は亥《い》の刻《こく》を相図《あいず》のやうにうと〳〵と睡《ねむ》りかける。最初《はじめ》は宵惑《よいまど》ひの男だとも思つてゐたが、どうもそればかりでない。お身は毎晩何かの夢でも見るか。」

治左衛門は矢はり返事をしなかつた。彼は微《かすか》に眼をあいたまゝで身動きもしないのであつた。源右衛門も根負《こんまけ》がして話を止《や》めてしまつた。

あくる日も細《こまか》い雨が降りつゞいてゐたので、二人の武士《さむらい》は湿《ぬ》れながら箱根の峠を越えた。その途中で源右衛門は再び昨夜《ゆうべ》の話を始めた。

「お身は物に憑《つ》かれてゐはせぬか。」

図星《ずぼし》をさゝれて治左衛門は愕然《ぎよつ》とした。

「何、物に憑かれてゐる……。」

「左《さ》もなくば何かの病《やまい》だ。気を注《つ》けられい。」

これまで長い道中《どうちゆう》の間、源右衛門は彼と同じ宿《やど》に毎晩一緒に泊つて、色々の不思議を見せられたと云つた。毎晩亥の刻を相図にうと〳〵と睡《ねむ》りかけるのが不思議の一つで、それから口の中《うち》で何かくど〳〵と呟《つぶや》いてゐる。ある時には空《くう》に向つて両手を拡げる、ある時には自分の膝《ひざ》のあたりを見つめてにや〳〵と笑ひ始める。どう考へてもそれは唯事《ただごと》でない。現に昨夜《ゆうべ》も自分が何を話しかけても、微《かすか》に眼をあいたまゝで返事をしなかつた。起きてゐて夢を見るのか、但《ただ》しは何物にか憑《つ》かれてゐるか、恐《おそら》く二つに一つであらう。お前にその心当りはないかと源右衛門は親切に訊いた。

「何かの心当りがあるならば正直に打明けられい。手前《てまえ》誓つて他言は致さぬ。事の仔細《しさい》に因《よ》つては、手前も応分の助力を致《いた》すまいものでもない。どうでござるな。」

　源右衛門の親切は治左衛門もよく知つてゐた。今度江戸へ下《くだ》り着いたらば、彼の口入《くちいれ》で何処《どこ》へか奉公住《ほうこうずみ》をしたいとも思つてゐた。その源右衛門から突然にこの詮議を受けたのであるから、彼も正直に答へなければならない破目《はめ》になつた。併《しか》し彼は又躊躇した。他言したらば憑殺《とりころ》すといふ妻の威嚇《おどし》が強い力で彼の胸を圧迫してゐたからである。

　雨は山霧か、細《こまか》い雫《しずく》が二人の笠の上に烟《けむ》つてゐた。二人は大きい杉の木の下に立つた。五月と云つても山中《さんちゆう》の冷《つめた》い空気が肌に迫つて、昼でも焚火《たきび》が欲《ほし》いほどであつた。源右衛門は又云つた。

「自体お身に就いては、源右衛門日頃から不審に存ずる儀《ぎ》がある。お身は人品《ひとがら》も優《すぐ》れてゐる、心操《こころばえ》も真直《まつすぐ》である。学問も武藝も一通りは修業されたやうに見ゆる。それほどのお身に何《なん》の瑕《きず》があつて、所々方々《しよしよほうぼう》を流浪して歩かるゝ。聞けば京を立退《たちの》いて駿府《すんぷ》へゆく。駿府を立退いて九州へゆく。それが又一年とも経《た》たぬ間《ま》に、手前《てまえ》と連立つて江戸へ下らうといふ。不審は重々《じゆうじゆう》ぢや。仔細を明《あ》かされい。包まず語られい。」

　源右衛門の不審は一々道理《もつとも》である。寧《いつ》そ正直に云はうか云ふまいかと、治左衛門はまだ迷つてゐると、相手は声を低めて云つた。

「お身、仇《かたき》を持つ身でないか。」

　これも無理ならぬ推量であつた。治左衛門が今悩まされてゐるのは仇《かたき》でない、自分の味方、最愛の妻である。併《しか》し最愛の味方も斯《こ》うなると、寧《むし》ろ彼に取つては一種の仇であつた。彼がまだ返答《へんとう》に躊躇してゐるのを見て、源右衛門は更《さら》に斯《こ》う云つた。若《も》しも自分の想像通り、お前が仇に附狙《つけねら》はれて一《ひと》つ所《ところ》に落付いてゐられないと云ふのであれば、次第に因《よ》つては自分が助太刀《すけだち》して其仇を打亡《うちほろぼ》すといふ術《すべ》が無いでもない。今度江戸へ下つたらば、自分が胆煎《きもいり》をして何処へか仕官の途《みち》を求めて遣らうとも思つてゐるが、仇持の身ではそれもならない。仇を持つている人間を迂闊《うかつ》に周旋《しゆうせん》する訳には行かない。それ等《ら》の事情もよく考へて、私にだけは何事も腹蔵《ふくぞう》なく打明けてくれと迫つた。

相手の云ふことが一々道理《もつとも》であるだけに、治左衛門もひどく迷惑した。それほどの親切を無にして、飽《あく》までも秘密を守つてゐると云ふことは、正直な彼としては如何《いか》にも辛《つら》かつた。もう一つには、こゝで源右衛門に見放されては何《ど》うすることも出来ないと云ふ不安もあつた。更《さら》にもう一つ、彼の胸には一種の好奇心とでも云ふやうなものが湧《わ》いて来た。

若《も》し口外すれば自分を憑殺《とりころ》すと妻は云つた。自分は今まで一図《いちず》にそれを恐れてゐた。併《しか》しあれほどに自分を愛してゐる妻が果《はた》して自分を憑殺《とりころ》すであらうか。口では然《そ》う云つても、真逆《まさか》に真実《ほんとう》に憑殺すほどのこともあるまい。実を云ふと、自分は今日までにもそれを他《ひと》に話したいと思つた場合も度々《たびたび》あつたのを、無理に堪《こら》へて沈黙を守り通して来たのであるが、その沈黙を破るべき時節が来た。こゝで自分が思ひ切つて口外したらば、妻はどう云ふ態度を取るであらう。約束の通りに憑殺すか、或《あるい》は憤《いきどお》つてそのまゝに近寄らなくなるか、或《あるい》は自分に向つて其違約《そのいやく》を怨《うら》むか。これを機会にその結果を試《ため》して見たいと云ふ気が起《おこ》つた。罷《まか》り間違へば生命《いのち》を取られると云ふ危険が伴《ともな》つてゐるだけに、彼の好奇心はいよ〳〵強くなつた。

「それほどの御親切を仇《あだ》に聞き流すも本意《ほんい》でござらぬ。これは手前《てまえ》が一生の秘密でござれば、必ず御他言《ごたごん》下さるな。」

固く念を押して置いて、治左衛門は妻の魂が毎晩忍んで来ることを話すと、源右衛門は肩をゆすつて笑ひ出した。

「さりとは思ひも寄らぬことを承《うけたま》はるものぢや。亡人《なきひと》の魂が夜な〳〵通つて、生けるが如くに夫婦《めおと》の契《ちぎり》を結ぶ――そのやうな例《ためし》のあらう筈がござらぬ。所詮はお身が心の迷ひぢや。お身の心が弱ければこそ、左様の不思議もあらはるゝのであらう。お身も武士《ぶし》ぢや、心を強う持たれい。おのれの心さへ強う持つてゐれば、不思議は自《おの》づと止《や》むものぢや。」

まるで問題にならないと云ふやうに無雑作に打消されてしまつて、治左衛門は一旦《いったん》安心した。源右衛門はつゞけて笑つた。

「はゝ、お身も見掛によらぬ、弱い男ぢやな。はゝゝゝゝ。」

その笑ひが一種の嘲弄《ちょうろう》のやうにも聞えて、治左衛門は又勃然《むっ》とした。一旦の安心は、更《さら》に変じて一種の不満となつた。彼は源右衛門と笠を並べて、杉の木かげを出ながら云つた。

「手前《てまえ》たしかに弱い者に相違《そうい》ござらぬ。併《しか》しお身とて其《その》場合には是非がござるまい。」

「その場合……。」と、源右衛門は又冷笑《あざわら》つた。「そのやうな場合に出逢ふと云ふが已《すで》に不覚ぢや。手前の友達にも妻を亡《うしな》うた者は大勢ある。併《しか》し一人として其のやうな場合に出逢うた者はない。又出逢ふべき筈がない。はゝゝゝ。」

治左衛門はいよ〳〵勃《むっ》然として、窃《そっ》と自分の刀に手をかけた。その笑ひ声の消えない中《うち》に、相手を真二《まっぷた》つにして呉《く》れようと思つたのである。が、彼は又俄《にわか》に悸《ぞっ》然として自分のうしろを見返つた。

これは妻の秘密を口外した祟《たたり》であると彼は覚《さと》つたのである。一時の腹立まぎれに源右衛門を殺害《せつがい》する——それはやがて自分の身をほろぼす基《もとい》である。妻が自分を憑殺《とりころ》すと云つたのは此事《このこと》であらう。妻は直接に手を下さないで、自然に自分を死の方角へ導いて行《ゆ》くのであらう。斯《こ》う覚《さと》ると、彼は急におそろしくなつた。彼は刀の柄《つか》を握つた手を慌てゝ弛《ゆる》めて、素知《そし》らぬ顔をして源右衛門と列《なら》んで歩いた。

峠を下る間も、気の故《せい》か、源右衛門は兎角に自分の感情を傷《きずつ》けるやうなことを云ふ。自分の敵意を挑発《ちようはつ》するやうなことを云ふ。それを聞かされる度《たび》に治左衛門はいよ〳〵怖ろしくなつて、一生懸命に耳を塞《ふさ》いでゐるやうにしてゐた。やがて峠を降り尽して、二人が小田原《おだわら》の城下《じようか》へ入つた頃には、雨の日も既《も》う暮切《くれき》つてしまつた。

うす暗い宿屋に泊ると、源右衛門は湯を汲《く》んで来た小女《こおんな》にむかつて冗談のやうに云つた。

「連《つれ》の男のうしろには幽霊が附いてゐるぞ。」

草鞋《わらじ》を脱《ぬ》ぎかけてゐた治左衛門は、忌々《いまいま》しいことを云ふと思ひながら不図《ふと》見かへると、源右衛門の詞《ことば》に嘘はなかつた。自分のうしろには妻の姿がまぼろしのやうに現《あらわ》れてゐた。彼は俄《にわか》に身が竦《すく》んだ。彼は妻の秘密を口外したことを痛切に後悔した。

「何かの手段で俺は屹《きつ》と憑殺《とりころ》される。」と、治左衛門は覚悟した。彼はもう飯《めし》を食ふ気にもなれなかつた。

　源右衛門はその晩も注意してゐたが、治左衛門は別に変つたことも無いらしかつた。寧《むし》ろ平素よりもすや〱と安らかに睡《ねむ》つてゐるらしかつた。併《しか》しその睡眠《ねむり》は永久に醒《さ》めないらしく、明《あく》る朝こゝの宿《やど》を発《た》つ時も、彼は夢見る人のやうにぼんやりしてゐた。何を話しかけても返事もしなかつた。飯も食はなかつた。彼は夢のやうにふら〱と歩き通して、藤沢の宿《しゆく》へ行き着いた頃に、街道のまん中にばつたり倒れて既《も》う起きなかつた。源右衛門も驚いて介抱したが、所詮生きないものと諦《あきら》めて、彼の亡骸《なきがら》を宿《しゆく》はずれの某寺《あるてら》に葬《ほうむ》つた。さうして、すぐに江戸へ向つて行つた。

　斯《こ》うなると、源右衛門もその不思議に驚かずにはゐられなくなつた。江戸に着いても、その当座は無論に口を結んでゐたが、日を経《ふ》るに随つて、彼はこの秘密を自分一人の胸に収《しま》つて置くに堪へられなくなつた。

「この秘密を他言すまいと、治左衛門は妻に約束した。併《しか》し俺は幽霊と何の約束もした覚えはない。俺が他言するに差支《さしつか》へはあるまい。」

彼は友達の二三人にその不思議を語つた。さうして、彼も治左衛門と同じやうに後悔した。

「成《なる》ほど俺は幽霊とは何の約束もしない。併《しか》し箱根の峠で治左衛門とは約束した。どんな秘密でも、手前《てまえ》誓って他言はいたさぬと云つた。その誓《ちかい》を破つて、俺はその秘密をべら〳〵と他人に饒舌《しゃべ》つてしまつた。治左衛門が幽霊を欺《あざむ》いたと同じやうに、おれも治左衛門を欺いたことになる。あゝ、悪いことをした。」

然《そ》う考へると、彼も何だか薄《うす》ら睡《ねむ》くなつて来た。さうして、治左衛門と同じやうな結果に陥《おちい》るのではないかと危《あやぶ》まれた。彼はだん〳〵に深い睡眠《ねむり》に落ちて行つた。昼でも睡《ねむ》くなつた。飯を喫《く》つてゐても睡くなつた。路を歩いてゐても睡くなつた。

彼はある暑い日の午頃《ひるごろ》に、日本橋の欄干《らんかん》に倚《よ》りかゝりながら睡つてしまつた。彼はもうそれ限《ぎり》で醒《さ》めなかつた。

解　題

千葉俊二

『怪獣』は昭和十一年（一九三六）十一月十五日に、「日本小説文庫」の一冊として春陽堂から刊行された。「綺堂讀物集7」とされ、前作の『異妖新篇』と同様、はじめから文庫本として編集、刊行されたものである。「綺堂読物集」はこれまで一冊ずつオリジナルな題名が付されてきたが、この最後の「綺堂読物集」は巻頭に据えられた作品の題名をそのまま作品集のタイトルに採用している。その点、作品集としてまとまりをつけようとする編集意欲は、これまでの読物集に比べるとたいぶ稀薄になっている。

しかし、それにしてもなぜ『怪獣』なのだろうか。『怪獣』に収められた作品の並べ方をみると、執筆順だとか、あるいは最新作から古い作品へ遡っているとかいうわけでもない。「真鬼偽鬼」は「これも同じ年の出来事である」と書き出され、その直前に置かれた文政四年の「相州江の島弁財天の開帳」をめぐる物語「恨《うらみ》の蠑螺《さざえ》」を受けているので、作者の編集意識が反映していることは間違いない。「怪獣」というタイトルに隠された綺堂の意識を探ることによって、「綺堂読物集」に通底するモチーフについて考えてみることもできるかもしれない。

「怪獣」は、理学博士の語る「一種の怪談」で、語り手の新聞記者である「私」が理学博士から聞いた話という体裁になっている。「私」の友人が営む九州の旧家の旅館にまつわる奇談であるが、別棟の普請をしたあと、急に姉妹が「色情狂といふよりも、恐らく一種のヒステリー患者」として、「眼に余る淫蕩の醜態を世間に」さらすようになる。その普請中に姉妹に懸想し、親方からひどく叱責されて、落成後に失踪した若い職人が、姉妹の寝起きする部屋の天井裏に一対の若い女と怪獣の木彫りの人形を置いた。それは「写真に撮つて、あなたの新聞にでも掲載して御覧なさい。忽ち叱られます……」といった代物で、「娘達に対する一種の呪ひ」だった。

〈怪獣〉によって表象されるメタファーを読み解くのは、さほど難しいことではないだろう。人間である限り、誰もが奥深い身内に秘めている制御しがたい性慾の形象である。ひどく魅惑的だけれど、その深淵に引きずり込まれるならば、身を滅ばすことにもなりかねず、誰しも関心を抱きながら、表立って語ることがはばかられる邪淫としての性である。この作品が書かれたのは一九三四年（昭和九）だけれど、この時期にはすでにいろいろなかたちでフロイト理論が紹介されて、その俗流の解釈も一般的にかなり浸透していたといっていい。「評判の色気違ひ」の姉妹の物語を、「一種の精神病者」、あるいは「ヒステリー患者のたぐひ」として語り出されているところから、明らかにそうした時代を背景とした作品だったといえる。

フロイトはヨーゼフ・ブロイアーとの共著『ヒステリー研究』（一八九五年）から精神分析学を出発させている。私たちの心的活動にはどうしても自分自身の意識によって完全にコントロールできないものがある。私たちの意識は、表にあらわれた自己にとって明白な内容をもったレベルと、その奥底深くに隠されて潜在的なエネルギーをはらんだ無意識のレベルのふたつの層がある。両者は互いに異なったものとしてあり、つねに相互に葛藤を生じているが、両者のあいだでバランスのとれた交流がおこなわれているならば問題はないけれど、バラバラに起動して相互の交流が失われてしまうとヒステリーといった症状があらわれる。

こうしたヒステリー症状を作動させる心的力学は、ある意味で綺堂の物語作法のそれとよく似ている。語り手もふくめて私たち読者は、明白な意識によって統御された日常世界に生きているが、こうした日常世界から隠された巨大な潜在的エネルギーをはらむ未知の不可思議な世界ともつねに隣りあっている。この両者が触れあって交流し、一見合理的な解釈によっては説明しきれない出来事に遭遇したとき、そこに物語が立ちあがる。その出来事が事件のかたちをとり、その事件を惹起した両者の関係が合理的に説明できるならば探偵小説となるだろうし、説明できない場合には怪談となる。「怪獣」においてはその不可解な、非日常的世界が若い大工によってもたらされ、一対の「若い女と怪獣の姿」として表象されるが、両者の関係を合理的に説明できるわけではない。

次作の「恨の蠑螺」も人間のうちに潜んでいる隠微な性慾を主題化している。舟宿に奉公する女をモデルに「一種の春画」を描き、それを立派に表装して幕府の役人への秘密の賄賂とする。ここを起点にこの物語は始動し、依頼主と女とのあいだをとりもった菓子屋の四郎兵衛の遭遇した事件を中心に語られるが、この話を持ちこんだ某藩の江戸屋敷の留守居役や、その絵を描いた浮世絵師など、これにかかわった人物は女の恨みをのんで次々に怪死する。これは語り方を少し変えるだけで、「半七捕物帳」中の一篇に仕立てることの可能な作品といっていいだろう。

この『怪獣』には現代ものに仕立てられた「怪獣」「海亀」「深見夫人の死」「眼科病院の話」などや、時代ものとして描かれた「恨の蠑螺」「真鬼偽鬼」「岩井紫妻の恋」「鼠」「怪談一夜草紙」などとが混在している。怪談として語られる場合、どのように不合理で、現代の私たちから見ると不都合な出来事も、文明開化以前の江戸の話としてならば、ほとんど違和感もなく受けとめることができるし、また江戸の風物を描く綺堂の筆には誰も真似できない冴えがある。作品の出来映えや面白さは、どうしても前者の現代ものより、後者の時代ものの方がすぐれているといわざるを得ないようである。

またこの作品集で「怪獣」における怪獣がどんなものかの説明はないが、「恨の蠑螺」の蠑螺、「海亀」の海亀、「岩井紫妻の恋」の狐、「深見夫人の死」の蛇、「鯉」の鯉、「鼠」

の鼠、「夢のお七」の鶏など、動物や生き物が登場人物たちの日常世界と怪異とを仲介する道具として使用されることが多い。第六巻の解題でも触れたけれど、これは綺堂作品の著しい特色のひとつである。私たちは日常の生活のなかでさまざまな動物や生き物に接しているが、長い文化の歴史のなかでそれぞれの動物なり生き物なりは固有のイメージをもっている。それらは心象表現として私たちの心にあるイメージを喚起し、さまざまな連想を呼び起こすことになる。その背後には膨大な過去の文化的遺産の蓄積が存在するけれど、長年、歌舞伎台本作家として第一線で活躍しつづけた綺堂は、それらを自家薬籠中のものとして自在に駆使している。

邪淫としての性慾と動物ということになると、美女に化けた狐のイメージがすぐに思い起こされる。若く美しい歌舞伎俳優が地方での興行で夜な夜な若い娘に化けた古狐に憑かれて、衰弱するという「岩井紫妻の恋」は、そのテーマをそのまま具象化したような作品である。綺堂は「玉藻の前」「小坂部姫」というふたつの長篇小説において、九尾の狐が化けた玉藻の前や、姫路城の天守に宿るという刑部《おさかべ》姫など、伝説的な妖狐の物語を作品化している。古来、狐は妖艶な美女に化けて、男をたぶらかす存在と考えられてきたが、「半七捕物帳」のシリーズにも「小女郎狐」「狐と僧」「妖狐伝」といった狐にまつわる話をいくつか書いている。

またこの作品で狐に魅入られる人物に〈紫妻〉という名が与えられていることが、私にはことのほか興味深く感じられる。『捜神記』巻十八にはこんな話がある。後漢の建安年間に陳羨は西海（青海省）の都尉になったが、その部下の王霊孝が理由もなく逃亡した。やがて連れ戻されたが、また逃げて長いあいだ姿を見せない。妻に問いただしたところ、妖怪に連れ去られたかもしれないということで、歩兵騎兵数十人と猟犬を連れて城外を捜索した。すると、古い墓穴にいるところを発見された。外貌が狐に似ているようで、話しかけても「阿紫」と叫んで泣くばかりだった。阿紫とは雌狐の名前である。

その後十日ほどたち、正気を取り戻してからいうには、「狐がはじめて来たときには、家の隅の鶏のねぐらあたりに美しい女の姿をして現れ、阿紫と名のって私を招きました。それが一度ならずあり、ついうかうかとついて行き、その女を妻にして、毎日夕暮れになると、一緒にその女の家まで行きました」という。「犬にあっても気がつかなかったか」と聞くと、「楽しみといったらこれに比べるものもありませんでした」といった。「名山記」という書物には、「狐は先古の淫婦なり、その名を阿紫という、化して狐となる」とある。だから狐が怪異を起こす場合には、阿紫と名のることが多い。

綺堂は昭和十年（一九三五）十一月にサイレン社より『支那怪奇小説集』という訳著を刊行している。これは中国歴代の「志怪の書」を年代順に紹介したものだが、その巻頭に『捜神記』を据えている。この「阿紫」の話の紹介はないけれど、妖艶な美女に化けた古狐に魅入られた主人公に〈紫妻〉という名前が与えられていることは、あるいはこの『捜神記』の「阿紫」を念頭においてのことだったのではないだろうか。「阿」というのは、人を親しみをこめて呼ぶときに冠して用いる語であるが、「紫」はまぎれもなく「狐」の名前である。すると、直接的な関係はないかも知れないけれど、『源氏物語』の作者の紫式部ということも気にかかる。

「夕顔」の巻では、光源氏は素姓を隠して夕顔に逢い、夕顔も死ぬまで素姓を隠しつづける。お互いに相手のことをほとんど知らないままに過ごし、互いに異類が人間に化けた「変化《へんげ》」のものと疑っている。光源氏は「げに、いづれか狐なるらんな」と、自分と夕顔のどっちが狐のようなものであるかと問いかけている。そして、「ただはかられたまへかし」（とにかくただ化《ば》かされていらっしゃい）という。夕顔の艶めかしい姿にはどこか狐のイメージもつきまとうが、「夕顔」の巻には、これまでも狐の化身たる絶世の美女の任氏と鄭生との物語である唐代の伝奇小説「任氏伝」との関連も指摘されてきた。

語りとは〈騙《かた》り〉でもあり、狐が人をだますことと、物語作者が読者をたぶらかす方法とはよく似ている。中島敦に「狐憑」という作品があるが、「山月記」とともに「古潭」に収録されている。ネウリという部落に住むシャクは、弟が敵の攻撃によって殺されてしまう。首と右手を切りとられたその無惨な死体を見たシャクは、弟の魂が忍び入ったかのように、妙なうわごとを口走るようになる。やがて、シャクの「空想物語の構成は日を逐うて巧みにな」り、人々がシャクの話を聞きにくるようになる。中島敦は物語の起源を狐憑きといった憑依行為に見出していたわけで、〈狐憑き〉とは、いわば日常を超えた次元で実際に見もしなければ体験したこともない異世界への誘いなのだといえる。

物語が世間をあざむく騙りであることは、この作品集の最後に収められた「怪談一夜草紙」によってもそのからくりが見事に解き明かされている。「全く人は見掛けに依らないもの」で、手習いや剣術の師匠をして近所の人々に親しまれていた浪人の親子が、実は強盗であった。その悪事に足がついたところから、「怪談めいた事を仕組んで、世間の人たちを迷はせ」て、姿をくらませた一部始終が物語られる。まったく近所の人々は、「なんだか夢のやうな、狐にでも化かされたやうな、訳の判らないやうな心持になつて仕舞つた」のである。

また「夢のお七」は、恋にこがれた八百屋お七をめぐる話である。お七は本郷の八百屋の娘といわれるが、家が類焼して家族と一緒に正仙寺という寺（一説に小石川の圓乗寺）に避難した。その寺には生田庄之介（一説に山田佐兵衛）という美少年の小姓がおり、お七と恋に落ちた。ふたりは下女のはからいで契りをかわしたが、家の新築がなるとお七は帰らなければならなかった。恋に燃えたふたりは手だてを尽くして忍び逢ったが、お七は家が焼ければふたたび恋人のもとへ行けると思って、自宅に放火した。捕らえられて火刑に処せられたが、お七は十七歳で、天和三年（一六八三）のことであった。

このお七の物語は、西鶴の浮世草子『好色五人女』に小説化されたのをはじめ、歌舞伎の舞台や草双紙などにさまざまなかたちで取りあげられてきた。この「夢のお七」は、はじめに太田蜀山人の『一話一言』に書かれた、足軽がみたという不思議な夢——首が少女で、形は鶏で、いまも成仏できないので、亡きあとを弔ってくれ、という夢について記される。その後、上野の彰義隊に参加した武士がお七の墓参りをすると、『一話一言』と同じようにお七が鶏になった夢を見、戦いに負けて箕輪の農家の物置小屋にかくれていると捜索隊がやってくる。小屋の戸を開けると一羽の雌鶏が飛び出し、捜索隊はそれに気をとられて、早々に立ち去ったので命拾いをしたというものである。

作品の末尾において語り手は「なぜ其時にお七の墓を見る気になつたのか、それは自分にも判りません」といい、それまで『一話一言』を読んだことがなかったのに、どうして同じ夢をみたのかも不思議で、分からないという。「まさかにお七の魂が鶏に宿つて、わたしを救つて呉れたわけでもありますまいが、何だか因縁があるやうに思はれないでも無いので、その後も時々にお七の墓まゐりに行きます」という。それこそまるで狐に摘まれたような話で、解ったようだけれど、よくよく考えるとそこにどんな論理がとおっているのかさっぱり解らない。しかし、読んでいるかぎりは違和感がなく、面白く読める。日常世界の裏側にはりついたもうひとつの奇妙な世界をチラッと覗かせる綺堂読物の特色がよくあらわれた作品といえよう。

初出は以下のとおりである。

怪獣

怪　獣　「オール讀物」昭和九年九月号
恨の蝶螺　「富士」昭和十年三月号
真鬼偽鬼　「朝日グラフ」昭和三年七月四日号、七月十一日号、七月十八日号（原題「八町堀の夜雨」）
海　亀　「日の出」昭和九年十月号
経帷子の秘密　「富士」昭和九年九月号
岩井紫妻の恋　「新演藝」大正十二年三月号
深見夫人の死　「日曜報知」昭和五年十一月三十日号、十二月七日号、十二月十四日号、十二月二十一日号
鯉　「サンデー毎日」昭和十一年六月十日号
鼠　「サンデー毎日」昭和八年一月二日号
夢のお七　「サンデー毎日」昭和十年一月一日号
眼科病院　「ポケット」大正九年四月号、五月号（原題「眼科病院」、のち「眼科病院の話」という題名で、「モダン日本」昭和七年七月号、八

月号に再録）

怪談一夜草紙　「日曜報知」昭和八年三月十二日号

附　録

まぼろしの妻　「講談倶楽部」大正七年七月号

附録として単行本未収録の「まぼろしの妻」一篇を収めた。これは狐や狸に誑かされたり、化かされたりする人間ならぬ、最愛の亡き妻の霊に取り憑かれて、苦しめられた男の物語である。

著者略歴

岡本綺堂（おかもと　きどう）

一八七二年（明治五）東京生まれ。本名は敬二。元御家人で英国公使館書記の息子として育ち、「東京日日新聞」の見習記者となる。その後さまざまな新聞の劇評を書き、戯曲を執筆。大正時代に入り劇作と著作に専念するようになり、名実ともに新歌舞伎の作者として認められるようになる。一九一七年（大正六）より「文藝倶楽部」に連載を開始した「半七捕物帳」が、江戸情緒あふれる探偵物として大衆の人気を博した。代表作に戯曲『修禅寺物語』『鳥辺山心中』『番町皿屋敷』、小説『三浦老人昔話』『青蛙堂鬼談』『半七捕物帳』など多数。一九三九年（昭和十四）逝去。

編者略歴

千葉俊二（ちば　しゅんじ）

一九四七年生まれ。早稲田大学第一文学部卒業。早稲田大学名誉教授。著書に『谷崎潤一郎　狐とマゾヒズム』『エリスのえくぼ　森鷗外への試み』（小沢書店）『物語の法則　岡本綺堂と谷崎潤一郎』『物語のモラル　谷崎潤一郎・寺田寅彦など』（青蛙房）『文学のなかの科学』（勉誠出版）ほか。『潤一郎ラビリンス』（中公文庫）全十六巻、『岡本綺堂随筆集』（岩波文庫）、『決定版谷崎潤一郎全集』（中央公論新社）全二十六巻などを編集。

本書は、一九三六年（昭和十一）十一月に春陽堂から刊行された日本小説文庫『綺堂讀物集7　怪獣』を底本としました。さらに、「まぼろしの妻」は初出誌を底本としました。

正字を新字にあらためた（一部固有名詞や異体字をのぞく）ほかは、当時の読本の雰囲気を伝えるべく歴史的かなづかいをいかし、踊り字などもそのままとしました。ただし、ふりがなは現代読者の読みやすさを優先して新かなづかいとし、明らかな誤植は訂正しました。

底本は総ルビですが、見た目が煩雑であるため略しました。ただし、現代の読者のために、簡単なことばであっても、独特の読み仮名である場合は、極力それをいかしました。

本書に収載された作品には、今日の人権意識からみて不適切と思われる表現が使用されておりますが、本作品が書かれた時代背景、文学的価値、および著者が故人であることを考慮し、発表時のままとしました。

（中公文庫編集部）

中公文庫

怪《かい》 獣《じゅう》
——岡本《おかもと》綺《き》堂《どう》読物《よみもの》集《しゅう》七《しち》

2018年10月25日　初版発行

著　者　岡《おか》本《もと》 綺《き》堂《どう》

発行者　松 田 陽 三

発行所　中央公論新社
〒100-8152　東京都千代田区大手町1-7-1
電話　販売 03-5299-1730　編集 03-5299-1890
URL http://www.chuko.co.jp/

DTP　ハンズ・ミケ
印　刷　三晃印刷
製　本　小泉製本

Published by CHUOKORON-SHINSHA, INC.
Printed in Japan　ISBN978-4-12-206649-6 C1193

中公文庫既刊より

各書目の下段の数字はISBNコードです。978－4－12が省略してあります。

お-78-1
三浦老人昔話　岡本綺堂読物集一
岡本綺堂
死んでもいいから背中に刺青を入れてくれと懇願する若者、置いてけ堀の怪談――岡っ引き半七の友人、三浦老人が語る奇譚の数々。〈解題〉千葉俊二
205660-2

お-78-2
青蛙堂鬼談《せいあどうきだん》　岡本綺堂読物集二
岡本綺堂
夜ごと人間の血を舐る一本足の美女、蝦蟇に祈禱をするうら若き妻、夜店で買った猿の面をめぐる怪異――暗闇に蠢く幽鬼と妖魔の物語。〈解題〉千葉俊二
205710-4

お-78-3
近代異妖篇　岡本綺堂読物集三
岡本綺堂
人をひとり殺してきたと告白する藝妓のはなし、影を踏まれるのを怖がる娘のはなしなど、江戸から大正期にかけてのふしぎな話を集めた。〈解題〉千葉俊二
205781-4

お-78-4
探偵夜話　岡本綺堂読物集四
岡本綺堂
死んだ筈の将校が生き返った話、山窩の娘の抱いた哀切な秘密、駆落ち相手を残して変死した男の話など、探偵趣味の横溢する奇譚集。〈解題〉千葉俊二
205856-9

お-78-5
今古探偵十話　岡本綺堂読物集五
岡本綺堂
中国を舞台にした義俠心あふれる美貌の女傑の話、新聞記事に心をさいなまれてゆく娘の悲劇「慈悲心鳥」など、好評「探偵夜話」の続篇。〈解題〉千葉俊二
205968-9

お-78-6
異妖新篇　岡本綺堂読物集六
岡本綺堂
狢《むじな》や河獺《かわうそ》など、近代化がすすむ日本の暗闇にとり残された生き物や道具を媒介に、異界と交わるものたちを描いた「近代異妖篇」の続篇。〈解説〉千葉俊二
206539-0

い-58-1
薄《うす》紅《こう》梅《ばい》
泉鏡花
二ヵ月後の死を予感させる幽明渾然たる絶筆「縷紅新草」ほか最晩年に到達した文体を如実に示す神品「薄紅梅」「雪柳」を収める。〈解説〉小笠原賢二
201971-3

う-9-4
御馳走帖
内田百閒《ひゃっけん》
朝はミルク、昼はもり蕎麦、夜は山海の珍味に舌鼓をうつ百閒先生の、窮乏時代から知友との会食まで食味の楽しみを綴った名随筆。〈解説〉平山三郎
202693-3

う-9-5
ノラや
内田百閒
ある日行方知れずになった野良猫の子ノラと居つきながらも病死したクルツ。二匹の愛猫にまつわる愛情と機知とに満ちた連作14篇。〈解説〉平山三郎
202784-8

う-9-6
一病息災
内田百閒
持病の発作に恐々としつつも医者の目を盗み麦酒をがぶがぶ……。ご存知百閒先生が、己の病、身体、健康について飄々と綴った随筆を集成したアンソロジー。
204220-9

う-9-7
東京焼盡《しょうじん》
内田百閒
空襲に明け暮れる太平洋戦争末期の日々を、文学の目と現実の目をないまぜつつ綴る日録。詩精神あふれる稀有の東京空襲体験記。
204340-4

う-9-10
阿呆の鳥飼
内田百閒
鶯の鳴き方が悪いと気に病み、漱石山房に文鳥を連れて行く……。『ノラや』の著者が小動物たちとの暮らしを綴る掌篇集。〈解説〉角田光代
206258-0

う-9-11
大貧帳
内田百閒
お金はなくても腹の底はいつも福福である——質屋、借金、原稿料……飄然としたなかに笑いが滲みでる。百鬼園先生独特の諧謔に彩られた貧乏美学エッセイ。
206469-0

た-30-6
鍵　棟方志功全板画収載
谷崎潤一郎
妻の肉体に死をすら打ち込む男と、死に至るまで誘惑することを貞節と考える妻。性の悦楽と恐怖を限界点まで追求した問題の長篇。〈解説〉綱淵謙錠
200053-7

た-30-7
台所太平記
谷崎潤一郎
若さ溢れる女性たちが惹き起す騒動で、千倉家のお台所はてんやわんや。愛情とユーモアに満ちた筆で描く抱腹絶倒の女中さん列伝。〈解説〉阿部　昭
200088-9

各書目の下段の数字はISBNコードです。978-4-12が省略してあります。

た-30-10
瘋癲《ふうてん》老人日記
谷崎潤一郎
七十七歳の卯木は美しく驕慢な嫁颯子に魅かれ、変形的間接的な方法で性的快楽を得ようとする。老いの身の性と死の対決を芸術の世界に昇華させた名作。
203818-9

た-30-11
人魚の嘆き・魔術師
谷崎潤一郎
愛親覚羅氏の王朝が六月の牡丹のように栄え耀いていた時分――南京の貴公子の人魚への讃嘆、また魔術師と半羊神の妖しい世界に遊ぶ。〈解説〉中井英夫
200519-8

た-30-13
細　雪（全）
谷崎潤一郎
大阪船場の旧家蒔岡家の美しい四姉妹を優雅な風俗・行事とともに描く。女性への永遠の願いを〝雪子〟に託す谷崎文学の代表作。〈解説〉田辺聖子
200991-2

た-30-18
春琴抄・吉野葛
谷崎潤一郎
美貌と才気に恵まれた盲目の地唄の師匠春琴。その弟子佐助は献身と愛ゆえに自らも盲目となる――代表作『春琴抄』と『吉野葛』を収録。〈解説〉河野多恵子
201290-5

た-30-24
盲目物語
谷崎潤一郎
長政・勝家二人の武将に嫁し、戦国の残酷な世を生きた小谷方と淀君ら三人の姫君の境涯を、盲いの法師が絶妙な語り口で物語る名作。〈解説〉佐伯彰一
202003-0

た-30-26
乱菊物語
谷崎潤一郎
戦乱の室町、播州の太守赤松家と執権浦上家の確執を史的背景に、谷崎が〝自由なる空想〟を繰り広げた伝奇ロマン（前篇のみで中断）。〈解説〉佐伯彰一
202335-2

た-30-28
文章読本
谷崎潤一郎
正しく文学作品を鑑賞し、美しい文章を書こうと願うすべての人の必読書。文章入門としてだけでなく文豪の豊かな経験談でもある。〈解説〉吉行淳之介
202535-6

た-30-46
武州公秘話
谷崎潤一郎
敵の首級を洗い清める美女の様子にみせられた少年――戦国時代に題材をとり、奔放な着想をもりこんで描かれた伝奇ロマン。木村荘八挿画収載。〈解説〉佐伯彰一
204518-7

た-30-47
聞《きき》書《がき》抄《しょう》
谷崎潤一郎
落魄した石田三成の娘の前にあらわれた盲目の法師。彼が語りはじめたこの世の地獄絵巻とは。菅楯彦による連載時の挿画七十三葉を完全収載。〈解説〉千葉俊二
204577-4

た-30-48
月と狂言師
谷崎潤一郎
昭和二十年代に発表された随筆に、「疎開日記」を加えた全七篇。空爆をさけ疎開していた日々のなかできれぎれに思いかえされる風雅なよろこび。〈解説〉千葉俊二
204615-3

た-30-50
少将滋幹《しげもと》の母
谷崎潤一郎
母を恋い慕う幼い滋幹は、宮中奥深く権力者に囲われた母の元に通う。平安文学に材をとった谷崎文学の傑作。小倉遊亀による挿画完全収載。〈解説〉千葉俊二
204664-1

た-30-52
痴人の愛
谷崎潤一郎
美少女ナオミの若々しい肢体にひかれ、やがて成熟したその奔放な魅力のとりことなった譲治。女の魔性に跪く男の惑乱と陶酔を描く。〈解説〉河野多恵子
204767-9

た-30-53
卍（まんじ）
谷崎潤一郎
光子という美の奴隷となった柿内夫妻は、卍のように絡みあいながら破滅に向かう。官能的な愛のなかに心理的マゾヒズムを描いた傑作。〈解説〉千葉俊二
204766-2

た-30-54
夢の浮橋
谷崎潤一郎
夭折した母によく似た継母。主人公は継母への憧れと生母への思慕から二人を意識の中で混同させてゆく。谷崎文学における母恋物語の白眉。〈解説〉千葉俊二
204913-0

た-30-55
猫と庄造と二人のをんな
谷崎潤一郎
猫に嫉妬する妻と元妻、そして女より猫がかわいくてたまらない男が繰り広げる軽妙な心理コメディの傑作。安井曾太郎の挿画収載。〈解説〉千葉俊二
205815-6

み-9-6
太陽と鉄
三島由紀夫
三島ミスチシズムの精髄を明かす表題作。作家として自立するまでを語る「私の遍歴時代」。三島文学の本質を明かす自伝的作品二篇。〈解説〉佐伯彰一
201468-8

各書目の下段の数字はISBNコードです。978－4－12が省略してあります。

み-9-7
文章読本
三島由紀夫
あらゆる様式の文章・技巧の面白さ美しさを、該博な知識と豊富な実例と実作の経験から詳細に解明した万人必読の文章読本。〈解説〉野口武彦
202488-5

み-9-9
作家論 新装版
三島由紀夫
森鷗外、谷崎潤一郎、川端康成ら作家15人の詩精神と美意識を解明。『太陽と鉄』と共に「批評の仕事の二本の柱」と自認する書。〈解説〉関川夏央
206259-7

み-9-10
荒野より 新装版
三島由紀夫
不気味な青年の訪れを綴った短編「荒野より」、東京五輪観戦記「オリンピック」など、〈楯の会〉結成前の心境を綴った作品集。〈解説〉猪瀬直樹
206265-8

み-9-11
小説読本
三島由紀夫
作家を志す人々のために「小説とは何か」を解き明かし、自ら実践する小説作法を披瀝する、三島由紀夫による小説指南の書。〈解説〉平野啓一郎
206302-0

み-9-12
古典文学読本
三島由紀夫
「日本文学小史」をはじめ、独自の美意識によって古今集や能、葉隠まで古典の魅力を綴った秀抜なエッセイを初集成。文庫オリジナル。〈解説〉富岡幸一郎
206323-5

か-30-1
美しさと哀しみと
川端康成
京都を舞台に、日本画家上野音子、その若い弟子けい子、作家大木年雄の綾なす愛の色模様。哀しさの極みに開く官能美の長篇名作。〈解説〉山本健吉
200020-9

か-30-6
伊豆の旅
川端康成
著者の第二の故郷であった伊豆を舞台とする小説と随筆から、代表的な短篇「伊豆の踊子」、随筆「伊豆序説」など、全二十五篇を収録。〈解説〉川端香男里
206197-2

も-4-1
渋江抽斎
森鷗外
推理小説を読む面白さ、鷗外文学の白眉。弘前津軽家の医官の伝記を調べ、その追求過程を作中に織り込んで伝記文学に新手法を開く。〈解説〉佐伯彰一
201563-0